布老虎散文

铁箫人语

宗璞 著

北方联合出版传媒（集团）股份有限公司
春风文艺出版社
·沈　阳·

图书在版编目（CIP）数据

铁箫人语/宗璞著．—沈阳：春风文艺出版社，2019.11
（布老虎散文）
ISBN 978-7-5313-5682-0

Ⅰ．①铁… Ⅱ．①宗… Ⅲ．①散文集—中国—当代 Ⅳ．①I267

中国版本图书馆CIP数据核字（2019）第244745号

北方联合出版传媒（集团）股份有限公司
春风文艺出版社出版发行
http://www.chunfengwenyi.com
沈阳市和平区十一纬路25号　邮编：110003
辽宁新华印务有限公司印刷

责任编辑：姚宏越　　责任校对：于文慧
封面设计：杨光工　　幅面尺寸：145mm × 210mm
字　　数：218千字　　印　　张：9
版　　次：2019年11月第1版　　印　　次：2019年11月第1次
书　　号：ISBN 978-7-5313-5682-0
定　　价：40.00元

题 记

我家有一支铁箫。

那是真正的铁箫。一段顽铁，凿有七孔，拿着十分沉重，吹着却易发声。声音较竹箫厚实，悠远，如同哀怨的呜咽，又如同低沉的歌唱。听的人大概很难想象这声音发自一段顽铁。

铁质硬于石，箫声柔如水；铁不能弯，箫声曲折。顽铁自有了比干七窍之心，便将美好的声音送往晴空和月下，在松荫与竹影中飘荡，透入人的躯壳，然后把躯壳抛开了。

哦，还有个吹箫人呢，那吹箫人，在哪里?

目　录

心的嘱托

冯友兰先生——我的父亲，于1895年12月4日来到人世，又于1990年12月4日毁去了皮囊，只剩下一抔寒灰。在八天前，11月26日20时45分，他的灵魂已经离去。

近年来，随着父亲身体日渐衰弱，我日益明白永远分离的日子在迫近，也知道必须接受这不可避免的现实。虽然明白，却免不了紧张恐惧。在轮椅旁，在病榻侧，一阵阵呛咳使人恨不能以身代。在清晨，在黄昏，凄厉的电话铃声会使我从头到脚抖个不停。那是人生的必然阶段，但总是希望它不会来，千万不要来。

直到亲眼见着他的呼吸渐渐急促，血压下降，身体逐渐冷了下来；直到亲耳听见医生的宣布，还是觉得这简直不可能，简直不可思议。我用热毛巾拭过他安详的紧闭了双目的脸庞，真的听到了一声叹息，那是多年来回响在耳边的。我们把他抬上平车，枕头还温热。然而我们已经处于两个世界了。再无须我操心侍候，再得不到他的关心和荫庇。这几年他坐在轮椅上，不时会提醒我一些极细微的事，总是使我泪下。我的烦恼，他无须耳和目便能了解。现在再也无法交流。天下耳聪目明的人很多，却再也没有人懂得我的有些话。

这些年，住医院是家常便饭。这一年尤其频繁。每次去时，年轻的女医生总是说要有心理准备。每次出院，我都有骄傲之感。这一次，是《中国哲学史新编》完成后的第一次住院，孰料就没有回来。

7月16日，我到人民出版社交《新编》第七册稿。走上楼梯时，觉得很轻快，真是完成了一件大任务。父亲更是高兴，他终于写完了。直到最后一个字，都是他自己的，无须他人续补。同时他也感到长途跋涉后的疲倦。他的力气已经用尽，再无力抵抗三次肺炎的打击。他太累了，要休息了。

“存，吾顺事；没，吾宁也。”父亲很赞赏张载《西铭》中的这最后一句，曾不止一次讲解：活着，要在自己恰当的位置上发挥作用；死亡则是彻底的安息。对生和死，他都处之泰然。

父亲在清华任教时的老助手、八十八岁的李濂先生来信说：“11月24日夜梦恩师伏案作书，写至最后一页，灯火忽然熄灭，黑暗之中，似闻恩师与师母说话。”正是那天下午，父亲病情恶化。夜晚我在病榻边侍候，父亲还能断续说几个字：“是璞吗？是璞吗？”“我在这儿。是璞在这儿。”我大声叫他，抚摩他，他似乎很安心。我们还以为这一次他又能闯过去。

从25日上午，除了断续的呻吟，父亲没有再说话。他无须再说什么，他的嘱托，已浸透在我六十二年的生命里；他的嘱托，已贯穿在众多爱他、敬他的弟子的事业中；他的嘱托，在他的心血铸成的书页间，使全世界发出回响。

父亲是走了，走向安息，走向永恒。

12月1日兄长钟辽从美国回来。原来是来祝寿的，现在却变为奔丧。和母亲去世时一样，他又没有赶上；但也和母亲去世一样，有了他，办事才有主心骨。我们秉承父亲平常流露的意思，原打算只用亲人的热泪和几朵鲜花，送他西往。北大校方对我们是体贴尊重的。后来知道，这根本行不通。

络绎不绝的亲友都想再见上一面，不停地电话询问告别日期。四川来的老学生自戴黑纱，进门便长跪不起。来自朝鲜半岛的学人宋兢燮先生数年前便联系来华，目的是拜见老人。现在只能赶上无言的诀别。总不能太不近人情，这毕竟是最后一面。于是我们决定不发讣告，自来告别。

柴可夫斯基哽咽着的音乐伴随告别人的行列回绕在遗体边，真情写在每一个人脸上。最后我们跪在父亲的脚前时，我几乎想就这样跪下去，大声哭出来，让眼泪把自己浸透。从母亲和小弟离去，我就没有痛快地哭一场。但是我不能，我受到许多真诚的心的簇拥和嘱托，还有许多许多事要做，我必须站起来。

载灵的大轿车前有一个大花圈，饰有黑黄两色的绸带。我们随着灵车，驶过天安门。世界依然存在，人们照旧生活，一切都在正常运行。

我们一直把父亲送到炉边。暮色深重，走出来再回头，只看见那黄色的盖单，它将陪同父亲到最后的刹那。

两天后，我们迎回了父亲的骨灰，放在他生前的卧室里。母亲的遗骨已在这里放了十三年。现在二老又并肩而坐，只是在条几上。明春将合葬于北京万安公墓。侧面是那张两人同行的照片。母亲撑着伞，父亲的一脚举起，尚未落下。那是六十年代初一位不知姓名的人在香山偷拍的。当时二老并不知道。摄影者拿这张照片在香港出售，父亲的老学生加籍学人余景山先生恰巧看见，遂将它买下。七十年代末方有机会送来。母亲也见到了这帧照片。

亲爱的双亲，你们的生命的辉煌乐章已经终止，但那向前行走的画面是永恒的。

借此小文之末，谨向所有关心三松堂的亲友致谢。关系有千百种不同，真情的分量都不同寻常。踵吊和唁文未能一一答谢，心灵的慰藉和嘱托永远铭记不忘。

三松堂断忆

转眼间父亲离开我们已经快一年了。

去年这时，也是玉簪花开得满院雪白，我还计划在向阳的草地上铺出一小块砖地，以便把轮椅推上去，让父亲在浓重的树荫中得一小片阳光。因为父亲身体渐弱，忙于延医取药，竟没有来得及建设。九月底，父亲进了医院，我在整天奔忙之余，还不时望一望那片草地，总不能想象老人再不能回来，回来享受我为他安排的一切。

哲学界人士和亲友们都认为父亲的一生总算圆满，学术成就和他从事的教育事业使他中年便享盛名，晚年又见到了时代的变化，生活上有女儿侍奉，诸事不用操心，能在哲学的清纯世界中自得其乐。而且，他的重要著作《中国哲学史新编》，八十岁才开始写，许多人担心他写不完，他居然写完了。他是拼着性命支撑着，他一定要写完这部书。

父亲在最后几年里，经常住医院，1989年下半年起更为频繁。一次是11月11日午夜，父亲突然发作心绞痛，外子蔡仲德和两个年轻人一起，好不容易将他抬上救护车。他躺在担架上，我坐在旁边，数着脉搏。夜很静，车子一路尖叫着驶向医院。好在他的医疗待遇很好，每次住院都很顺利。一切安排妥当后，他的精神好了许多，我俯身为他掖好被角，正要离开时，他疲倦地用力说："小女，你太累了！""小女"这乳名几十年不曾有人叫了。"我不累"，我说，勉强忍住了眼泪。说不累是假的，然而比起担心和不安，劳累又算得了什么呢。

过了几天，父亲又一次不负我们的劳累和担心，平安回家了。我们笑说："又是一次惊险镜头。"12月初，他在家中度过九十四寿辰。也是他最后的寿辰。这一天，民盟中央的几位负责人丁石孙等先生前来看望，老人很高兴，谈起一些文艺杂感，还说，若能汇集成书，可题名为"余生札记"。

这余生太短促了。中国文化书院为他筹办了庆祝九五寿辰的"冯友兰哲学思想国际研讨会"，他没有来得及参加，但他知道了大家的关心。

1990年初，父亲因眼前有幻象，又住医院。他常常喜欢自己背诵诗词，每住医院，总要反复吟哦《古诗十九首》。有记不清的字，便要我们查对。"青青陵上柏，磊磊涧中石。人生天地间，忽如远行客。""浩浩阴阳移，年命如朝露。人生忽如寄，寿无金石固。"他在诗词的意境中似乎觉得十分安宁。一次医生来检查后，他忽然对我说："庄子说过，生为附赘悬疣，死为决疣溃痈。孔子说过，朝闻道，夕死可矣。张横渠又说，生，吾顺事，没，吾宁也。我现在是事情没有做完，所以还要治病。等书写完了，再生病就不必治了。"我只能说："那不行，哪有生病不治的呢！"父亲微笑不语。我走出病房，便落下泪来。坐在车上，更是泪如泉涌。一种没有人能分担的孤单沉重地压迫着我。我知道，分别是不可避免的。

我们希望他快点写完《新编》，可又怕他写完。在住医院的间隙中，他终于完成了这部书。亲友们都提醒他还有本《余生札记》呢。其实老人那时不只有文艺杂感，还有新的思想，他的生命是和思想和哲学连在一起的。只是来不及了。他没有力气再支撑了。

人们常问父亲有什么遗言。他在最后几天有时念及远在异国的儿子钟辽和唯一的孙儿冯岱。他用力气说出的最后的关于哲学的话是："中国哲学将来一定会大放光彩！"他是这样爱中国、这样爱哲学。当时有李泽厚和陈来在侧。我觉得这句话应该用大字写出来。

然后，终于到了11月26日那凄冷的夜晚，父亲那永远在思索的头脑进入了永恒的休息。

作为父亲的女儿，而且是数十年都在他身边的女儿，在他晚年又身兼几大职务，秘书、管家兼门房，医生、护士带跑堂，照说对他应该有深入的了解，但是我无哲学头脑，只能从生活中窥其精神于万一。根据父亲的说法，哲学是对人类精神的反思，他自己就总是在思索，在考虑问题。因为过于专注，难免有些呆气。他晚年耳目失其聪明，自己形容自己是"呆若木鸡"。其实这些呆气早已有之。抗战初期，几位清华教授从长沙往昆明，途经镇南关，父亲手臂触城墙而骨折。金岳霖先生一次对我幽默地提起此事，他说："当时司机通知大家，不要把手放在窗外，要过城门了。别人都很快照办，只有你父亲听了这话，便考虑为什么不能放在窗外，放在窗外和不放在窗外的区别是什么，其普遍意义和特殊意义是什么，还没考虑完，已经骨折了。"这是形容父亲爱思索。他那时正是因为在思索，根本就没有听见司机的话。

他的生命就是不断地思索，不论遇到什么挫折，遭受多少批判，他仍顽强地思考，不放弃思考。不能创造体系，就自我批判，自我批判也是一种思考。而且在思考中总会冒出些新的想法来。他自我改造的愿望是真诚的，没有经历过二十世纪中叶的变迁和六七十年代的各种政治运动的人，是很难理解这种自我改造的愿望的。

幸亏有了新时期，人们知道还是自己的头脑最可信。父亲明确采取了不依傍他人，“修辞立其诚”的态度。我以为，这个诚字并不能与“伪”相对。需要提出“诚”，需要提倡说真话，这是我们这个时代的大悲哀。

我想历史会对每一个人做出公允的、不带任何偏见的评价。历史不会忘记有些微贡献的每一个人，而评价每一个人时，也不要忘记历史。

父亲一生对物质生活的要求很低，他的头脑都让哲学占据了，没有空隙再来考虑诸般琐事。而且他总是为别人着想，尽量减少麻烦。一个人到九十五岁，没有一点怪癖，实在是奇迹。父亲曾说，他一生得力于三个女子：一位是他的母亲、我的祖母吴清芝太夫人，一位是我的母亲任载坤先生，还有一个便是我。1982年，我随父亲访美，在机场上父亲作了一首打油诗：“早岁读书赖慈母，中年事业有贤妻。晚来又得女儿孝，扶我云天万里飞。”确实得有人料理俗务，才能有纯粹的精神世界。近几年，每逢我的生日，父亲总要为我撰寿联。1990年夏，他写最后一联，联云：“鲁殿灵光，赖家有守护神，岂独文采传三世；文坛秀气，知手持生花笔，莫让新编代双城。”父亲对女儿总是看得过高。“双城”指的是我的长篇小说，第一卷《南渡记》出版后，因为没有时间，没有精力，便停顿了。我必须以《新编》为先，这是应该的，也是值得的。当然，我持家的能力很差，料理饮食尤其不能和母亲相比，有的朋友都惊讶我家饭食的粗糙。而父亲从没有挑剔，从没有不悦，总是兴致勃勃地进餐，无论做了什么，好吃不好吃，似乎都滋味无穷。这一方面因为他得天独厚，一直胃口好，常自嘲“还有当饭桶的资格”；另一方面，我完全能够体会，他是以为能做出饭来已经很不容易，再挑剔好坏，岂不让管饭的人为难。

父亲自奉俭，但不乏生活情趣。他并不永远是道貌岸然，也有豪情奔放，潇洒闲逸的时候，不过机会较少罢了。1926年父亲三十一岁时，曾和杨振声、邓以蛰两先生，还有一位翻译李白诗的日本学者一起豪饮，四个人一晚喝去十二斤花雕。六十年代初。我因病常住家中，每于傍晚随父母到颐和园包坐大船，一元钱一小时，正好览尽落日的绮辉。一位当时的大学生若干年后告诉我说，那时他常常看见我们的船在彩霞中飘动，觉得真如神仙中人。我觉得父亲是有些仙气的，这仙气在于他一切看得很开。在他的心目中，人是与天地等同的。“人与天地参”，我不止一次听他讲解这句话。《三字经》说得浅显，“三才者，天地人”。既与天地同，还屑于去钻营什么！那些年，一些稍有办法的人都能把子女调回北京，而他，却只能让他最钟爱的幼子钟越长期留在医疗落后的黄土高原。1982年，钟越终于为祖国的航空事业流尽了汗和血，献出了他的青春和生命。

父亲的呆气里有儒家的伟大精神，“天行健，君子以自强不息”，自强不息到“知其不可而为之”的地步；父亲的仙气里又有道家的豁达洒脱。秉此二气，他穿越了在苦难中奋斗的中国的二十世纪。他的一生便是二十世纪中国文化的一个篇章。

河南家乡的亲友说，1945年初祖母去世，父亲与叔父一同回老家奔丧，县长来拜望，告辞时父亲不送，而对一些身为老百姓的旧亲友，则一直送到大门，乡里传为美谈。从这里我想起和读者的关系。父亲很重视读者的来信，许多年常常回信。星期日上午的活动常常是写信。和山西一位农民读者车恒茂老人就保持了长期的通信，每索书必应之。后来我曾代他回复一些读者来信，尤其是对年轻人，我认为最该关心，也许几句话便能帮助发掘了不起的才能。但后来我们实在没有能力做了，只好听之任之。把人家的千言信万言书束之高阁，起初还感觉不安，时间一久，则连不安也没有了。

时间会抚慰一切，但是去年初冬深夜的景象总是历历如在目前。我想它是会伴随我进入坟墓的了。当晚，我们为父亲穿换衣服时，他的身体还那样柔软，就像平时那样配合，他好像随时会睁开眼睛说一声“中国哲学将来一定会大放光彩”。我等了片刻，似乎听到一声叹息。

不得不离开病房了。我们围跪在床前，忍不住痛哭失声！仲扶着我，可我觉得这样沉重的孤单！在这茫茫世界中，再无人需我侍奉，再无人叫我的乳名了。这么多年，每天清晨最先听到的，是从父亲卧房传来的咳嗽声，每晚睡前必到他床前说几句话。我怎样能从多年的习惯中走得出来！

然而日子居然过去快一年了。只好对自己说，至少有一件事稍可安慰。父亲去时不知道我已抱病。他没有特别的牵挂，去得安心。

文章将尽，玉簪花也谢尽了。邻院中还有通红的串红和美人蕉，记得我曾说串红像是鞭炮，似乎马上会劈劈啪啪响起来。而生活里又有多少事值得它响呢！

三松堂岁暮二三事

往年每到12月初，总要收一通祝贺父亲寿诞的信件和卡片，最准时的是父亲的老友，两卷本《中国哲学史》的英译者，卜德先生。我一见那几个中国字，便知是这位老人了。到12月10日左右，便开始收到祝贺新年的美丽的卡片了。家里每个人都收到一些，有时还要比一比，“今年我得得最早”“谁说的！我昨天就得了”。我会把收到的贺卡大声喊给父亲听，连从花园中穿过的行人都听得见。

父亲去世已两年了。12月的热闹冷落下来。两年来，信件少多了，本应该完全没有父亲的信了，但还是陆续不断，从全世界。昨天去哲学系办点小事，又带回一叠信件。

信件中有张向父亲祝贺新年的音乐卡，是河北水产学校一个名叫娄震宁的学生寄来的，卡上写道：我带着仰慕和敬爱的心情，在天涯为您祈祷，祝愿您新年愉快，健康长寿。

这是今年的第一张节日卡。

记得父亲去世以后，我第一次在信箱里拿到给他的信，心里有一种凄然而异样的感觉。那是英国一家学术出版公司寄来的，关于哲学和医药的书目。这种书目以前我是根本不拆的，这次却反复看了好久，还想到书房去，大声喊着告诉什么什么事，几乎举起脚步，忽然猛醒，即使喊破了喉咙，谁来听呢。

渐渐地，我习惯了。习惯于收阅寄给另一世界的信件。多半置之不理，有时也代复，譬如询问何处可买到《三松堂全集》《中国哲学史》《中国哲学史新编》等书，就要回复。虽然明知回复了也还是买不到的。

这次拿回的信件中，有几个新鲜机构和编辑部约请帮助，还有两本与父亲无关的校友通讯，不知何故寄来。积两年之经验，得一印象，真的有许多人是不看报纸的。我不知道这是好习惯抑坏习惯，可能什么习惯也不是，只是太忙了。

来信人中也有明察秋毫的。一封打听《新编》售书处的信是写给我的。信封上写的是北京大学哲学系转冯友兰先生家冯宗璞女士。另一封给我的信因不知我的地址，写的是“北京大学冯友兰先生纪念馆转交”。许多人昧于已发生的事，混淆了阴阳界。这位朋友本着善良的愿望，想当然以为必有一个纪念馆，把未发生的事当真了。孰知虽有关心的各方人士倡议，此事还不大有要成为现实的样子。

庭院中三松依旧，不时有人来凭吊并摄影。那贺卡中平凡的乐音似乎在三棵松间萦绕。读三松堂书的人，都会在心中有一个小小的纪念馆。

一块大石头

这样一块大石，不是碑，不是柱，只是石头。立在众多的拥挤的墓碑中，进得万安公墓，向左转过一处假山，即可看见。石头略带红色，若有绿松掩映最好。但是没有，有的是许久不填平的新穴和坑坑洼洼的小路。

静极了，冬日的墓地。远处传来清脆的敲石头的声音，越显得寂静把墓地罩得很紧。

大石在寂静和寒冷中默默地站着。石上刻有“冯友兰先生夫人之墓”几个大字。我的父母亲就长眠在这里。我原想要一块自然的大石，不着一点人工痕迹，现在这一块前面还是凿平了，习惯是很难改的。

12月4日，是父亲的诞辰，冥寿九十七岁。我一家人在6日来扫墓。先将墓石擦拭干净，然后献上几朵深红色的玫瑰花，花朵在一片灰蒙蒙中很打眼。这是墓地中唯一的红色。

我们站在墓前，也被寂静笼罩住了。

去年安葬时，正是冬至。从早便飘着雪。雪花纷纷扬扬，墓地一片白。来参加葬礼的亲友都似披了一层花白毯子。我请大家不必免冠，大家还是脱下帽子一任雪花飘洒。白雪掩盖了墓志，一个年轻人不戴手套，用手抹去雪花。他是那热衷创立“从零到零”体系的学生，我记得。

张岱年先生在墓前讲话，说冯先生的一生是好学深思，永远追求真理的一生，永远跟随时代前进的一生，他对中国文化的贡献是巨大的。也向我的母亲——为父亲承担了一切俗务的母亲，表示敬意。如果没有母亲几十年独任井臼之劳，父亲这样专心于学问也是不可能的。

我的弟弟、飞机强度专家冯钟越随父母安葬于此，这对于逝者和生者，都是很大的安慰。

墓穴封住了，大家献上鲜花。花朵在冷风中瑟缩着。它们本来是经不起寒冷的，这也是一种牺牲吧。

而墓中人再也不怕冷了，那深深的洞穴啊！

今年清明前后，一直下小雨。我们在清明后一天来到墓地。没想到平常极清静的墓地如同闹市一般，人们在墓石间穿来穿去，不少人把放置在骨灰堂里的骨灰盒拿出来，摆在石桌上一起坐一会儿。天阴得很，雨丝若有若无，草都绿了。更显得有生气的是各个墓上摆了各种鲜花，有折枝，有盆花，有花篮和花圈，和灰色的天空成为强烈的对比。父母亲的邻墓有一座较高大的碑，刻了不少子孙的名字，似是兴旺人家。墓上摆了两个大花篮，紫色的绸带静静地从花篮上垂下来。一路走过去，我心里很不安，我们来晚了，带的花太少了！大石头前果然显得很空，但是我们马上发现，这里并不孤寂。

一束小小的二月兰放在墓志石上。这是一种弱小的野花，北京西郊几个园子里都很多。那么是有人来凭吊过了，是谁？是朋友？是学生？是读者？大概我们永远不会知道。

我们献上几枝花，小心地不碰着那二月兰。

我们在寂静中站着，敲石头的声音响着，很清脆。

我们的祈求是一致的，保佑平安。

学术基金

12月12日，北京大学接受了冯友兰先生捐献的人民币五万元，设立了冯友兰学术基金。

数目小得可怜，心愿却大得不得了。

父亲在三十年代就提出要“继往开来”，认为这是他作为一个哲学家一生的使命。1946年他撰写西南联大纪念碑文，文中有句云：“我国家以世界之古国，居东亚之天府，本应绍汉唐之遗烈，作并世之先进。将来建国完成，必于世界历史，居独特之地位。盖并世列强，虽新而不古；希腊罗马，有古而无今。唯我国家，亘古亘今，亦新亦旧。斯所谓‘周虽旧邦，其命维新’者也。”他后来一再提出，“旧邦新命”是现代中国的特点。中国有源远流长丰富宏大的文化，这是旧邦；中国一定要走上现代化的道路，作并世之先进，这是新命。在三松堂寓所书房壁上，挂了他自撰自书的一副对联：“阐旧邦以辅新命，极高明而道中庸”。上联是平生之志向，下联是追求之境界。

父亲希望有更多青年学子加入阐旧邦以辅新命的行列，所以就要以基金为基础，在北大中文、历史（中国历史）、哲学（中国哲学）三系设立奖学金，并每三年一次面向全国奖励有创见的哲学著作。

父亲最关心哲学，但不限于哲学。他任清华大学文学院院长十八年，清华文学院是一座极有特色的文科学府，至今为学者们所怀念。父亲曾说，他一生最幸福的时光就是在清华的那一段日子。

又因为西南联大老校友加籍学人余景山先生用加元在北大哲学系设立了冯友兰奖学金，已经数年，对哲学系就不必再有偏向。

当我把款项交出去时，颇有轻松之感。“又办完一件事。”我心里在告禀。

回想起来，父亲和母亲一生自奉甚俭，对公益之事总是很热心的。1948年父亲从美国回来，带回一个电冰箱，当时是清华园中唯一的，大概北京城也不多。知道校医院需要，立即捐出。近年又向家乡河南唐河县图书馆和祁仪镇中学各捐赠一万元。款项虽小，也算是为文教事业做出的小小的呐喊吧。

北大校园电视校内新闻节目中，播出了设立冯友兰学术基金的消息。荧屏上出现了父亲的画像，那样泰然，那样慈祥。他看着我，似乎说："你又办完一件事，可你的《野葫芦引》呢？"

《野葫芦引》是我的一部长篇小说，是父亲一直关心的。可我不争气，写完第一卷《南渡记》，一停就是四年。还不知道下一个野葫芦在哪里。

柳信

今年的春，来得特别踌躇、迟疑，乍暖还寒，翻来覆去，仿佛总下不定决心。但是路边的杨柳，不知不觉间已绿了起来，绿得这样浅，这样轻，远望去迷迷蒙蒙，像是一片轻盈、明亮的雾。我窗前的一株垂柳，也不知不觉在枝条上缀满新芽，泛出轻浅的绿，随着冷风，自如地拂动。这园中原有许多花木。这些年也和人一样，经历了各种斧钺虫豸之灾，只剩下一园黄土、几株俗称瓜子碴的树。还有这棵杨柳，年复一年，只管自己绿着。

少年时候，每到春来，见杨柳枝头一夜间染上了新绿，总是兴高采烈，觉得欢喜极了，轻快极了，好像那生命的颜色也染透了心头。曾在中学作文里写过这样几句：

嫩绿的春天又来了
看那陌头的杨柳色
世界上的生命都聚集在那儿了
不是吗？
那年青的眼睛般的鲜亮啊——

老师在这最后一句旁边打了密密的圈。我便想，应该圈点的，不是这段文字，而是那碧玉妆成、绿丝绦般的杨柳。

于是许多年来，便想写一篇《杨柳辩》，因为历来并不认为杨柳是该圈点的，总是以松柏喻坚贞，以蒲柳比轻贱。现在呢，“辩”的锐气已消，尚幸并未全然麻木，还能感觉到那柳枝透露的春消息。

抗战期间在南方，为躲避空袭，我们住在郊外一个庙里。这庙坐落在村庄附近的小山顶上，山上蓊蓊郁郁，长满了各样的树木。一条歪斜的可容下一辆马车的石板路，从山脚蜿蜒而上。路边满是木香花，春来结成两道霜雪覆盖的花墙。花墙上飘着垂柳，绿白相映，绿的格外鲜嫩，白的格外皎洁。柳丝拂动，花儿也随着有节奏地摇头。

庙的右侧，有一个小山坡，草很深，杂生着野花，最多的是野杜鹃，在绿色的底子上形成红白的花纹。坡下有一条深沟，沟上横生着一株柳树，据说是雷击倒的。虽是倒着，还是每年发芽。靠山坡的一头有一个斜生的枝杈，总是长满长长的柳丝，一年有大半年绿茵茵的，好像一把撑开的绿伞。我和弟弟经常在这柳桥上跑来跑去，采野花，捉迷藏，不用大树和灌木，只是草，已足够把我们藏起来了。

一个残冬，我家的小花猫死了。昆明的猫很娇贵，养大是不容易的。那是我第一次看到什么是死。它躺着，闭着眼。我和弟弟用猪肝拌了饭，放在它嘴边。它仍一动也不动。“它死了。”母亲说，“埋了吧。”我们呆呆地看着那显得格外瘦小的小猫，弟弟呜呜地哭了。我心里像堵上了什么，看了半天，还不离开。

“埋了吧，以后再买一只。”母亲安慰地说。

我做了一篇祭文，记得有“呜呼小花”一类的话，放在小猫身上。我们抬着盒子，来到山坡。我一眼便看中那柳伞下的地方，虽然当时只有枯枝。我们掘了浅浅的坑，埋葬了小猫。冷风在树木间吹动，我们那时都穿得十分单薄，不足以御寒的。我拉着弟弟的手，呆呆地站着，好像再也提不起玩的兴致了。

忽然间，那晃动的枯枝上透出的一点青绿色，照亮了我们的眼睛，那枝头竟然有一点嫩芽了，多鲜多亮啊！我猛然觉得心头轻松好多。杨柳绿了，杨柳绿了，我轻轻地反复在心里念诵着。那时我的词汇里还没有“生命”这些字眼，但只觉得自己又有了精神，一切都又有了希望似的。

时光流去了近四十年，我已经历了好多次的死别，到1977年，连我的母亲也撒手别去了。我们家里，最不能想象的就是没有我们的母亲了。母亲病重时，父亲说过一句话：“没有你娘，这房子太空。”这房子里怎能没有母亲料理家务来去的身影，怎能没有母亲照顾每一个人、关怀每一个人的呵斥和提醒，那充满乡土风味的话音呢！然而母亲毕竟去了，抛下了年迈的父亲。母亲在病榻上用力抓住我的手时说过，她放心，因为她的儿女是好的。

我是尽量想做到让母亲放心的。我忙着料理许多事，甚至没有好好哭一场。

两个多月过去，时届深秋。园中衰草凄迷，落叶堆积。我从外面回来，走过藏在衰草落叶中的小径——这小径，我曾在深夜里走过多少次啊。请医生，灌氧气；到医院送汤送药，但终于抵挡不住人生大限的到来。我茫然地打量着这园子，这时，侄儿迎上来说，家里的大猫——狮子死了，是让人用鸟枪打死的，已经埋了。

这是母亲喜欢的猫，是一只雪白的狮子猫，眼睛是蓝的，在灯下闪着红光。这两个月，它天天坐在母亲房门外等，也没有等得见母亲出来。我没有问埋在哪里，无非是在这一派清冷荒凉之中罢了。我却格外清楚地知道，再没有母亲来安慰我了，再没有母亲许诺我要的一切了。

深秋将落叶吹得团团转，枯草像是久未梳理的乱发，竖起来又倒下去。我的心直在往下沉，往下沉——忽然，我看见几缕绿色在冷风中瑟瑟地抖颤，原来是那株柳树。在冬日的萧索中，柳色有些黯淡，但在一片枯黄之间，它是在绿着。“这容易生长的、到处都有的、普通的柳树，并不怕冷。”我想着，觉得很安慰，仿佛得到了支持似的。

清明时节，我们将柳枝插在门外，据说是可以辟邪，又选了两枝，插在母亲骨灰盒旁的花瓶里。柳枝并不想跻身松柏等岁寒之友中，它只是努力尽自己的本分，尽量绿得长一些，就像一个普通正常的母亲，平凡清白的人一样。

柳枝在绿着，衬托着万紫千红。这些丝丝垂柳，是会织出大好春光的。

花朝节的纪念

农历二月十二日，是百花出世的日子，为花朝节。节后十日，即农历二月二十二日，从1894年起，是先母任载坤先生的诞辰。迄今已九十九年。

外祖父任芝铭公是光绪年间举人。早年为同盟会会员，奔走革命，晚年倾向于马克思主义。他思想开明，主张女子不缠足，要识字。母亲在民国初年进当时的女子最高学府北京女子师范学校读书。1918年毕业。同年，和我的父亲冯友兰先生在开封结婚。

家里有一个旧印章，刻着“叔明归于冯氏”几个字。叔明是母亲的字。以前看着不觉得怎样，父母都去世后，深深感到这印章的意义。它标志着一个家族的繁衍，一代又一代来到世上扮演各种角色，为社会做一点努力，留下了各种不同色彩的记忆。

在我们家里，母亲是至高无上的守护神。日常生活全是母亲料理。三餐茶饭，四季衣裳，孩子的教养，亲友的联系，需要多少精神！我自幼多病，常在和病魔做斗争。能够不断战胜疾病的主要原因是我有母亲。如果没有母亲，很难想象我会活下来。在昆明时严重贫血，上纪念周站着站着就晕倒。后来索性染上肺结核休学在家。当时的治法是一天吃五个鸡蛋，晒太阳半小时。母亲特地把我的床安排到有阳光的地方，不论多忙，这半小时必在我身边，一分钟不能少。我曾由于各种原因多次发高烧，除延医服药外，母亲费尽精神护理。用小匙喂水，用凉手巾覆在额上。有一次高烧昏迷中，觉得像是在一个狭窄的洞中穿行，挤不过去，我以为自己就要死了，一抓到母亲的手，立刻知道我是在家里，我是平安的，后来我经历名目繁多的手术，人赠雅号“挨千刀的”。在挨千刀的过程中，也是母亲，一次又一次陪我奔走医院。医院的人总以为是我陪母亲，其实是母亲陪我。我过了四十岁，还是觉得睡在母亲身边最心安。

母亲的爱护，许多细微曲折处是说不完、也无法全捕捉到的。也就是有这些细微曲折才形成一个家。这人家处处都是活的，每一寸墙壁，每一寸窗帘都是活的。小学时曾以“我的家庭”为题作文。我写出这样的警句：“一个家，没有母亲是不行的。母亲是春天，是太阳。至于有没有父亲，不很重要。”作业在开家长会时展览，父亲去看了。回来向母亲描述，对自己的地位似并不在意，以后也并不努力增加自己的重要性，只顾沉浸在他的哲学世界中。

希腊文明是在奴隶制时兴起的，原因是有了奴隶，可以让自由人充分开展精神活动。我常说父亲和母亲的分工有点像古希腊。在父母那时代，先生专心做学问，太太操劳家务，使无后顾之忧，是常见的。不过父母亲特别典型。他们真像一个人分成两半，一半主做学问，一半主理家事，左右合契，毫发无间。应该说，他们完成了上帝的愿望。

母亲对父亲的关心真是无微不至，父亲对母亲的依赖也是到了极点。我们的堂姑父张岱年先生说“冯先生做学问的条件没有人比得上。冯先生一辈子没有买过菜”。细想起来，在昆明乡下时，有一阵子母亲身体不好，父亲带我们去赶过街子，不过次数有限。他的生活基本上是水来湿手，饭来张口。古人形容夫妇和谐用举案齐眉几个字，实际上就是孟光给梁鸿端饭吃，若问“是几时孟光接了梁鸿案”，应该是做好饭以后。

旧时有一副对联“自古庖厨君子远，从来中馈淑人宜”，放在我家正合适。母亲为一家人真操碎了心。在没有什么东西的情况下，变着法子让大家吃好。她向同院的外国邻居的厨师学烤面包，用土豆做引子，土豆发酵后力量很大，能嘭的一声，顶开瓶塞，声震屋瓦。在昆明时一次父亲患斑疹伤寒，这是当时西南联大一位校医郑大夫经常诊断出的病，治法是不吃饭，只喝流质，每小时一次，几天后改食半流质。母亲用里脊肉和猪肝做汤，自己擀面条，擀薄切细，下在汤里。有人见了说，就是吃冯太太做的饭，病也会好。

1964年父亲患静脉血栓，在北京医院卧床两个月。母亲每天去送饭，有时从城里我的住处，有时从北大，都总是第一个到。我想要帮忙，却没有母亲的手艺。父亲暮年，常想吃手擀的面，我学做过几次，总不成功，也就不想努力了。

母亲把一切都给了这个家。其实母亲的才能绝不只限于持家。母亲毕业于当时的女子最高学府，曾任河南女子师范学校预科算术教员。她有一双外科医生的巧手，还有很高的办事能力。外科医生的工作没有实践过，但从日常生活中，从母亲缝补、修理的功夫可以想见。办事能力倒是有一些发挥。

五十年代初至1966年；母亲做居民委员会工作，任北大燕南、燕东、燕农、镜春、朗润、蔚秀、承泽、中关八大园的主任，曾为家庭妇女们办起装订社、缝纫社等。母亲不畏辛劳。经常坐着三轮车来往于八大园间。这是在家庭以外为社会服务，她觉得很神圣，总是全心全意去做。居委会成员常在我家学习。最初贺麟夫人刘自芳、何其芳夫人牟决鸣等都是成员，后来她们迁往城内，又有吴组缃夫人沈淑园等参加。五十年代有一次选举区人大代表，不记得是哪一位曾对我说，“任大姐呼声最高”。这是真正来自居民的声音。

我心中有几幅图像，愈久愈清晰。

一幅在清华园乙所，有一间平台加出的房间，三面皆窗，称为玻璃房。母亲常在其中办事或休息。一个夏日，三面窗台上摆着好几个宽口瓶和小水盆，记得种的是慈姑。母亲那时大概不到四十岁，身着银灰色起蓝花的纱衫，坐在房中，鬓发漆黑，肌肤雪白。常见外国油画有什么什么夫人肖像，总想怎么没有人给母亲画一幅。

另一幅在昆明乡下龙头村。静静的下午，泥屋、白木桌，携我坐在桌前，为我讲解鸡兔同笼四则题。父亲从城里回来，点说这是一幅乡居课女图。龙头村旁小河湾处有一个小落差，水的冲力很大。每星期总有一两次，母亲把一家人的衣服装在箩筐里，带着我和小弟到河边去。还有一幅图像便是母亲弯着腰站在欢快的流水中，费力地洗衣服，还要看着我们不要跑远，不要跌进河里。近来和人说到洗衣的事，一个年轻人问，是给别人洗吗？还没到那一步，我答。后来想，如果真的需要，母亲也不怕。在中国妇女贤淑的性格中，往往有极刚强的一面，能使丈夫不气馁，能使儿女肯学好，能支撑一个家度过最艰难的岁月。孔夫子以为女人难缠，其实儒家人格的最高标准“富贵不能淫，贫贱不能移，威武不能屈”，用来形容中国妇女的优秀品质倒很恰当，不过她们是以家庭为中心罢了。

母亲六十二岁时患甲状腺癌，手术后一直很好。从六十年代末患胆结石，经常大发作，疼痛、发烧，最后不得不手术。那一年母亲七十五岁。夜里推进手术室，父亲和我在过厅里等，很久很久，看见手术室甬道那边推出一辆平车，一个护士举着输液瓶，就像一盏灯。我们知道母亲平安，仍能像灯一样给我们全家以光明，以温暖。这便是那第四幅图像了。握住母亲的手时，我的一颗心落在腔子里，觉得自己很有福气。

母亲虽然身体不好，仍是操劳家务，真没有过一天清闲的日子。她总是说，你们专心做你们的事。我们能专心做事，都因为有母亲，操劳一生的母亲！

1977年9月10日左右母亲忽然吐血，拍片后确诊为肺门静脉瘤。当时小弟在家，我们商量说，母亲虽然年迈，病还是该怎么治就怎么治，不可延误。在奔走医院的过程中，受到许多白眼。一家医院住院部一位女士说“都八十三岁了，还治什么！我还活不到这岁数呢”。可以说，母亲的病没有得到治疗，发展很快。最后在校医院用度冷丁控制疼痛，人常在昏迷状态。一次忽然说：“要挤水！要挤水！”我俯身问什么要挤水，母亲睁眼看我，费力地说“白菜做馅要挤水”。我的眼泪一下涌了出来，滴在母亲脸上。

母亲没有让人多伺候，不过三周便抛弃了我们。当时父亲还在受审查，她走时很不放心，非常想看个究竟，但她拗不过生死大限。她曾自我排解说，知道儿女是好的，还有什么别的可求呢。10月3日上午六时三刻，我们围在母亲床前，眼见她永远合上了眼睛。我知道，我再不能睡在母亲身边讨得那样深的平安感了；我们的家从此再没有春天和太阳了。我们的家像一叶孤舟忽然失了掌舵的人，在茫茫大海中任意漂流。我和小弟连同父亲，都像孤儿一样不知漂向何方。

因为政治形势，亲友都很少来往。没有足够的人抬母亲下楼，幸亏那天来了一位年轻的朋友，才把母亲抬到太平间。当晚哥哥自美国飞回，到家后没有坐下，立刻要“看娘去”，我不得不告诉他母亲已去。他跌坐在椅上，停了半晌，站起来还是说“看娘去”。

父亲为母亲撰写了一副挽联：“忆昔相追随，同荣辱，共安危，期颐望齐眉，黄泉碧落君先去；从今无牵挂，斩名缰，破利锁，俯仰无愧怍，海阔天空我自飞。”自己一半的消失使父亲把一切都看透了。以后母亲的骨灰盒，一直放在父亲卧室里。每年春节，父亲必率领我们上香。如此凡十三年。直到1990年初冬那凄惨的日子，父母相聚于地下。又过了一年，1991年冬我奉双亲归窆于北京万安公墓。一块大石头作为石碑，隔开了阴阳两界。

我曾想为母亲百岁冥寿开一个小小的纪念会，又想到老太太们行动不便最好少打扰，便只就平常的了解或电话上交谈，记下几句话。

姨母任均是母亲最小的妹妹。姨父母在驻外使馆工作时，表弟妹们读住宿小学，周末假日接回我家，由母亲照管。姨母说，三姐不只是你们一家的守护神，也是大家的贴心人。若没有三姐，那几年我真不知怎么过。亲戚们谁没有得过她关心照料？人人都让她费过心血。我们心里是明白的。

牟决鸣先生已是很久不见了。前些时打电话来，说："回想起在北大居住的那段日子，觉得很有意思。任大姐那时是活跃人物，她做事非常认真，总是全力以赴。而且头脑总是很清楚。"

在昆明时赵萝蕤先生和我家几次为邻居。那时她还很年轻，她不止一次对我说很想念冯太太。她说在人际关系的战场上，她总是一败涂地当俘虏。可是和冯太太相处，从未感到战场问题。是母亲教她做面食，是母亲教她用布条打纽扣结。有什么事可以向母亲倾诉。记得在昆明乡下龙头村时，有一次赵先生来我家，情绪不大好，对母亲说，一位军官太太要学英语，又笨又俗又无礼，总问金刚钻几克拉怎么说，她不想教，来躲一躲。母亲安慰她，让她一起做家务事。赵先生走时，已很愉快。

另一位几十年的邻居是王力夫人夏蔚霞。现在我们仍然对门而居。夏先生说："你千万别忘记写上我的话。我的头生儿子缉志是你母亲接生的。当时昆明乡下缺医少药，那天王先生进城上课去了。半夜时分我遣人去请你母亲，冯先生一起来的，然后先回去了。你母亲留下照顾我，抱着我坐了一夜。次日缉志才出世。若没有你母亲，我和孩子会吃许多苦！"

像春天给予百花诞辰一样，母亲用心血哺育着，接引着——

亲爱的母亲的诞辰，是花朝节后十日。

哭小弟

飞机强度研究所技术所长

冯钟越

我面前摆着一张名片，是小弟前年出国考察时用的。名片依旧，小弟却再也不能用它了。

小弟去了。小弟去的地方是千古哲人揣摩不透的地方，是各种宗教企图描绘的地方，也是每个人都会去，而且不能回来的地方。但是现在怎么能轮得到小弟！他刚五十岁，正是精力充沛，积累了丰富的学识经验，大有作为的时候，有多少事等他去做啊！医院发现他的肿瘤已相当大，需要立即做手术，他还想去参加一个技术讨论会，问能不能开完会再来。他在手术后休养期间，仍在看研究所里的科研论文，还做些小翻译。直到卧床不起，他手边还留着几份国际航空材料，总是“想再看看”。他也并不全想的是工作。已是滴水不进时，他忽然说想吃虾，要对虾。他想活，他想活下去呀！

可是他去了，过早地去了。这一年多，从他生病到逝世，真像是个梦，是个永远不能令人相信的梦。我总觉得他还会回来，从我们那冬夏一律显得十分荒凉的后院走到我窗下，叫一声“小姊——”

可是他去了，过早地永远地去了。

我长小弟三岁。从我有比较完整的记忆起，生活里便有我的弟弟，一个胖胖的可爱的小弟弟，跟在我身后。他虽然小，可是在玩耍时，他常常当老师，照顾着小朋友，让大家坐好，他站着上课，那神色真是庄严。他虽然小，在昆明的冬天里，孩子们都生冻疮，都怕用冷水洗脸，他却一点不怕。他站在山泉边，捧着一个大盆的样子，至今还十分清晰地在我眼前。

“小姊，你看，我先洗！”他高兴地叫道。

在泉水缓缓的流淌中，我们从小学，中学而大学，大部时间都在一个学校。毕业后就各奔前程了。不知不觉间，听到人家称小弟为强度专家；不知不觉间，他担任了总工程师的职务。在那动荡不安的年月里，很难想象一个人的将来。这几年，父亲和我倒是常谈到，只要环境许可，小弟是会为国家做出点实际的事的。却不料，本是最年幼的他，竟先我们而离去了。

去年夏天，得知他患病后，因为无法得到更好的治疗，我于8月20日到西安。记得有一辆坐满了人的车来接我。我当时奇怪何以如此兴师动众，原来他们都是去看小弟的。到医院后，有人进病房握手，有人只在房门口默默地站一站，他们怕打扰病人，但他们一定得来看一眼。

手术时，有航空科学研究院、623所、631所的代表，弟妹、侄女和我在手术室外；还有一辆轿车在医院门口。车里有许多人等着，他们一定要等着，准备随时献血。小弟如果需要把全身的血都换过，他的同志们也会给他。但是一切都没有用。肿瘤取出来了，有一个半成人的拳头大，一面已经坏死。我忽然觉得一阵胸闷，几乎透不过气来——这是在穷乡僻壤为祖国贡献着才华、血汗和生命的人啊，怎么能让这致命的东西在他身体里长到这样大！

我知道在这黄土高原上生活的艰苦，也知道住在这黄土高原上的人工作之劳累，还可以想象每一点工作的进展都要经过十分恼人的迂回曲折。但我没有想到，小弟不但生活在这里，战斗在这里，而且把性命交付在这里了。他手术后回京在家休养，不到半年，就复发了。

那一段焦急的悲痛的日子，我不忍写，也不能写。每一念及，便泪下如绠，纸上一片模糊。记得每次看病，候诊室里都像公共汽车上一样拥挤，等啊等啊，盼啊盼啊，我们知道病情不可逆转，只希望能延长时间，也许会有新的办法。航空界从莫文祥同志起，还有空军领导同志都极关心他，各个方面包括医务界的朋友们也曾热情相助，我还往海外求医。然而错过了治疗时机，药物再难奏效。曾有个别的医生不耐烦地当面对小弟说，治不好了，要他“回陕西去”。小弟说起这话时仍然面带笑容，毫不介意。他始终没有失去信心，他始终没有丧失生的愿望，他还没有累够。

小弟生于北京，1952年从清华大学航空系毕业。他填志愿到西南，后来分配在东北，以后又调到成都、调到陕西。虽然他的血没有流在祖国的土地上，但他的汗水洒遍全国，他的精力的一点一滴都献给祖国的航空事业了。个人的功绩总是有限的，也许燃尽了自己，也不能给人一点光亮，可总是为以后的绚烂的光辉做了一点积累吧。我不大明白各种工业的复杂性，但我明白，任何事业也不是只坐在北京就能够建树的。

我曾经非常希望小弟调回北京，分我侍奉老父的重担。他是儿子，三十年在外奔波，他不该尽些家庭的责任吗？多年来，家里有什么事，大家都会这样说："等小弟回来""问小弟"。有时只要想到有他可问，也就安心了。现在还怎能得到这样的心安？风烛残年的父亲想儿子，尤其这几年母亲去世后，他的思念是深的，苦的，我知道，虽然他不说，现在他永远失去他的最宝贝的小儿子了。我还曾希望在我自己走到人生的尽头，跨过那一道痛苦的门槛时，身旁的亲人中能有我的弟弟，他素来的可倚可靠会给我安慰。哪里知道，却是他先迈过了那道门槛啊！

1982年10月28日上午7时，他去了。

这一天本在意料之中，可是我怎能相信这是事实呢！他躺在那里，但他已经不是他了，已经不是我那正当盛年的弟弟，他再不会回答我们的呼唤，再不会劝阻我们的哭泣。你到哪里去了，小弟！自1974年沅君姑母逝世起，我家屡遭丧事，而这一次小弟的远去最是违反常规，令人难以接受！我还不得不把这消息告诉当时也在住院的老父，因为我无法回答他每天的第一句问话："今天小弟怎么样？"我必须告诉他，这是我的责任。再没有弟弟可以依靠了，再不能指望他来分担我的责任了。

父亲为他写挽联："是好党员，是好干部，壮志未酬，洒泪岂只为家痛；能娴科技，能娴艺文，全才罕遇，招魂也难再归来"。我那唯一的弟弟，永远地离去了。

他是积劳成疾，也是积郁成疾，他一天三段紧张地工作，参加各式各样的会议。每有大型试验，他事先检查到每一个螺丝钉，每一块胶布。他是三机部科技委员会委员，他曾有远见地提出多种型号研究。有一项他任主任工程师的课题研制获国防工办和三机部科技一等奖。同时他也是623所党委委员，需要在会议桌上坦率而又让人能接受地说出自己对各种事情的意见。我常想，能够“双肩挑”，是我们五十年代到六十年代初期出来的知识分子的特点。我们是在“又红又专”的要求下长大的。当然，有的人永远也没有能达到要求，像我。大多数人则挑起过重的担子，在崎岖的、荆棘丛生的，有时是此路不通的山路上行走。那几年的批判斗争是有远期效果的。他们不只是生活艰苦，过于劳累，还要担惊受怕，心里塞满想不通的事，谁又能经受得起呢！

小弟入医院前，正负责组织航空工业部系统的一个课题组，他任主任工程师。他的一个同志写信给我说，1981年夏天，西安一带出奇的热，几乎所有的人晚上都到室外乘凉，只有“我们的老冯”坚持伏案看资料，“有一天晚上，我去他家汇报工作，得知他经常胃痛，有时从睡眠中痛醒，工作中有时会痛得大汗淋漓，挺一会儿，又接着做了。天啊！谁又知道这是癌症！我只淡淡地说该上医院看看。回想起来，我心里很内疚，我对不起老冯，也对不起您！”

这位不相识的好同志的话使我痛哭失声！我也恨自己，恨自己没有早想到癌症对我们家族的威胁，即使没有任何症状，也该定期检查。云山阻隔，我一直以为小弟是健康的。其实他早感不适，已去过他该去的医疗单位。区一级的说是胃下垂，县一级的说是肾游走。以小弟之为人，当然不会大惊小怪，惊动大家。后来在弟妹的催促下，乘工作之便到西安检查，才做手术。如果早一年有正确的诊断和治疗，小弟还可以再为祖国工作二十年！

往者已矣。小弟一生，从没有“埋怨”过谁，也没有“埋怨”过自己，这是他的美德之一。他在病中写的诗中有两句：“回首悠悠无恨事，丹心一片向将来。”他没有恨事。他虽无可以彪炳史册的丰功伟绩，却有一个普通人的认真的勤奋的一生。历史正是由这些人写成的。

小弟白面长身，美丰仪；喜文艺，娴诗词；且工书法篆刻。父亲在挽联中说他是“全才罕遇”，实非夸张。如果他有三次生命，他的多方面的才能和精力也是用不完的；可就这一辈子，也没有得以充分地发挥和施展。他病危弥留的时间很长，他那颗丹心，那颗让祖国飞起来的丹心，顽强地跳动，不肯停息。他不甘心。

这样壮志未酬的人，不只他一个啊！

我哭小弟，哭他在剧痛中还拿着那本航空资料“想再看看”，哭他的“胃下垂”“肾游走”；我也哭蒋筑英抱病奔波，客殇成都；我也哭罗健夫不肯一个人坐一辆汽车！我还要哭那些没有见诸报章的过早离去的我的同辈人。他们几经雪欺霜冻，好不容易奋斗着张开几片花瓣，尚未盛开，就骤然凋谢。我哭我们这迟开而早谢的一代人！

已经是迟开了，让这些迟开的花朵尽可能延长他们的光彩吧。

这些天，读到许多关于这方面的文章，也读到了《痛惜之余的愿望》，稍得安慰。我盼“愿望”能成为事实。我想需要“痛惜”的事应该是越来越少了。

小弟，我不哭！

一九八二年九月十日

写这篇文章，有些像写历史小说。因为记的是1982年9月10日这一天，而现在已是1985年底了。三年如逝水，那一天情景却仍然历历在目，没有冲淡，没有洗掉。看来应该记录在案。

三年前9月10日，美国哥伦比亚大学赠予父亲名誉文学博士学位。这是我侍八十七岁老父赴美的起因。

但这次旅行的实际动机是，据我们的小见识，以为父亲必须出一次国，不然不算解决了政治问题。所以才扶杖远涉重洋。总算活着出去，也活着回来。所获自不止政治上争了一口气和一个名誉博士。

我们在9月9日自匹兹堡驱车往纽约，到市郊时已是黄昏，路边的灯不知不觉间亮了起来，越来越多。到哥大招待所时，黑夜已先我们而至了。从高楼的房间里下望，只见一片灯光的海洋，静止的闪烁的和流动的光，五彩缤纷，互相交叉，互相切入，好不辉煌。

10日上午，有几家报纸和电台来访，所问大多为来美感想。其中一位记者与我的兄长在宾州大学同学。大家又一次慨叹世界之小。在不断的客人中，清华老学长黄中孚出现在门前，宣称带来了熨斗，问我们的“礼服”是否需要熨一下。接着我在费城的几位女友联袂而至，带来四双鞋任我挑，因为据说我的鞋不大合格。这时我们不但惊世界之小，更喜人情之厚了。

下午4时，在哥大图书馆圆形大厅举行了隆重的授予名誉博士的仪式。仪式由哥大校长索尔云主持。上台的几个人都罩上了丝绒长袍，很庄严，可也很热。索尔云笑道："荣誉和安逸是不能并存的。"

仪式最先由哥大哲学教授狄百瑞先生致辞。这次赠授学位本系他所倡议。狄先生在香港中文大学新亚书院讲学时，对他的介绍中有一句话："先生本一介书生。"看到一位金发碧眼的书生，觉得很有趣。他致辞中说："我自己不能理解也不能同意近年来对冯先生的批评；我也不妄自评价他的行为的意义。我以为，他了解自己是有困难的，其中有尖锐的冲突。但是他忍耐，他永不失望，总是向着未来，相信中国和西方会有更好的了解。他是中国真正的儿子，也是哥伦比亚可尊敬的校友。他的学术研究为促进我们两大民族的了解，做出了很多贡献。"

之后由索尔云致辞，授证书，戴兜帽。再由父亲致答辞。这份答词已收入《三松堂自序》。他在答词中概括地讲述了自己六十年哲学路程。最后再次引用了"周虽旧邦，其命维新"这两句诗。他的努力是保持旧邦的同一性和个性，同时要促进实现新命——现代化。请注意"旧邦新命"的提法首见于冯撰西南联大纪念碑文："我国家以世界之古国，居东亚之天府，本应绍汉唐之遗烈，作并世之先进。将来建国完成，必于世界历史，居独特之地位。盖并世列强，虽新而不古；希腊罗马，有古而无今。唯我国家，亘古亘今，亦新亦旧。斯所谓'周虽旧邦，其命维新'者也。"碑文作于1946年。这次又提到这两句，强烈地表现了老人一贯热爱祖国的精神，如日月昭昭，肺腑可见！

答词中还说，在国家统一、建立了强大的中央政府后，会出现新的广泛哲学体系，作为国家的指针。中国今天也需要一个包括新文明各个方面的广泛哲学体系来指导。对于这一点，父亲的挚友卜德提出了异议。

仪式之后是招待会，父亲坐在轮椅上和来祝贺的宾客握手，不少人问起我的创作，现在很觉惭愧。三年来我在这方面毫无进展。晚上为父亲举行的宴会上，有几位朋友讲了话。卜德先生是《中国哲学史》两卷本的英译者，曾数次到中国。他自己说，1978年是最后一次，那年他两次到北大，都未获准来见父亲。他确曾写过一信，说既然如此，他永不再来。如今逢此盛会，彼此感动可想而知。感动和欢喜不妨碍他坦率地说出自己的看法。意见不同也丝毫不妨碍友谊。这使我也感动和欢喜。

卜德那一段异议译文大意如下："冯先生答词中说，一国政治的统一往往伴随着新的统一的哲学，并以为今天也要如此。可以理解，在任何时代和国家中，许多人——特别在他们经历了严酷的政治、社会紧张局面之后，会渴望有一个无所不包的单一的体系，使他们知道如何待人处世，如何对待人类以外的世界，这体系会使人得到心理上的平安和有社会目的。但是如果这样，特别是官方支持时，就会走向教条主义和盲目的狂热，使人不敢提出问题。所以我以为，理智的多样思考，尽管会带来实际困难，总是比整齐划一为好。我以为，先秦的百家争鸣，汉以后佛道教的争辩，比后来政府支持的正统儒家，更能促进理性的发展。"

父亲后来说，当时无时间深谈，可是卜德说的不需要正统，这不需要本身也是一个正统。所以在一个时期中还是要有大多数人共同的思想。我很怕落入哲学的论辩，制止他再发挥。我以为一个时期大多数人共同的思想最好是自然形成而非人为强制。可以提倡，而不应禁止。数千年封建制度使我们习惯于统一，最好也渐渐习惯于不同、多样。

晚宴上发言的还有哥大副教授陈荣捷和哈佛教授杜维明。陈先生说，最重要的是，当别人都贬低中国文化传统时，在一片全盘西化的呼声中，冯先生写出了他的哲学史，使知识界重新信任自己的传统。他至少给了中国哲学以尊严，如果还不是荣耀的话。这就保证了他在中国历史上的地位。杜先生说，冯教授最关心的是儒家文化的个性和为科学技术规定的世界文化二者的创造性综合。这和儒家那永远的追求不可分。那追求是：在使人性失去的世界中，追求充分的人的意义。

最后父亲讲了一则逸事：我们在旧金山机场遇到一位老人，攀谈起来。那位老先生问，你们来自中国，可知道冯友兰先生是否还在世？双方大笑后得知老先生也是哥大校友，比父亲高一班，老先生说大家都非常关心父亲的情况。晚宴结束了。父亲再次感谢哥大，也感谢在美国体验到的温暖的人情和理解。

回到房间里，凭窗而望，见灯光的海洋依旧。心头不觉泛起一阵温暖的波浪，这是人情的温暖，是逐渐了解的温暖。一张张含笑的面孔在眼前掠过，仪式上的，招待会上的，晚宴上的，还有两个多月来的新朋旧友，他们那关心的、寻求理解的目光比灯还亮。灯光的海洋流动着，夜复一夜。从昨晚到今晚，有多少页人生的书翻过了呢。

九十华诞会

1985年12月4日，是父亲九十寿诞。我们家本来没有庆寿习惯，母亲操劳一生，从未过一次生日，自进入八十年代，生活渐稳定，人不必再整天检讨，日子似乎有点滋味；而父亲渐届耄耋，每一天过来都不容易。于是每逢寿诞，全家人总要聚集。父亲老实地坐在桌前，戴上白饭巾，认真又宽宏地品尝每一样菜肴，一律说好。我高兴而又担心，总不知明年还能不能有这样的聚会。

一年年过来了。今年从夏天起，便有亲友询问怎样办九十大庆。活到九十岁毕竟是难得的事。我那久居异国的兄长钟辽，原也是诗、书、印三者兼治的，现在总怀疑自己的中国话说得不对，早就“声称”要飞越重洋，回来祝寿；父亲的学生、《三松堂自序》笔录者、《三松堂全集》总编纂涂又光居住黄鹤楼下，也有此志。北京大学中国哲学史教研室汤一介等全体同人，热情地提出要为父亲九十寿诞举行庆祝会。父亲对此是安慰的，高兴的，我知道。

记得1983年12月，北京大学哲学系为父亲和张岱年先生庆祝执教六十周年时，当时北大校长张龙翔和清华副校长赵访熊两先生都在致辞中肯定了父亲的爱国精神，肯定了北平解放前夕的1948年他从美国赶回，是爱国的行动，并对他六十年的教学与研究工作做了好的评价。老实说，三十多年来，从我的青年时代始，耳闻目睹，全是对父亲的批判。父亲自己，无日不在检讨。家庭对于我，像是一座大山压在头顶，怎么也逃不掉的。在新中国移去了人民头上三座大山后，不少人又被自己的家庭出身压得喘不过气来。我因一直在中央机关工作，往来尽有识之士，所遇大体正常。但有一个在检讨中过日子的父亲，并不很轻松。虽然他的检讨不尽悖理，虽然有时他还检讨得很得意，自觉有了进步。

那是我第一次听到对父亲过去行为的肯定而不是对他检讨的肯定，老实说，骤然间，我如释重负。这几年在街上看见花红柳绿的穿着，每人都有自己的外表，在会上听到一些探讨和议论，每人都有自己的头脑，便总想喊一声，哦！原来生活可以是这样。在如释重负的刹那，我更想喊一声：幸亏我活着，活过了“文化大革命”，活到今天！

一位九十岁哲学老人活着，活到今天，愈来愈看清了自己走过的路，不是更值得庆贺吗？他活着，所以在今年（1985年）12月4日上午举行了庆祝会。会上有许多哲学界人士热情地评价了他在哲学工作上的成就，真心实意地说出了希望再来参加“茶寿”的吉利话。茶字拆开是一百零八，我想那只是吉利话，但是真心实意的吉利话。现在人和人的关系不同了。人和人之间不再只是揭发、斗争和戒备，终日如临大敌，而也有了互相关心和信任，虽然还只是开始。人们彼此本来应该这样对待。

在会上还听到哲学系主任黄枬森的发言。他不只肯定了老人的爱国精神，还说了这样的话：“在解放前夕，冯先生担任清华校务会议代理主席，北平解放后，他把清华完整地交到人民手中，这是一个功绩。”我们又是第一次听到这样的肯定。这次不再如释重负，而是有些诧异，有些感动。父亲后来说：“当时校长南去，校务委员会推选我代理主席，也没有什么大机智大决策，只是要求大家坚守岗位，等候接管。这也是校务会议全体同人的意思。现在看来，人们的看法愈来愈接近事实。这是活到九十岁的好处。”

父亲还说：“长寿的重要在于能多明白道理，尤其是哲学道理，若无生活经验，那是无法理解的。孔子云：‘加我数年，五十以学《易》，可以无大过矣。’五十岁以前，没有足够的经验，不能理解《周易》道理；五十以后，如果老天不给寿数，就该离开人世了。所以必须‘加我数年’。若不是这样，寿数并不重要。”

中国数千年历史中，年过九十的哲学家只有明朝中叶的湛若水和明末清初的孙奇逢二人。父亲现已过九十，向百岁进军。这当然和全国人民寿命增长，健康水平提高有关。毕竟到了二十世纪下半叶了。转眼便要进入二十一世纪。人所处的时代不同，条件不同，人本身，也总该有所不同了吧。

这“人”的条件的准备，从中国传统文化能取得什么，一直是大家关心的问题。从父亲身上我看到了一点，即内心的稳定和丰富。这也可能是长寿的原因之一。他在具体问题前可能踌躇摇摆，但他有一贯向前追求答案的精神，甚至不怕否定自己。历史的长河波涛汹涌，在时代证明他的看法和事实相谬时，他也能一次再一次重新起步。我常说中国人神经最健全，经得起折腾。这和儒家对人生的清醒、理智的态度和实践理性精神，是有关系的。而中国传统文明的另一重要精神，无论是曾点“浴乎沂，风乎舞雩，咏而归”

的愿望，或是庄子游于无何有之乡的想象，或是“我来问道无余说，云在青天水在瓶”的禅宗境界，都表现了无所求于外界的内心的稳定和丰富。

提起宋明道学，一般总有精神屠刀的印象。其流毒深远，确实令人痛恨，但在“人欲尽处，天理流行”之下，还有“乐其日用之常……直与天地万物，上下同流”等话。照父亲的了解，那“孔颜乐处”，是把出世和入世的精神结合起来，从而达到彼岸性和此岸性的一致。所以能“胸次悠然”。所以父亲能在被批判得体无完肤，又屡逢死别的情况下活下来，到如今依然思路清楚、记忆鲜明，没有一点老人的执拗和怪癖。有的老先生因看不懂自己过去的著作而厌世，有的老先生因耳目失其聪明而烦躁不安，父亲却依然平静自如。其实他目力全坏，听力也很可怜。但他总处于一种怡悦之中。没人理时，便自己背诗文。尤爱韩文杜诗。有时早上一起来便在喃喃背诵。有时有个别句子想不起来，要我查一查，也要看我方便。他那脑子皱褶像一个缩微资料室。所以他做学问从不在卡片之类上下功夫，也很少笔记。

4日这天黄昏，在不断前来祝寿的亲友中来了一位负责编写西南联大校史的教师，她带来西南联大纪念碑的拓片，询问一些问题。我们看了拓片都很感慨。这篇文章是父亲平生得意之作。他的学生赞之为有论断、有气势、有感情、有文采、有声调，抒国家盛衰之情，发民族兴亡之感，是中国现代史上一篇大文。1980年我到昆明，曾往联大旧址，为闻一多先生衣冠冢和纪念碑各写了一首小诗。纪念碑一首是这样的：

那阳光下极清晰的文字

留住提炼了的过去

虽然你能够证明历史

谁又来证明你自己

到了1985年，人们不再那么热衷证明过去了。过去反倒清楚起来。因为轮廓清楚了，才觉得有些事其实无须计较的。

我们还举行了一次寿宴，请了不少亲友参加。父亲的同辈人大都在八十岁以上了。我平素不善理事，总有不周到处，这次也难免。但看到大红绸上嵌有钟鼎文寿字的寿幛，看到坐在寿幛前的精神矍铄的父亲，旁边有哥哥认真地为他夹菜，我相信没有人计较不周到。大家都兴高采烈。寿，人人喜欢；老寿翁，也人人喜欢。那飘拂的银髯，似乎表示对人生已做了一番提炼。把许多本身的不纯净，或受到误解和曲解都洗去了，留下了闪闪的银样的光泽。

“为天下的父母，喝一口酒。”我说。

有的父母平凡，有的父母伟大。就一个家庭来说，不论业绩如何，每位父母如果年届九十，都值得开一个庆祝会。

霞落燕园

北京大学各住宅区，都有个好听的名字。朗润、蔚秀、镜春、畅春，无不引起满眼芳菲和意致疏远的联想。而燕南园只是个地理方位，说明在燕园南端而已。这个住宅区很小，共有十六栋房屋，约一半在五十年代初已分隔供两家居住，“文革”前这里住户约二十家。63号校长住宅自马寅初先生因过早提出人口问题而迁走后，很长时间都空着。西北角的小楼则是党委统战部办公室，据说还是冰心前辈举行“第一次宴会”的地方。有一个游戏场，设秋千、跷板、沙坑等物。不过那时这里的子女辈多已在青年，忙着工作和改造，很少有闲情逸致来游戏。

每栋房屋照原来设计各有特点，如56号遍植樱花，春来如雪。周培源先生在此居住多年，我曾戏称之为周家花园，以与樱桃沟争胜。54号有大树桃花，从楼上倚窗而望，几乎可以伸手攀折，不过桃花映照的不是红颜，而是白发。61号的藤萝架依房屋形势搭成斜坡，紫色的花朵逐渐高起，直上楼台。随着时光流逝，各种花木减了许多。藤萝架已毁，桃树已斫，樱花也稀落多了。这几年万物复苏，有余力的人家都注意绿化，种些植物，却总是不时被修理下水道、铺设暖气管等工程毁去。施工的沟成年累月不填，各种器械也成年累月堆放，高高低低，颇有些惊险意味。

这只不过是最表面的变化。迁来这里已是第三十四个春天了。三十四年，可以是一个人的一辈子，做出辉煌事业的一辈子。三十四年，婴儿已过而立，中年重逢花甲。老人则不得不撒手另换世界了。燕南园里，几乎每一栋房屋都经历了丧事。

最先离去的是汤用彤先生。我们是紧邻。1964年的一天，他和我的父亲同往人民日报开会批判胡适先生，回来车到家门，他忽然说这是到了哪里，找不到自己的家。那便是中风先兆了。不久逝世。记得曾见一介兄从后角门进来，臂上挂着一根手杖。我当时想，汤先生再也用不着它了。以后在院中散步，眼前常浮现老人矮胖的身材，团团的笑脸。那时觉得死亡真是不可思议的事。

“文化大革命”初始，一张大字报杀害了物理系饶毓泰先生，他在51号住处投缳身亡。数年后翦伯赞先生夫妇同时自尽，在64号。他们是“文革”中奉命搬进燕南园的。那时自杀的事时有所闻，记得还看过一个消息，题目是《刹住自杀风》，心里着实觉得惨。

1977年我自己的母亲去世后，死亡不再是遥远的了，而是重重地压在心上，却又让人觉得空落落，难以填补。虽然对死亡已渐熟悉，后来得知魏建功先生在一次手术中意外地去世时，还很惊诧。魏家迁进那座曾经空了许久的63号院，是在七十年代初，但那时它已是个大杂院了。魏太太王碧书曾和我的母亲说起，魏先生对她说过，新中国成立以来经过多少次运动，想着这回可能不会有什么大错了，不想更错！当时两位老太太不胜慨叹的情景，宛在目前。

65号哲学系郑昕先生，后迁来的东语系马坚先生和抱病多年的老住户历史系齐思和先生俱以疾终。1982年父亲和我从美国回来不久，我的弟弟去世，在悲苦忙乱之余忽然得知52号黄子卿先生也去世了。黄先生除是化学家外，擅长旧体诗，有唐人韵味。老一代专家的修养，实非后辈所能企及。

女植物学家吴素萱先生原在北大，后调植物所工作，一直没有搬家。七十年代末期我进城开会，常与她同路。她每天六点半到公共汽车站，非常准时。常把校园里的植物向她请教。她都认真回答，一点不以门外汉的愚蠢为可笑。她病逝后约半年，《人民日报》刊登了一张她在看显微镜的照片。当时传为奇谈。不过我想，这倒是这些先生总的写照。九泉之下，所想的也是那点学问。

冯定同志是老干部，和先生们不同。在55号住了几十年，受批判也有十几年了。他有句名言："无错不当检讨的英雄。"不管这是针对谁的，我认为这是一句好话，一句有骨气的话。听说一个小偷到他家破窗而入行窃，翻了半天才发现有人坐在屋中，连忙仓皇逃走，冯定对他说："下回请你从门里进来。"这位老同志在久病备受折磨之后去世了。到他为止，燕南园向人世告别的"户主"已有十人。

但上天还需要学者。1986年5月6日，朱光潜先生与世长辞。

朱家在"文革"后期从燕东园迁来，与人合住了原统战部小楼。那时燕南园已约有八十余户人家。兴建了一座公厕，可谓"文革"中的新生事物，现在又经翻修，成为园中最显眼的建筑。朱家也曾一度享用它。据朱太太奚今吾说，雨雪时先由家人扫出小路，老人再打着伞出来。令人庆幸的是北京晴天多。以后大家生活渐趋安定，便常见一位瘦小老人在校园中活动，早上举着手杖小跑，下午在体育馆前后慢走。我以为老先生们大都像我父亲一样，耳目失其聪明，未必认得我，不料他还记得，还知道些我的近况，不免暗自惭愧。

我没有上过朱先生的课，来往也不多。1960年10月我调往《世界文学》编辑部，评论方面任务之一是发表古典文艺理论。我们组到的第一篇稿子是朱先生摘译的莱辛名著，《拉奥孔：论画和诗的界限》，原书十六万字，朱先生摘译了两万多字，发表在1960年12月《世界文学》上。记得朱先生在译后记中论及莱辛提出的为什么拉奥孔在雕刻里不哀号，在诗里却哀号的问题。他用了化美为媚的说法。并曾对我说用“媚”字译charming最合适。媚是流动的，不是静止的；不只有外貌的形状，还有内心的精神。“回头一笑百媚生”，那“生”字多么好！我一直记得这话。1961年下半年他又为我们选择了一组文艺复兴时期意大利文艺理论，都极精彩。两次译文的译后记都不长，可是都不只有材料上的帮助，且有见地。朱先生曾把文学批评分为四类，以导师自居、以法官自命、重考据和重在自己感受的印象派批评。他主张后者。这种批评不掉书袋，却需要极高的欣赏水平，需要洞见。我看现在《读书》杂志上有些文章颇有此意。

也不记得为什么，有一次追随许多老先生到香山，一个办事人自言自语：“这么多文曲星！”我便接着想，用满天云锦形容是否合适，满天云锦是由一片片霞彩组成的。不过那时只顾欣赏山的颜色，没有多注意人的活动。在玉华山庄一带观赏之余，我说我还从未上过“鬼见愁”呢，很想爬一爬。朱先生正坐在路边石头上，忽然说，他也想爬上“鬼见愁”。那年他该是近七十了，步履仍很矫健。当时因时间关系，不能走开，还说以后再来。香山红叶的霞彩变换了二十多回，我始终没有一偿登“鬼见愁”的夙愿，也许以后真会去一次；只是永不能陪同朱先生一起登临了。

“文革”后期政协有时放电影，大家同车前往。记得一次演了一部大概名为《万紫千红》的纪录片，有些民间歌舞。回来时朱先生很高兴，说：“这是中国的艺术，很美!”他说话的神气那样天真。他对生活充满了浓厚的感情和活泼泼的兴趣，也只有如此情浓的人，才能在生活里发现美，才有资格谈论美。正如他早年一篇讲人生艺术化的文章所说，文章忌俗滥，生活也忌俗滥。如季札挂剑夷齐采薇这种严肃的态度，是道德的也是艺术的。艺术的生活又是情趣丰富的生活。要在生活中寻求趣味，不能只与蝇蛆争温饱。记得他曾与他的学生澳籍学者陈兆华去看莎士比亚的一个剧，回来要不到出租车。陈兆华为此不平，曾投书《人民日报》。老先生潇洒地认为，看到了莎剧怎样辛苦也值得。

朱先生从给青年的十二封信开始，便和青年人保持着联系。我们这一批青年人已变为中年而接近老年了，我想他还有真正的青年朋友。这是毕生从事教育的老先生之福。就朱先生来说，其中必有奚先生内助之功，因为这需要精力、时间。他们曾要我把新出的书带到澳洲给陈兆华，带到社科院外文所给他的得意门生朱虹。他的学生们也都对他怀着深厚的感情。朱虹现在还怪我得知朱先生病危竟不给她打电话。

然而生活的重心、兴趣的焦点都集中在工作，时刻想着的都是各自的那点学问，这似乎是老先生们的共性。他们紧紧抓住不多了的时间，拼命吐出自己的丝，而且不断要使这丝更亮更美。有人送来一本澳大利亚人写的美学书，托我请朱先生看看值得译否。我知道老先生们的时间何等宝贵，实不忍打扰，又不好从我这儿驳回，便拿书去试一试。不料他很感兴趣，连声让放下，他愿意看。看看人家有怎样的说法，看看是否对我国美学界有益。据说康有为曾有议论，他的学问在二十九岁时已臻成熟，以后不再求改。有的老先生寿开九秩，学问仍和六十年前一样，不趋时尚固然难得，然而六十年不再吸收新东西，这六十年又有何用？朱先生不是这样。他总在寻求，总在吸收，有执着也有变化。而在执着与变化之间，自有分寸。

老先生们常住医院，我在省视老父时如有哪位在，便去看望。一次朱先生恰住隔壁，推门进去时，见他正拿着稿子卧读。我说："不准看了。拿着也累，看也累！"便取过稿子放在桌上。他笑着接受了管制。若是自己家人，他大概要发脾气的。这是他生命中最重要的事啊。他要用力吐他的丝，用力把他那片霞彩照亮些。

奚先生说，朱先生一年前患脑血栓后脾气很不好。他常以为房间中哪一处放着他的稿子，但实际没有，便烦恼得不得了。在香港大学授了他荣誉学位那天，他忽然不肯出席，要一个人待着，好容易才劝得去了。一位一生寻求美、研究美、以美为生的学者在老和病的障碍中的痛苦是别人难以想象的——他现在再没有寻求的不安和遗失的烦恼了。

文成待发，又传来王力先生仙逝的消息。与王家在昆明龙头村便曾是邻居，燕南园中对门而居也已三十年了。三十年风风雨雨，也不过一眨眼的工夫。父亲九十大寿时，王先生和王太太夏蔚霞曾来祝贺，他们还去向朱先生告别，怎么就忽然一病不起！王先生一生无党无派，遗命夫妇合葬，墓碑上要刻他1980年写的赠内诗。中有句云：“七省奔波逃猃狁，一灯如豆伴凄凉”“今日桑榆晚景好，共祈百岁老鸳鸯。”可见其固守纯真之情，不与纷扰。各家老人转往万安公墓相候的渐多，我简直不敢往下想了。只有祷念龙虫并雕斋主人安息。

十六栋房屋已有十二户主人离开了。这条路上的行人是不会断的。他们都是一缕光辉的霞彩，又组成了绚烂的大片云锦，照耀过又消失，像万物消长一样。霞彩天天消去，但是次日还会生出。在东方，也在西方，还在青年学子的双颊上。

水仙辞

仲上课回来，带回两头水仙。可不是，一年在不知不觉间，只剩下一个多月了，已到了养水仙的时候。

许多年来，每年冬天都要在案头供一盆水仙。近十年，却疏远了这点情趣。现在猛一见胖胖的茎块中顶出的嫩芽，往事也从密封着的心底涌了出来。水仙可以回来，希望可以回来，往事也可以再现，但死去的人，是不会活转来了。

记得城居那十多年，澂莱与我们为伴。案头的水仙，很得她关注，换水、洗石子都是她照管。绿色的芽，渐渐长成笔挺的绿叶，好像向上直指的剑，然后绿色似乎溢出了剑锋，染在屋子里。在北风呼啸中，总感到生命的气息。差不多常在最冷的时候，悄然飘来了淡淡的清冷的香气，那是水仙开了。小小的花朵或仰头或颔首，在绿叶中显得那样超脱，那样幽娴。淡黄的花心，素白的花瓣，若是单瓣的，则格外神清气朗，在线条简单的花面上洋溢着一派天真。

等到花叶多了，总要用一根红绸带或红皱纸，也许是一根红线，把它轻轻拢住。那也是澂莱的事。我只管赞叹："哦，真好看。”现在案头的水仙，也会长大，待到花开时，谁来操心用红带拢住它呢。

管花人离开这世界快十一个年头了。没有骨灰，没有放在盒里的一点遗物，也没有一点言语。她似乎是飘然干净地去了。在北方的冬日原野上，一轮冷月照着其寒彻骨的井水，井水浸透了她的身心。谁能知道，她在那生死大限上，想喊出怎样痛彻肺腑的冤情，谁又能估量她的满腔愤懑有多么沉重！她的悲痛、愤懑以及她自己，都化作灰烟；和在祖国的天空与泥土里了。

人们常赞梅的先出，菊的晚发。我自然也敬重它的品格气质。但在菊展上见到各种人工培养的菊花，总觉得那曲折舒卷虽然增加了许多姿态，却减少了些纯朴自然。梅之成为病梅，早有定盦居士为之鸣不平了。近闻水仙也有种种雕琢，我不愿见。我喜欢它那点自然的挺拔，只凭了叶子竖立着。它竖得直，其实很脆弱，一摆布便要断的。

她也是太脆弱。只是心底的那一点固执，是无与伦比了。因为固执到不能扭曲，便只有折断。

她没有惹眼的才华，只是认真，认真到固执的地步。五十年代中，我们在文艺机关工作。有一次，组织文艺界学习中国近代史，请了专家讲演。待到一切就绪，她说：“这个月的报还没有剪完呢，回去剪报吧。”虽然她对近代史并非没有兴趣，当时确有剪报的任务，不过从未见有人使用这资料。听着嚓嚓的剪刀声，我觉得她认真得好笑。

“我答应过了。”她说。是的，她答应过了。她答应过的事，小至剪报，大至关系到身家性命，她是要做到的，哪怕那允诺在冥暗之中，从来无人知晓。

我们曾一起翻译《缪塞诗选》，其实是她翻译，我只润饰文字而已。白天工作很忙，晚上常译到很晚。我嫌她太拘泥，她嫌我太自由，有时为了一个字，要争论很久。我说译诗不能太认真，因为诗本不能译。她说诗人就是认真的，译诗的人更要认真。那本小书印得不多，经过那动荡的年月，我连一本也没有留下。绝版的书不可再得了。眼看新书一天天多起，我指望着更好的译本。她还在业余翻译了法国长篇小说《保尔和维绮妮》，未得出版。近见报上有这部小说翻译出版的消息，想来她也会觉得安慰的。

她没有做出什么惊人的事业，那点译文也和她一样不复存在了。她从不曾想要有出类拔萃的成就，只是认真地、清白地过完了她的一生。她在人生的职责里，是个尽职的教师、科员、妻子、母亲和朋友。在到处是暗礁险滩的生活的路上，要做到尽职谈何容易！我想她是做到了。她做到了她尽力所能做到的一切，但是很少要求回报。她是这样淡泊。人们都赞水仙的淡泊，它的生命所需不过一盆清水。其实在那块茎里，已经积蓄足够的养料了。人的灵魂所能积蓄的养料，其丰富有时是更难想象的吧。

现在又有水仙在案头了。我不免回想与她分手的时候。记得是濈莱到干校那年，有人从外地辗转带来两头水仙，养在漏网的白瓷盆里。她走的那天，已经透出嫩芽了。当时两边屋里都凌乱不堪，只有绿芽白盆、清水和红石子，似乎还在正常秩序之中。

我们都不说话，心知她这一去归期难卜。当时每个人都不知自己明天会变成什么，去干校后命运更不可测。但也没有想到眼前就是永诀。让她回来收拾东西时间很短，她还想为在重病中的我做一碗汤，仅只是一碗汤而已，但是来不及了。她的东西还没有收拾好，用两块布兜着，便去上车。仲草草替她扎紧，提了送她。我知道她那时担心的是我的病体，怕难见面。我倚在枕上想，我只要活着，总会有见面的一天。她临走时进房来看着水仙，说了一句“别忘了换水”，便转身出去。从窗中见她笑着摆摆手。然后大门呀的一声，她走了。

那竟是最后一面！那永诀的笑容留下了，留在我心底。是她，她先走了。这些年我不常想到她。最初是不愿意想，后来也就自然地把往事封埋。世事变迁，旧交散尽，也很少人谈起她这样平常的人。她自己，从来是不愿占什么位置的，哪怕在别人心中。若知道我写这篇文字，一定认为很不必，还要拉扯水仙，甚至会觉得滑稽吧。但我隔了这许多年，又在自己案头看见了水仙，是不能不写下几行的。

尽管她希望住在遗忘之乡，我知道记住她的不只我一人。我不只记住她那永诀的笑容，也记住要管好眼前的水仙花。换水、洗石子，用红带拢住那从清水中长起来的叶茎。

澂莱姓陈，原籍福建，正是盛产水仙花的地方。

悼张跃

张跃，中国哲学史研究者，三松堂的关门弟子，冯友兰先生的最后一个博士生。

他很年轻，时间在他身上停止时，不过三十三岁。不知他还有多少计划，多少梦想，可是本来应是慷慨给予的年岁竟然掠走了一切。

去年春天，我从医院经过治疗回到燕南园，他曾来看望。当时说是睡眠很不好。我们没有料到这是重病的表现。夏天听说他住医院了，还曾想以后要给他介绍一种有助于睡眠的气功。12月22日我奉双亲归窆，知他关心，也曾通知，而那时他已不能起床了。

六天以后，他随老师游于地下。这消息我是从电话中得知的，当时已又是一年春了。我惊诧叹息，人生真不可测。

父亲最后几年的著书生活中，常为助手问题苦恼，学校没有名额，找人抄抄写写总不当意。1985年任又之（继愈）先生建议，最好带博士生。学生可以随在身边学习，又可以帮助工作，可谓一举两得。于是，便有张跃出现在三松堂前。

这是个能干的年轻人。父亲有四字评语："书而不呆。"和我家几个“又书又呆”或竟“呆而不书”的呆子们相比，能帮得上忙多了。他来时，《中国哲学史新编》第四册刚开始。他除在指导下读书写论文，便是帮助查找资料，看《新编》稿。间或也帮助记录。父亲从他那缩微资料馆般的头脑中提出篇目，张跃便去查找。有一次父亲要外子蔡仲德找一本书，说记得这书家里是有的。蔡教授遍找无着。次日准备到大图书馆去借。不料张跃一出书房门，便看见走廊里的一堆书中赫然躺着那本书。为这事我们笑了一个月。

三年一转眼过去，张跃毕业了，获北京大学哲学博士学位，仍回宗教所工作。但他还是每周来一次帮助《新编》的写作。那时我们已找到一位退休中学教员马凤荪先生，旧学颇有根底，做记录胜任愉快，形成了一个较稳定的班子。

《新编》的完成张跃是有功的。在马先生来以前，笔录的人水平很差，张跃为了弄清究竟是哪几个字，就得向失聪的老人嚷嚷半天。父亲对中国哲学有话要说，原拟写八十一、八十二两章，但内容似少些。是张跃建议合并为一章，成为八十一章，即现在的讲解中国哲学的底蕴精神的最后一章。父亲对八十一这数字很满意。

记得那是在中日友好医院病房里谈论这事的。在走廊上张跃对我说：“不管怎样，先弄出一个提纲也好。”都怕父亲写不完这书，他竟以惊人的毅力字斟句酌地写完了，不仅只是提纲。而只有他年纪三分之一的张跃，患病前正在写《冯友兰先生传略》。他竟没有写完。

人们说，这是他们师生的缘分。他们一起看到《新编》的成稿，却都没有能看见最后一册的出版。最后一册，不知什么时候才能出版。时有读者写信，或竟登门来问，我回答不出。

对老人的生活，张跃也是关心的。医院看望，每每一陪就是一下午。若干年前，父亲的一位老学生送来一架粉碎机，我搁着没有用。直到这早先看来较特殊的小小机器有了普遍性，直到张跃来了，而且熟了，自告奋勇摆弄它半小时，机器才开始工作。

《新编》第七册完成后，父亲照例向帮助工作的学者们致谢。这是最后一册，父亲把我和仲都写上了。我以为不必，删去了。张跃提出也不要写他，我们当然没有同意。书而不呆，能干而不自矜，这样的人，似乎日见其少了。

张跃的硕士论文题目是《理学的产生与时代精神》，博士论文题目是《唐代后期儒学的新趋向》，已编辑成书，由台湾文津出版社收入该社的博士丛书。

人生匆匆，真如过客。过客的身份，是每一个人都一样的，但每个人留在别人心中的，很不一样。

辞行

尽管龙年大吉嚷得热闹，于我却似是流年不利。公历元旦便患急上感，发高烧，折腾了一周多；农历初八忽又发烧，没有任何感冒症状，心中惶恐，以为是什么疑难杂症。躺了两天，也见好了，不能看书，只躺着发呆。

黄昏时分，西窗上松影渐渐模糊，清晰的松针消失了，剩下几笔墨印。有人敲门。

听见仲去开门，一阵寒暄。有人说："躺着呢？好些了？不要起来。方便吗？"是K的声音。然后脚步响，K和他的妻子H走了进来。

K见我卧病在床不是第一遭了。上中学时在昆明，我平均每学期要生两次病。住在斜对门的K和小弟一起，常常来讲学校中的情况。有一次说好许多人同去大观楼游玩，我又临时病了不能去。K早上来转一下，说："冯姐姐，我回来讲给你听。"他们家只有兄弟，没有姊妹，很愿意有个姐妹好叫叫。那时他是一个瘦弱的少年，常穿一件不知哪里来的旧风衣，可能自以为很帅。

这样"讲给你听"的交往不知不觉间继续了近半个世纪，想想也是很不容易的。在我那总是化为周记或月记的日记里，不时会有一笔："今日K来，说拉单晶事。"那时我在写一个以半导体物理为专业的人物。稿子后来毁了。"今日K来，说科学院改革，要着重经济效益，人心惶惶云。"这是说他自己的处境。因他的研究效果不那么直接明显，而且年纪又快"到"了，用实验室都挤不上，可觉得还有许多招数未使出来，便想出一个大家都在使用的法子——去美国。

我知道他是来辞行的。"明天走，十点半的飞机。"K说。

"早听你们奶奶说了你要走。"所说的奶奶是K的母亲，我们始终是邻居，而K自立门户去了。"明天？明天星期几？"我疑惑。

"我坐的是美国飞机。"K解释。

"明天星期五。"H好意地回答。

在昏暗的灯光下，两人都显得很憔悴，说也是刚刚发过烧的，这一阵流行的各种类型的感冒很厉害。

最初K说起要往外国求职，已是一年多前的事了。他从小喜欢玩收音机，常到飞机场附近去捡零件，装了拆，拆了又装。听到无线电波传来的古怪声音，便高兴得手舞足蹈。他那对科学的热爱是与生俱来的。大学毕业后曾留学苏联，以后一直在工厂工作，近几年才调到研究所，却又不知怎么，总是不对头，没有能痛快淋漓地大干一场。

"想不到我也沦落到往外国去找事的地步。"K透露他的计划时苦笑道。

找事这个词含有谋生之意，这倒似乎不是他的本意。他觉得"闲着很无聊"，只求尽可能地把一点聪明才智用在正途。这大概是每一个正常的知识分子的正常要求，然而这谈何容易！依我看，他的缺点一大箩（希望K和H不要见怪），但以他的才能来说，实在该有千百倍于今天的成就。在听他说话时，我常感到莫名的悲哀。

然而生活也是不能不考虑的。既然是人，便不能不食人间烟火。和许多朋友一样，他们的生活水平显然下降了，H抱怨时，K不大响，抱怨是无意义的。有一天他忽然送来一篇复印的文字。那是冰心老人的小小说《万般皆上品……》我读着，他颇有些气势汹汹地质问："你为什么不写一篇？"

我一时回答不出。难道我不关心社会吗？不是的。

"你的事也太多了，身体又不好。"他自找理由原谅。

其实K也不是健康人，曾做过大手术。记得他手术后我到医院看望，H慌张地说："裂开了，都裂开了。"细问时，说是："缝的线断了，肠子都出来了。"她噙着眼泪。

我在病房门口张望，对他招招手，他点头，知道我来了。一会儿护士便把他推走，说是把肠子塞回去，重新缝起来。

我做过六次手术，还没有遇到这等事。但他活过来，恢复得很好，全日工作，还能游泳，现在则要远渡重洋，去过那紧张的生活了。

"还得注意身体，不要勉强。到底不是年轻人了。"我照例以大姐姐的身份叮嘱。

"嗯。"K答应着。

问起H近况时，才知道她在上个月退休了。我弄不清这是好事还是不好事。听说有人退休后经济上大有进益，有人则获得了时间，于是重整家园，收拾得花团锦簇，焕发了"第二次青春"，也有人百无聊赖，精神颓丧云云。不管好或不好，这是必然的事，就像K的出国一样。

“冯姐姐怕是累了，我们走吧?”H说。

叫我冯姐姐的人越来越少了，我早已上升到姑姑阶段，在有的场合已是祖字辈了。

他们走了。

我仍躺着发呆。窗上的墨印般的松影溶进黑夜里了。仲过来拉上了窗帘。

三 幅 画

戊辰龙年前夕，往荣宝斋去取裱的字画。在手提包里翻了一遍，不见取物字据。其实原字据已莫名其妙地不知去向，代替的是张挂失条。而连这挂失条也不见了。

业务员见我懊恼的样子，说，拿走吧，找着以后寄回来就行了。

我们高兴地捧了字画回家。一共五幅，两幅字三幅画，一幅幅打开看时，甚生感慨，现只说这三幅画。

三幅画均出自汪曾祺。

老实说，在1986年以前，我从不知汪曾祺擅长丹青，可见是何等的孤陋寡闻。原只知他不只写戏还能演戏，不只写小说散文还善旧诗，是个多面手。四十年代初，西南联大同学上演《家》。因为长兄钟辽扮演觉新，我去看过戏。有两个场面印象最深。一是高老太爷过世后，高家长辈要瑞珏出城生产，觉新在站了一排的长辈面前的惶恐样儿。哥哥穿一件烟色长衫，据说很潇洒。我只为觉新伤心，以后常常想起那伤心。一是鸣凤鬼魂下场后，老更夫在昏暗的舞台中间，敲响了锣，锣声和报着更次的喑哑声音回荡在剧场里，现在眼前还有那老更夫的模样，耳边还有那声音，涩涩的，很苦。

老更夫是汪曾祺扮演的。

时光一晃过了四十年。八十年代初，《钟山》编辑部举办太湖笔会，从苏州乘船到无锡去。万顷碧波，洗去了尘俗烦恼，大家都有些忘乎所以。我坐在船头上乘风破浪，十分得意，不断为眼前景色欢呼。汪兄忽然递过半张撕破的香烟盒纸，上写着一首诗："壮游谁似冯宗璞，打伞遮阳过太湖，却看碧波千万顷，北归流入枕边书。"我曾要回赠一首，且有在船诸文友相助，乱了一番，终未得出究竟。而汪兄这首游戏之作，隔了五年，仍清晰地留在我记忆中。

1986年春，偶往杨周翰先生家，见壁悬画图，上栖一只松鼠，灵动不俗。得知乃汪兄大作时，不胜惊异。又有一幅极秀的字，署名上官碧，又不知这是沈从文先生笔名。杨先生则为我的无知而惊异，笑说，你怎么什么都不知道。

实在是的，我常处于懵懂状态，这似乎是一种习惯。不过一经明白，便有行动，虽然还是拖了许久。初夏时，我修书往蒲黄榆索画，以为一年半载后可得一张。

不想一周内便来了一幅斗方。两只小鸡，毛茸茸的，歪着头看一串紫红色的果子，很可爱。果子似乎很酸，所以小鸡在琢磨吧。

这画我喜欢，但不满意，怀疑汪兄存有哄小孩心理，立即表态：不行不行，还要还要！

第二幅画也很快来了。这是一幅真正的赠给同行的画，红花怒放，下衬墨叶，紧靠叶下有字云："人间存一角，聊放侧枝花，临风亦自得，不共赤城霞。"画中花叶与诗都在一侧，留有大片空白，空白上有烟灰留下的一个小洞。曾嘱裱工保留此洞，答称没有这样的技术。整个画面在临风自得的恬淡中，却有一种活泼的热烈气氛。父亲看不见画，听我念诗后，大为赞赏，说用王国维标准来说，这诗便是不隔。何谓不隔？物与我浑然一体也。

这时我已满意，天下太平，不再生事。不料秋末冬初时，汪兄忽又寄来第三幅画。这是一幅水仙花，长长的挺秀的叶子，顶上几瓣素白的花，叶用蓝而不用绿，花就纸色不另涂白。只觉一股清灵之气，自纸上透出。一行小字：为纪念陈澂莱而作，寄与宗璞。

把玩之际，不觉嘘唏。谢谢你，汪曾祺！

澂莱乃我挚友，和汪兄也相识。五十年代最后一年，澂莱与我一同下放在涿鹿县。当时汪兄在张家口一带，境况比我们苦得多了。一次开什么会，大家穿着臃肿的大棉袄在塞上相见。我仍是懵懵懂懂，见了不认识的人当认识，见了认识的人当不认识。澂莱常纠正我，指点我这人那人都是谁；看我见了汪兄发愣，苦笑道，汪曾祺你也不认识！

澂莱于1971年元月在寒冷的井中直落九泉之下，迄今不明缘由。我曾为她写了一篇《水仙辞》的小文。现在谁也不记得她了，连我都记不准那恐怖的日子。汪兄却记得水仙花的譬喻，为她画一幅画，而且说来年水仙花发，还要写一幅。

从前常有性情中人的说法，现在久不见这词了。我常说的“没有真性情，写不出好文章”的大白话，也久不说了。性情中人不一定写文章，而写出好文章的，必有真性情。

汪曾祺的戏与诗，文与画，都隐着一段真性情。

三幅画放到1987年才送去裱，到1988年春节才取回。在家里再翻手提包，那挂失条竟赫然在焉。我只能笑自己的糊涂。

星期三的晚餐

去年春来时，我正在医院里。看见小花园中的泥土变得湿润，小草这里那里忽然绿了起来，真有说不出的安慰和兴奋。“活着真好。”我悄悄对自己说。

那时每天想的是怎样配合治疗。为补元气，饮食成为一件大事。平常我因太懒，奉行“宁可不吃也不做”的原则。当然别人做了好吃的，我也有兴趣，但自己是懒得动手的。得了病，别人做来我吃，成为天经地义，还唯恐不合口味，做者除了仲和外甥女冯枚，扩及住得近的表弟、妹和多年老友立雕（韦英）夫妇。

立雕是闻一多先生次子，和我同岁。我和他的哥哥立鹤同班，可不知为什么我和闻老二比闻老大熟得多。立雕知道我的病况后，认下了每星期三的晚餐，把探视的日子留给仲。因为星期三不能探视，就需要花言巧语费尽周折才能进到病房。每次立雕都很有兴致地形容他的胜利。后来我身体渐好，便到楼下去“接饭”。见他提着饭盒沿着通道走来，总要微惊，原来我们都是老人了。

好一碗鸡汤面！油已去得干净，几片翠绿的菜叶，让人看了胃口大开。又一次是煮米粉，不知都放了什么作料，我居然把一碗吃完。立雕还征求意见："下次想吃什么？"

"酿皮子。"我脱口而出，因为知道春华弟妹是陕西人。

"你真会挑！"又笑加一句，"你这人天生地要人侍候。"

又是一个星期三，果然送来了酿皮子。那东西做起来很麻烦，要用特制的盘子盛了面糊，在开水里搅来搅去。味道照例是浓重的。饭盒里还有一个小碟，放了几枚红枣。立雕说这是因为作料里有蒜，餐后吃点枣可以化解蒜味儿，是春华预备的。

我当时想，我若不痊愈，是无天理。

立雕不只拿来晚饭，每次还带些书籍来。多是关于抗战时昆明生活的。一次说起1945年1月我们随闻一多先生到石林去玩。闻先生那张口衔烟斗的照片就是在石林附近尾泽小学操场照的。

"说起来，我还没有这张照片呢。"我说。

"洗一张就是了。"果然下次便带来了那照片。比一般常见的大些。闻先生浓眉下双目炯炯有神，正看着我们，烟斗中似有轻烟升起。

闻先生身后有个瘦瘦的小人儿，坐在地上，衣着看不清，头发略长，弯弯的。

"呀！"我叫了一声，"这是谁呀？"

素来反应迟钝的仲这次居然一眼看清，虽然他从未见过少年时的我："这是谁？这不是我们的病号吗！"

立雕原来没有注意，这时鉴定认可。我身旁还有一个年轻人，不是立雕，也不是小弟，总是当时的熟人吧。

素来自命清高，不喜照相，人多时便躲到一边去。这回怎么了！我离闻先生不近，却正好照上了。而且在近五十年后才发现。

看见自己陪侍闻先生在照片里，觉得十分的快乐。

在昆明有一段时间，我们和闻家住隔壁。家门前都有西餐桌面大的一小块土地，都种了豌豆什么的，好掐那嫩叶尖。母亲和闻伯母常各自站在菜地里交谈。小弟向立鹤学得站立洗脚法，还向我传授。盆放在凳子上，人站在地下，两脚轮流做金鸡独立状。我们就一面洗一面笑。立鹤很有才华，能绘画，善演戏，英语也不错，若是能够充分发挥，应也像三弟立鹏一样是位艺术家。可叹他在1946年的灾难中陪同闻先生在鬼门关走了一遭；1957年又被错误地批判，并受了处分，经历甚为坎坷，心情长期抑郁不畅。他1981年因病去世，似是同辈人中最早离去的。

那次去石林是西南联大学生组织的，请闻先生参加。当时立鹤、立雕兄弟，小弟和我都是联大附中学生，是跟着闻先生去的。先乘火车到路南，再骑一种矮脚马。我们那时都没有棉衣，记得在旷野中迎风骑马，觉得寒气沁人。骑马到尾泽后，住在尾泽小学。以后无论到哪里都是步行了。先赏石林的千姿百态，为那鬼斧神工惊叹不止。再访瀑布大叠水、小叠水。给我印象最深的是尾泽附近的长湖。湖边的石奇巧秀丽，树木品种很多，一片绿影在水中，反照出来，有一种淡淡的幽光。水面非常安详闲在，妩媚极了。我以后再没有见到这样纯真妩媚的湖。1980年回昆明，再去石林，见处处是人为的痕迹，鬼斧神工的感觉淡得多了。没有人提到长湖，我也并不想再去，怕见到那本是不食人间烟火的天真烂漫，也沾惹上市井之气。

这张照片中没有风景，那时大同学组织活动，目的也不在风景。只是我太懵懂了，只记得在操场围成一个大圈子，学阿细跳月。闻先生讲话，大同学朗诵诗，唱歌，内容都不记得了。

1980年曾为衣冠冢写了一首诗，后半段有这样几句：

亲眼见那燃着的烟斗
照亮了长湖边的苍茫暮霭
我知道这冢内还有它
除了衣冠外。

原来照片中不只有它，还有我。

闻先生罹难后，清华不再提供住宅。父母亲邀闻伯母带领孩子们到白米斜街家中居住。我们住后院，立雕一家住前院。常和小弟三人一道骑车。那时街上车辆不像现在这样拥挤，三人并排而行，也无人干涉。现存有几张当时在北海拍摄的相片，一张是立雕和我在白塔下，我的头发和在闻先生背后这一张还是一模一样。后来我们迁到清华住了，他们一家经组织安排到了解放区。一晃便是几十年过去了。

在昆明时，教授们为生活所迫，不得不做点能贴补家用的营生。闻先生擅长金石，对美学和古文字又有很高的造诣，这时便镌刻图章，石章每字一千二百元，牙章每字三千元。立雕、立鹤兄弟两人有很好的观摩机会，渐得真传，有时也分担一些。立雕参加革命后长期做宣传工作，1988年离休，在家除编辑新编《闻一多全集》的《书信卷》之外，还应邀为浠水闻一多纪念馆设计和编写展览脚本。近期又将着手编闻先生的影集《人民英烈闻一多》。看样子他虽离休了，事情还很多，时间仍是不敷分配。

看来子孙还是非常重要，闻先生不只有子，而且有孙。《闻一多年谱长编》是由立雕之子闻黎明编写的。黎明查找资料很仔细，到昆明看旧报，见到冯爷爷的材料也都摘下。曾寄来蒙自“故居”的照片，问“璞姑”是不是这栋房子。房子不是，但在第三代人心中存有关切，怎不让人感动！

父亲前年去世后，立雕写了情意深重的信。信中除要以他们兄妹四人名义敬献花圈外，还说：“伯父去世是我们国家和人民的重大损失。我永远忘不了在我们最困难的时候，伯父、伯母给我们的关怀、帮助和安慰。我们两家两代人的友谊，是我脑海中永不会消失的美好记忆与回忆。”

从那桌面大的豌豆地，从那长湖上的暮霭，友谊延续着，通过了星期三的晚餐，还在延续着。我虽伶仃，却仍拥有很多。我有知我、爱我的朋友，有众多的堂兄弟姊妹、表兄弟姊妹，还有因上一代友情延续下来的诸家准兄弟姊妹——

比起“文革”间那一次重病的惨淡凄凉，这次生病倒是满风光的。怎舍得离开这个世界呢。

活着真好。

客有可人

这天天气很好。我想在客厅摆些花。五月初，花不少。插两枝丁香或几朵月季就可以添许多生气。可是似乎到客人来了，花也没有插上。

客人是英国人。一位是多丽斯·莱辛，根据报上的称呼，她是一位文豪。另一位玛格丽特·德拉布尔，则是著名作家。同来的还有德拉布尔的夫婿麦克尔·霍罗尔伊德，是传记文学作家。两位女作家的大名我当然知道，但没有读过她们的书。九年前访英时她们不在伦敦，未曾谋面。这次得知她们要来访我，心下是有几分诧异的。

中国大百科全书外国文学卷中有莱辛小传。她1919年生于英属伊朗，童年时全家迁到英属罗得西亚。1949年才返回伦敦定居。对于祖国来说，她是一个异乡人，一定是有很多不寻常的感受。卷中说，她写作题材广阔，富有社会意义。“西方有的评论家认为莱辛是当代英国最优秀的女作家，堪与简·奥斯丁和乔治·艾略特媲美。”她的作品有《青草在歌唱》《天狼星的试验》《优秀的恐怖分子》等数十种。在向百科全书讨教之余，我记起有人送过我一本莱辛的短篇小说集《习惯的爱》（抑或《爱的习惯》?），为了领略文风，很想找来翻一翻，但是书籍一入风庐，向来难以寻觅。于是临时的佛脚也没有抱成。

德拉布尔是一位女性文学的现实主义作家，著有《光辉的道路》《自然的好奇》和《象牙之路》三部曲等书。由于文学上的成就，已被封为英国勋爵。她生于1939年，一家人都毕业于剑桥大学。我在伦敦时倒是见过她的姐姐安托尼亚·勃雅特，也是一位小说家。她们的妹妹海伦是艺术史家，弟弟理查德是一位法官。关于玛·德拉布尔的介绍，总是全家出动的。

她们进了院门，从小径上走过来了。莱辛是一位瘦削的小老太太，满头银发。德拉布尔则较高大，看去不像年过半百。英语系教授陶洁陪同前来。她们刚刚在英语系会见学生，讲了英国文学情况。

坐定后献茶。这时莱辛对我说："我不喝印度红茶。"我一愣，顿时想起贾母不喝六安茶的声明。想来这是老年人的情性。当即回答说我这里没有印度红茶，我们喝的是北京花茶。"茶叶用茉莉花熏过的。"陶洁的英语极流利。

茶过三巡，话也说了不少。她们所以来访，原来是因为读了我那篇小说《鲁鲁》，见于《1949—1989中国最佳短篇小说》。这书是中国文学出版社编选出版的，前面有李子云序。全书无论从哪方面看都很好，子云的序也很精彩。最令我高兴的是《鲁鲁》的译文，除一些小地方不够准确（谁也难免）外，颇为传神。好几年前，澳大利亚一家出版社出版了一本中国女作家三人集《吹过草原的风》，内有《鲁鲁》，译文较生硬。有的翻译更看不出原作面貌了。《最佳短篇小说》中《鲁鲁》的译者是克利斯朵夫·司密斯。

她们说她们喜欢动物，也喜欢写动物的作品。奇怪的是她们没有读过屠格涅夫的《木木》。话题转到英国文学，说起哈代。莱辛说她喜欢哈代，最喜欢《无名的裘德》。我想我最喜欢的是《还乡》，其中游苔莎一心向往大城市的心态，现在若重读，定会有新的感受。

她们去过了八达岭。莱辛说那一条路很像意大利（希望我没有记错）。她问我写不写长篇小说，我说写的。她说希望早读到，可得找个好翻译。她的小说《金色笔记》已译成中文，我没有勇气替她看看文笔如何，以前读书读稿一目数十行，随意间就完成，现在数行之后眼睛就发花，想看也看不见了。

话题转向了德拉布尔。我说你们家很像勃朗特姊妹一家，三姊妹都写作，有一个兄弟。她笑起来，说："大家都这么说。可是我们的弟弟比她们的强多了。"勃朗特家的男孩游手好闲，有人请客，常找他陪着说话，类似清客一流人物。说话间，德拉布尔送我一本图文并茂的书《作家的不列颠》，其中有许多作家故居，和他们吟咏描写过的景物。莱辛也拿出书来，但并不送我，而是交给陶洁，赠英语系。当然这样读这书的人会多得多，是好办法。两个多月后，莱辛从伦敦寄了书来赠我，书名《伦敦观察》，是一本短篇小说集，内容多为自己成为祖国的异乡人这类感受，正是我关心的。

霍罗尔伊德不只写传记，还做了许多组织工作。曾任英国作家协会主席、英国笔会中心主席。他话不多，显得很谦逊。在座的还有英语系教授陈瑞兰，她翻译了多篇安格斯·威尔逊的小说。客人们希望见她，可能也希望她多译些英国作品吧。

过了几天，数理逻辑专家兼哲学家王浩教授偕夫人哈娜来访。王浩兄留了胡子，须发灰白，若在路上相遇，一定认不得了。他的成就是大家熟悉的，于此不多赘。他们从美国来参加北大校庆，特别是数学系系庆，后在勺园小住。哈娜是捷克人，思路活泼敏捷，说的英语很悦耳。我觉得她很可爱。她说她到北大来，只想见一个人，可惜见不到了。那就是我的父亲——冯友兰先生。人见不到，还可以看看三松，看看遗著，看看我。于是来到三松堂。哈娜说她最喜欢《中国哲学简史》这本书，我们马上互引为同调。我素以为《简史》是一本出神入化的书。写这书时，父亲已有哲学史方面的研究成绩，又创造了自己的哲学体系，两卷本《中国哲学史》和"贞元六书"俱已流传。《简史》将两方面成就融会贯通，深入浅出，内行不觉无味，外行不觉难懂。还有经过卜德教授润饰的英文，可谓清丽流畅。哈娜还喜爱文学，对莱辛、德拉布尔的作品都很熟悉。也说起勃朗特姊妹。人处五洲，肤色各异，可是谈起来都很了解。世界真像个大家庭。

座间还有清华学长唐稚松。他1948年到香港，我父亲写信叫他回来，他就回来了。唐兄现任中科院学部委员，一项研究成果获国家自然科学一等奖，为国家人民做出了贡献。除是科学家外，他还是诗人，旧诗格调极高，有"志汇中西归大海，学兼文理求天籁"之句。1951年陈寅恪先生曾专函召他赴穗任唐诗助教，可见造诣。他因另有专长，未能前往。

和王、唐两位谈话，每觉有新趣。他们都是"志汇中西""学兼文理”的人物。聚在一起，真是难得。遗憾的是，说的话我渐渐不懂了，虽用心听着，还如在五里雾中坐地。

8月下旬，美国女学者欧迪安来访。她是冯学研究专家，最近将几篇研究冯学的论文译成英文，自己写了一篇洋洋洒洒的序，将在美国出版。她极赞赏父亲对郭象的见解，屡次提到。我乃赠以一本冯氏英译庄子，其中有一篇专论郭象的文章。她真是大喜过望，如获至宝。她这次要查清冯著每一本书的出版年月，十分认真仔细。有一本书一时找不到，她辗转问过许多人，那晚深夜又问到我这里，经过补充的线索，终于查清。

我还想起另一位女学者，日本的后藤延子。《三松堂全集》中有的文章是她在日本找到的。她也是不肯有一点马虎的，对我们有些学者大而化之的作风频频摇手兼摇头。《三松堂全集》总编纂涂又光曾慨叹道：“若不认真努力，愧对延子。”

坚忍执着，知其不可而为之，本是我民族精神的重要组成部分，现在似乎是要渐渐溶化在滔滔商海中了。不要说皓首穷经，就是肯安下心来坐一坐冷板凳的人也愈来愈少了。

然而总有希望。我想起另一位来访者。

七十年代末，大家刚刚可以随意走动，三松堂来了个李姓青年人，年纪不过十八九岁，家在河南某县农村。他来的目的，是谈谈读书。他非常喜欢读书，村里无书，便每天步行数十里路，到地区（似是洛阳）图书馆去读书。回家往往在深夜。我后来根据他的谈话写了童话《星之泪》，写星星为一位好学的年轻人照亮路程。他的读书范围很广。除中国经典书籍外，那时正在读西方启蒙运动时的著作。他很想读狄德罗的《拉摩的侄儿》，却找不到。我发愿若买到一定寄去。我把他的地址姓名的字条放在砚台里，过了好几年，纸条终于不见了。

那年轻人后来不知读了多少书，又不知走上了哪一条生活之路。我想，在读书做学问的道路上，总会有更年轻的人跟上来的。

湖光塔影

从燕园离去的人，难免沾染些泉石烟霞的癖好。清晨在翠竹下读书，黄昏在杨柳岸边散步，习惯了，自然觉得燕园的朝朝暮暮，和那一木一石融在一起，难以分开。在诸般景色中，最容易萦绕于人们思念的，大概是那湖光塔影的画面了。但若真把这幅画面落在纸上，究竟该怎样着笔，我却想不出。

小时候，常在湖边行走。只觉得这湖水真绿，绿得和岸边丛生的草木差不多，简直分不出草和水、水和草来；又觉得这湖真大，比清华的荷花池大多了。要不然怎么一个叫池，一个叫湖呢。对面湖岸看来不远，但要走一会儿，不像荷花池一跑便是一圈。湖中心有一个绿色的小岛，望去树木葱茏，山石叠翠。岛东有一条白色的石船，永恒地停在那里。虽然很近，我却从未到过岛上。只在岸边看着鱼儿向岛游去，水面上形成一行行整齐的波纹，“鱼儿排队！”我想。在梦中，我便也加入鱼儿的队伍，去探索小岛的秘密。

一晃过了几十年。这里经过了多少惊涛骇浪。我在经历了人世酸辛之余，也已踏遍燕园的每一个角落，领略了花晨月夕，四时风光。未名湖，湖光依旧。那塔，应该是未名塔了，但从没有人这样叫它。它矗立在湖边，塔影俨然。它本是实用的水塔，建造时注意到为湖山生色，仿照了通州十三层宝塔的式样。关于通州塔，有许多优美的传说故事，而这未名塔最让人难忘的，只是它投在湖水上的影子。晴天时，岸上的塔直指青天，水中的塔深延湖底，湖水一片碧绿，塔影在湖光中，檐角的小兽清晰可辨。阴雨时，黯云压着岸上的塔，水中的塔也似乎伸展不开，雨珠儿在湖面上跳落，泛起一层水汽，塔影摇曳了，散开了，一会儿又聚在一起，给人一种迷惘的感觉。雾起时，湖、塔都笼罩着一层层轻纱。雪落时，远近都覆盖着从未剪裁过的白绒毡。

月夜在湖上别有一番情调。湖西岸有一座筑有钟亭的小山，山侧有树木、草地和一条小路。月光在这儿，多少有些局促。循小路转过山角，眼前忽然一亮，只见月色照得一片通明，水面似乎比白天宽阔了许多，水波载着月光不知流向何方。但那些北岸树丛中的灯火，很快显示了湖岸的线条，透露了未名湖的秀雅风致。行近岸边，长长的柳丝摇曳着月色湖光。水的银光下是挺拔的塔影，天的银光下是挺拔的塔身。湖中心的小岛蓊蓊郁郁，显得既缥缈又实在。这地面上留住的月光和湖面上的不同。湖面上的闪烁如跃，如同乐曲中轻盈的拨弦；地面上的迷茫空灵，却似水墨画中不十分均匀的笔触。

循路东行到一座小石桥边，向右折去，是一潭与未名湖相通的水。水面不大，三面山坡，显得池水很深。山坡上树木茂密，水边石草杂置。月光从树中照进幽塘，水中反射出冷冷的光，真觉得此时应有一只白鹤从水上掠过，好为那“寒塘渡鹤影，冷月葬花魂”的诗句做出图解。

冷月有知，当能告诉我们从建园起这里发生的各种悲剧。鹤影花魂，难逃封建统治的魔掌。更不用说这湖山中渗透的民脂民膏，埋葬着的累累白骨了。这园初建于乾隆年间，原名淑春园，是当时军机大臣、一等公、权臣和珅的私产。“芳园筑向帝城西”，那时颇有些达官贵人在这一带经营园囿。燕园北部的镜春、朗润、鸣鹤诸园，都是私人园林，现已融入燕园，成为一体。园外的蔚秀、承泽两园还自成格局。园内西南部的勺园，五十年代初还有这地名，我还到过其中的亭榭，只不知是否米家旧物了。1952年院系调整，北京大学迁至燕园后不久，在那一带拆除了旧屋，造起了校医院。校医院西北有一大片稻田，据说也是勺园旧址。初夏满眼新绿，仲秋一片金黄，很有天然野趣。现正在这里修建留学生楼，以接纳外国学子。

然而切莫忘记，封建制度以后我们还经历了半殖民地时代。从那幽塘边向上行，到了千百竿翠竹掩映的临湖轩，那便是当初燕京大学的神经中枢了。到此时已不必仰仗月儿，亲身经历过的大有人在。燕大于1926年从城内迁此。同年，在抗议北洋军阀卖国行径的游行中，便有燕大学生惨遭杀害。三十年代中，多少满怀革命理想的青年，离开湖光塔影奔向延安；四十年代中的动荡、忧虑、苦痛和欢喜的岁月，虽然没有给这里的景物留下痕迹，却写下了中国人民的丰功伟绩。从圆明园废墟搬来的各种精美雕刻，西门内的华表，办公楼前的麒麟，永志着侵略的大火。还有那六十年代的深重灾难——不必提了。我们的祖国毕竟结束了贫弱、愚昧的日子，向富强的道路做出了准备动作——这一切，得来是多么不容易呀！经过各种凄风苦雨的湖光塔影，今天应该为祖国的富强做出新的见证了。

又是清晨的散步。想是因为太早，湖畔阒寂无人，只有知了已开始一天的喧闹。我在小山与湖水之间徐行，忽然想起，这山上有埃德加·斯诺先生的遗骨，我此时并不是一个人在这里。斯诺墓已经成为未名湖畔的一个名胜了。简朴的墓碑上刻着“中国人民的美国朋友”的字样。这墓地据说原是花神庙的遗址。湖边上，正在墓的迎面，有一座红色的、砖石筑成的旧庙门，那想是原来的庙门了。我想，中国的花神会好好照看我们的朋友。而朋友这个名词所表现的深厚情谊正是我们和全世界人民关系的内涵。

站在红门下向湖中的岛眺望，那白石船仍静静地停泊在原处，树木只管各自绿着。但这几年，在那浓绿中，有一个半球状的铁网样的东西赫然摆在那里，仰面向着天空。那是一架射电天文望远镜，用来接收其他星体的电波。有的朋友认为它破坏了自然的景致，我却觉得它在湖光塔影之间，显示出人类智慧的光辉。儿时的梦在我眼前浮起，我要探索的小岛的奥秘，早已由这架望远镜向宇宙公开了。

沉思了片刻，未名塔的背后已是一片朝霞。平日到这时分，湖边的人会渐渐多起来。有人跑步，有人读书，整个湖上充满了活泼的生意。这时却只有两个七八岁的学生在我旁边。他们不知从何时起，坐在岸石上，聚精会神地观察水里的鱼。我想起现在已经放暑假了，孩子才有时间清早在水边流连。

“看！鱼！鱼排队。”他们高兴地大叫大嚷，一面指着水面上整齐的一行行波纹，波纹正向小岛行去。

“骑鱼探险去吧?”我不由得笑问。

“你怎么知道？”他们冲我眨眼睛，又赶快去盯住大鱼。我不只知道这个，还知道这小岛早已不在话下，他们的梦，应该是探索宇宙的奥秘了。

我怕打扰他们，便走开了。信步来到大图书馆前。这图书馆真有北京大学的气派。四层楼顶周围镶嵌的绿琉璃瓦在朝阳的光辉里闪闪发亮，正门外有两大片草地，如同两潭清浅的池水。凸出的门廊阶下两长排美人蕉正在开放，美人蕉后是木槿树，雪青、洁白的花朵缀在枝头。馆门上高悬“北京大学图书馆”七个挺秀的大字。这里藏书三百二十万册，有两千左右座位，还是终日座无虚席。平时，每天清晨，总有许多人在门前等候。有几次，这些年轻人别出心裁，各自放下装得鼓鼓的书包，由书包排成了长长队伍。书包虽不像鱼儿会游泳，但却引导人们在知识的活水中得到营养，一步步攀登高峰。这些年轻人中的一部分已经奔向祖国的四面八方，用学得的知识从事建设了。今后，还会有更多的年轻人来这里学习，汲取知识的活水。

这时，我虽不在未名湖畔，却想出了幅湖光塔影图。湖光、塔影，怎样画都是美的，但不要忘记在湖边大石上画出一个鼓鼓的半旧的帆布书包，书包下压着一纸我们伟大祖国的色彩绚丽的地图。

废墟的召唤

冬日的斜阳无力地照在这一片田野上。刚是下午，清华气象台上边的天空，已显出月牙儿的轮廓。顺着近年修的柏油路，左侧是干皱的田地，看上去十分坚硬，这里那里，点缀着断石残碑。右侧在夏天是一带荷塘，现在也只剩下冬日的凄冷。转过布满枯树的小山，那一大片废墟呈现在眼底时，我总有一种奇怪的感觉，好像历史忽然倒退到了古希腊罗马时代。而且乱石衰草中间，仿佛应该有着妲己、褒姒的窈窕身影，若隐若现，迷离扑朔。因为中国社会出奇的“稳定性”，几千年来的传统一直传到那拉氏，还不终止。

这一带废墟是圆明园中长春园的一部分。从东到西，有圆形的台，长方形的观，已看不出形状的堂和小巧的方形的亭基。原来都是西式建筑，故俗称西洋楼。在莽苍苍的原野上，这一组建筑遗迹宛如一列正在覆没的船只，而那丛生的荒草，便是海藻，杂陈的乱石，便是这荒野的海洋中的一簇簇泡沫了。三十多年前，初来这里，曾想，下次来时，它该下沉了吧？它该让出地方，好建设新的一切。但是每次再来，它还是停泊在原野上。远瀛观的断石柱，在灰蓝色的天空下，依然寂寞地站着，显得四周那样空荡荡，那样无依无靠。大水法的拱形石门，依然卷着波涛。观水法的石屏上依然陈列着兵器甲胄，那雕镂还是那样清晰，那样有力。但石波不兴，雕兵永驻，这蒙受了奇耻大辱的废墟，只管悠闲地、若无其事地停泊着。

时间在这里，如石刻一般，停滞了，凝固了。建筑家说，建筑是凝固的音乐。建筑的遗迹，又是什么呢？凝固了的历史吗？看那海晏堂前（也许是堂侧）的石饰，像一个近似半圆形的容器，年轻时，曾和几个朋友坐在里面照相。现在石“碗”依旧，我当然懒得爬上去了，但是我却欣然。因为我的变化，无非是自然规律之功罢了。我毕竟没有凝固——

对着这一段凝固的历史，我只有怅然凝望。大水法与观水法之间的大片空地，原来是两座大喷泉，想那水姿之美，已到了标准境界，所以以“法”为名。西行可见一座高大的废墟，上大下小，像是只剩了一截的倒置的金字塔。悄立“塔”下，觉得人是这样渺小，天地是这样广阔，历史是这样悠久——

路旁的大石龟仍然无表情地蹲伏着。本该竖立在它背上的石碑躺倒在土坡旁。它也许很想驮着这碑，尽自己的责任吧。风在路另侧的小树林中呼啸，忽高忽低，如泣如诉，仿佛从废墟上飘来了“留——留——”的声音。

我诧异地回转身去看了。暮色四合，方外观的石块白得分明，几座大石叠在一起，露出一个空隙，像要对我开口讲话。告诉我这里经历的烛天的巨火吗？告诉我时间在这里该怎样衡量吗？还是告诉我你的向往，你的期待？

风又从废墟上吹过，依然发出“留——留——”的声音。我忽然醒悟了。它是在召唤！召唤人们留下来，改造这凝固的历史。废墟，不愿永久停泊。

然而我没有为这努力过吗？便在这大龟旁，我们几个人曾怎样热烈地争辩啊。那时的我们，是何等慷慨激昂，是何等满怀热忱！和人类比较起来，个人的一生是小得多的概念了，每个人自有理由做出不同的解释。我只想，楚国早已是湖北省，但《楚辞》的光辉，不是永远充塞于天地之间吗？

空中一阵鸦噪，抬头只见寒鸦万点，驮着夕阳，掠过枯树林，转眼便消失在已呈粉红色的西天。在它们的翅膀底下，晚霞已到最艳丽的时刻。西山在朦胧中涂抹了一层娇红，轮廓渐渐清楚起来。那娇红中又透出一点蓝，显得十分凝重，正配得上空气中摸得着的寒意。

这景象也是我熟悉的，我不由得闭上眼睛。

"断碣残碑，都付与苍烟落照。"身旁的年轻人在自言自语。事隔三十余年，我又在和年轻人辩论了。我不怪他们，怎能怪他们呢！我嗫嚅着，很不理直气壮。"留下来吧！就因为是废墟，需要每一个你呀。"

"匹夫有责。"年轻人是敏锐的，他清楚地说出我嗫嚅着的话。"但是怎样尽每一个我的责任？怎样使环境更好地让每一个我尽责任？"他微笑，笑容介于冷和苦之间。

我忽然理直气壮起来："那怎样，不就是内容吗？"

他不答，我也停了说话，且看那瞬息万变的落照。迤逦行来，已到水边。水已成冰。冰中透出枝枝荷梗，枯梗上漾着绮辉。远山凹处，红日正沉，只照得天边山顶一片通红。岸边几株枯树，恰为夕阳做了画框。框外娇红的西山，这时却全呈黛青色，鲜嫩润泽，一派雨后初晴的模样，似与这黄昏全不相干，但也有浅淡的光，照在框外的冰上，使人想起月色的清冷。

树旁乱草中窸窣有声，原来有人作画。他正在调色板上蘸着颜色，蘸了又擦，擦了又蘸，好像不知怎样才能把那奇异的色彩捕捉在纸上。

“他不是画家。”年轻人评论道，“他只是爱这景色——”

前面高耸的断桥便是整个圆明园唯一的遗桥了。远望如一个乱石堆，近看则桥的格局宛在。桥背很高，桥面只剩下了一小半，不过桥下水流如线，过水早不必登桥了。

“我也许可以想一想，想一想这废墟的召唤。”年轻人忽然微笑说，那笑容仍然介于冷和苦之间。

我们仍望着落照。通红的火球消失了，剩下的远山显出一层层深浅不同的紫色。浓处如酒，淡处如梦。那不浓不淡处使我想起春日的紫藤萝，这铺天的霞锦，需要多少个藤萝花瓣啊。

仿佛听得说要修复圆明园了，我想，能不能留下一部分废墟呢？最好是远瀛观一带，或只是这座断桥，也可以的。

为了什么呢？为了凭吊这一段凝固的历史，为了记住废墟的召唤。

萤 火

点点银白的灵动的光，在草丛中飘浮。草丛中有各色的野花：黄的野菊、浅紫的二月兰，淡蓝的勿忘我；还有一种高茎的白花，每一朵都由许多极小的花朵组成，简直看不清花瓣。它的名字恰和勿忘我相反，据说是叫作“不要记得我”，或可译作“勿念我”吧。在迷茫的夜中，一切彩色都失去了，有的只是黑黝黝一片。亮光飘忽地穿来穿去，一个亮点儿熄灭了，又有一个飞了过来。

若在淡淡的月光下，草丛中就会闪出一道明净的溪水，潺潺地、不慌不忙地流着。溪上有两块石板搭成的极古拙的小桥，小桥流水不远处的人家，便是我儿时的居处了。记得萤火虫很少飞近我们的家，只在溪上草间，把亮点儿投向反射出微光的水，水中便也闪动着小小的亮点，牵动着两岸草莽的倒影。现在看到童话片中要开始幻景时闪动的光芒，总会想起那条溪水，那片草丛，那散发着夏夜的芳香，飞翔着萤火虫的一小块地方。

幼小的我，经常在那一带玩耍。小桥那边，有一个土坡，也算是山吧。小路上了山，不见了。晚间站在溪畔，总觉得山那边是极遥远的地方，隐约在树丛中的女生宿舍楼，也是虚无缥缈的。其实白天常和游伴跑过去玩，大学生们有时拉住我们的手，说：“你这黑眼睛的女孩子！你的眼睛好黑啊。”

大概是两三岁时，一天母亲进城去了，天黑了许久，还不回来。我不耐烦，哭个不停。老嬷嬷抱我在桥头站着，指给我看桥那边的小道。“回来啦，回来啦——”她唱着。其实这全不是母亲回来的路。夜未深，天色却黑得浓重，好像蒙着布，让人透不过气。小桥下忽然飞出一盏小灯，把黑夜挑开一道缝。接着又飞出一盏，又飞出一盏。花草亮了，溪水闪了。黑夜活跃起来，多好玩啊！我大声叫了：“灯！飞的灯！”回头看家里，已经到处亮着灯了，而且一片声在叫我。我挣下地来，向灯火通明的家跑去，却又屡次回头，看那使黑夜发光的飞灯。

照说幼儿时期的事，我不该记得。也许我记得的，其实是后来母亲的叙述，或自己更人事后的心境吧。但那一晚我在桥头的景象，总是反复地、清晰地出现在我眼前，那黑夜，那划破了黑夜的萤火，以及后来的灯光——

长大了，又回到这所房屋时，我在自己的房间里便可以看到起伏明灭的萤火了。我的窗正对着那小溪。溪水比以前窄了，草丛比以前矮了，只有萤火，那银白的，有时是浅绿色的光，还是依旧。有时抛书独坐，在黑暗中看着那些飞舞的亮点，那么活泼，那么充满了灵气，不禁想到仲夏夜之梦里那些会吵闹的小仙子；又不禁奇怪这发光的虫怎么未能在《聊斋志异》里占一席重要的地位。它们引起多么远、多么奇的想象。那一片萤光后的小山那边，像是有什么仙境在等待着我。但是我最多只是走出房来，在溪边徘徊片刻，看看墨色涂染的天、树，看看闪烁的溪水和萤火。仙境嘛，最好是留在想象和期待中的。

日子一天天热闹起来，几乎每个人都觉得自己在发光。我们是新中国成立后第三届大学生。毕业前夕，一个星光灿烂的夜晚，和几个好友，曾久久地坐在这溪边山坡上，望着星光和萤光。我们看准一棵树，又看准一个萤，看它是否能飞到那棵树，来卜自己的未来。几乎每一个萤都能飞到目的地，因为没有飞到的就不算数。那时，我们的表格里无一不填着“坚决服从分配，到祖国最需要的地方去！”无论分到哪里，我们都会怀着对美好未来的向往扑过去的。星空中忽然闪了一下，是一颗流星划过了天空。据说流星闪亮时，心中闪过的希望是会如愿的。但我们谁也没有再想要什么。有了祖国，有了党，不就有了一切吗？我觉得重任在肩，而且相信任何重任我都担得起。难道还有比这种信心更使人兴奋、欢喜，使人感到无可比拟的幸福吗？虽然我知道自己很小，小得像萤火虫那样。萤却是会发光的，使得就连黑夜也璀璨美丽，使得就连黑夜也充满了幻想——

奇怪的是，自从离开清华园，再也不曾见到萤火虫。可能因为再也没有住在水边了。后来从书上知道，隋炀帝在江都一带经营过“萤苑”，征集“萤火数斛”，为夜晚游山之用。这皇帝连萤都不放过，都要征来服役，人民的苦难，更可想见了。但那“萤苑”风光，一定是好看的。因为那种活泼的光，每一点都呈现着生命的力量。以后无意中又得知萤能捕食害虫，于农作物有益，不觉十分高兴。便想，何不在公园中布置个“萤苑”，为夏夜增光，让曾被皇帝拘来当劳工的萤，有机会为人民服务呢。但在那十年浩劫中，连公园都几乎查封，那“萤苑”的构思，早也逃之夭夭了。

前几天，偶得机缘，和弟弟这个从小的同学往清华走了一遭。图书馆看去一次比一次小。早不是小时心目中的巍峨了。那肃穆的勤奋的读书气氛依然，书库中的玻璃地板也还在；底层的报刊阅览室也还是许多人站着看报。弟弟说他常做一个同样的梦——到这里来借报纸。底层增加了检索图书用的计算机，弟弟兴致勃勃地和机上人员攀谈，也许他以后的梦，要改变途径了。我的萤火虫却在梦中也从未出现。行向小河那边时，因为在白天，本不指望看见萤火，但以为草坡上的勿忘我和“勿念我”总会显出了颜色。不料看见的，是一条干涸的沟，两岸干黄的土坡，春雨轻轻地飘洒，还没有一点绿意。那明净的、潺潺地不慌不忙流着的溪水，已不知何时流往何处了。我们旧日的家添盖了房屋，现在是幼儿园了。虽是假日，还有不少孩子，一个个转动着点漆般的眼睛看着我们。“你们这些黑眼睛的孩子！好黑的眼睛啊！”我不由得想。

事物总是在变迁，中心总要转移的。现在清华主楼的堂皇远非工字厅可比了。而那近代物理实验室中的元素光谱，使人感到科学的光辉，也是萤火虫们望尘莫及的。我们骑着车，淋着雨，高兴地到处留下校友的签名。从一十年代到七十年代排过来的长桌前，那如同戴着雪帽般的白头发，那敦实可靠的中年的肩膀，那发亮的润泽的皮肤和眼睛，俨然画出了人生的旅程。我以为，在这条漫长而又短促的道路上，那淡蓝和纯白的花朵，勿忘我和“勿念我”，是必不可少的。因为人世间，有许多事应该永远记得，又有许多事是早该忘却了。

但总要尽力地发光，尤其在困境中。草丛中飘浮的灵动的活泼的萤火，常在我心头闪亮。

紫藤萝瀑布

我不由得停住了脚步。

从未见过开得这样盛的藤萝，只见一片辉煌的淡紫色，像一条瀑布，从空中垂下，不见其发端，也不见其终极，只是深深浅浅的紫，仿佛在流动，在欢笑，在不停地生长。紫色的大条幅上，泛着点点银光，就像迸溅的水花。仔细看时，才知那是每一朵紫花中的最浅淡的部分，在和阳光互相挑逗。

这里春红已谢，没有赏花的人群，也没有蜂围蝶阵。有的就是这一树闪光的、盛开的藤萝。花朵儿一串挨着一串，一朵接着一朵，彼此推着挤着，好不活泼热闹！

“我在开花！”它们在笑。

“我在开花！”它们嚷嚷。

每一穗花都是上面的盛开、下面的待放。颜色便上浅下深，好像那紫色沉淀下来了，沉淀在最嫩最小的花苞里。每一朵盛开的花像是一个张满了的小小的帆，帆下带着尖底的舱。船舱鼓鼓的，又像一个忍俊不禁的笑容，就要绽开似的。那里装的是什么仙露琼浆？我凑上去，想摘一朵。

但是我没有摘。我没有摘花的习惯。我只是伫立凝望，觉得这一条紫藤萝瀑布不只在我眼前，也在我心上缓缓流过。流着流着，它带走了这些时一直压在我心上的关于生死的疑惑，关于疾病的痛楚。我浸在这繁密的花朵的光辉中，别的一切暂时都不存在，有的只是精神的宁静和生的喜悦。

这里除了光彩，还有淡淡的芳香，香气似乎也是浅紫色的，梦幻一般轻轻地笼罩着我。忽然记起十多年前家门外也曾有过一大株紫藤萝，它依傍一株枯槐爬得很高，但花朵从来都稀落，东一穗西一串伶仃地挂在树梢，好像在察言观色，试探什么。后来索性连那稀零的花串也没有了。园中别的紫藤花架也都拆掉，改种了果树。那时的说法是，花和生活腐化有什么必然关系。我曾遗憾地想：这里再看不见藤萝花了。

过了这么多年。藤萝又开花了，而且开得这样盛，这样密，紫色的瀑布遮住了粗壮的盘虬卧龙般的枝干，不断地流着，流着，流向人的心底。

花和人都会遇到各种各样的不幸，但是生命的长河是无止境的。我抚摸了一下那小小的紫色的花舱，那里满装生命的酒酿，它张满了帆，在这闪光的花的河流上航行。它是万花中的一朵，也正是由每一个一朵，组成了万花灿烂的流动的瀑布。

在这浅紫色的光辉和浅紫色的芳香中，我不觉加快了脚步。

丁香结

今年的丁香花似乎开得格外茂盛，城里城外，都是一样。城里街旁，尘土纷嚣之间，忽然呈出两片雪白，顿使人眼前一亮，再仔细看，才知是两行丁香花。有的宅院里探出半树银装，星星般的小花缀满枝头，从墙上窥着行人，惹得人走过了还要回头望。

城外校园里丁香更多。最好的是图书馆北面的丁香三角地，种有十数棵白丁香和紫丁香。月光下白的潇洒，紫的朦胧。还有淡淡的幽雅的甜香，非桂非兰，在夜色中也能让人分辨出，这是丁香。

在我住了断续近三十年的斗室外，有三棵白丁香。每到春来，伏案时抬头便见檐前积雪。雪色映进窗来，香气直透毫端。人也似乎轻灵得多，不那么浑浊笨拙了。从外面回来时，最先映入眼帘的，也是那一片莹白，白下面透出参差的绿，然后才见那两扇红窗。我经历过的春光，几乎都是和这几树丁香联系在一起的。那十字小白花，那样小，却不显得单薄。许多小花形成一簇，许多簇花开满一树，遮掩着我的窗，照耀着我的文思和梦想。

古人词云："芭蕉不展丁香结""丁香空结雨中愁"。在细雨迷蒙中，着了水滴的丁香格外妩媚。花墙边两株紫色的，如同印象派的画，线条模糊了，直向窗前的莹白渗过来。让人觉得，丁香确实该和微雨连在一起。

只是赏过这么多年的丁香，却一直不解，何以古人发明了丁香结的说法。今年一次春雨，久立窗前，望着斜伸过来的丁香枝条上一柄花蕾。小小的花苞圆圆的，鼓鼓的，恰如衣襟上的盘花扣。我才恍然，果然是丁香结。

丁香结，这三个字给人许多想象。再联想到那些诗句，真觉得它们负担着解不开的愁怨了。每个人一辈子都有许多不顺心的事，一件完了一件又来。所以丁香结年年都有。结，是解不完的；人生中的问题也是解不完的，不然，岂不太平淡无味了吗？

小文成后一直搁置，转眼春光已逝。要看满城丁香，需待来年了。来年又有新的结待人去解——谁知道是否解得开呢？

秋　韵

京华秋色，最先想到的总是香山红叶。曾记得满山如火如荼的壮观，在太阳下，那红色似乎在跳动，像火焰一样。二三友人，骑着小驴笑语与嘚嘚蹄声相和，循着弯曲小道，在山里穿行。秋的丰富和幽静调和得匀匀的，向每个毛孔渗进来。后来驴没有了，路平坦得多了，可以痛快地一直走到半山。如果走的是双清这一边，一段山路后，上几个陡台阶，眼前会出现大片金黄，那是几棵大树，现在想来，也是银杏吧。满树茂密的叶子都黄透了，从树梢披散到地，黄得那样滋润，好像把秋天的丰收集聚在那里了。让人觉得，这才是秋天的基调。

今年秋到香山，人也到香山。满路车辆与行人，如同电影散场，或要举行大规模代表会。只好改道万安山，去寻秋意。山麓有一片黄栌，不甚茂密。法海寺废墟前石阶两旁，有两片暗红，也很寥落。废墟上有顺治年间的残碑，镌有不得砍伐、不得放牧的字样。乱草丛中，断石横卧，枯树枝头，露出灰蓝的天和不甚明亮的太阳。这似乎很有秋天的萧索气象了。然而，这不是我要寻找的秋的韵致。

有人说，该到圆明园去，西洋楼西北的一片树林，这时大概正染着红、黄两种富丽的颜色。可对我来说，不断的寻秋是太奢侈了，不能支出这时间，且待来年吧。家人说：来年人更多，你骑车的本领更差，也还是无由寻到的。那就待来生吧，我说，大家一笑。

其实，我是注意今世的。清晨照例的散步，便是为了寻健康，没有什么浪漫色彩。这一天，秋已深了，披着斜风细雨，照例走到临湖轩下小湖旁，忽然觉得景色这般奇妙，似乎我从未到过这里。

小湖南面有一座小山，山与湖之间是一排高大的银杏树。几天不见，竟变成一座金黄屏障，遮住了山，映进了水。扇形叶子落了一地，铺满了绕湖的小径。似乎这金黄屏障向四周渗透，无限地扩大了。循路走去，湖东侧一片鲜红跳进眼帘。这样耀眼的红叶！不是黄栌，黄栌的红较暗；不是枫树，枫叶的红较深。这红叶着了雨，远看鲜亮极了，近看时，是对称的长形叶子，地下也有不少，成了薄薄一层红毡。在小片鲜红和高大的金屏障之间，还有深浅不同的绿，深浅不同的褐、棕等丰富的颜色环抱着澄明的秋水。冷冷的几滴秋雨，更给整个景色添了几分朦胧，似乎除了眼前一切，还有别的蕴藏。

这是我要寻的秋的韵致了吗？秋天是有成绩的人生，绚烂多彩而肃穆庄严，似朦胧而实清明，充满了大彻大悟的味道。

秋去冬来之时，意外地收到一份讣告，是父亲的一位哲学友人故去了。讣告上除生卒年月外，只有一首遗诗。译出来是这等模样：

不要推却友爱
不要延迟欢乐
现在不悟
便永迷惑
在这里
一切都有了着落

我要寻找的秋韵，原来便在现在，在这里，在心头。

好一朵木槿花

又是一年秋来，洁白的玉簪花挟着凉意，先透出冰雪的消息。美人蕉也在这时开放了。红的黄的花，耸立在阔大的绿叶上，一点不在乎秋的肃杀。以前我有“美人蕉不美”的说法，现在很想收回。接下来该是紫薇和木槿。在我家这以草为主的小园中，它们是外来户。偶然得来的枝条，偶然插入土中，它们就偶然地生长起来。紫薇似娇气些，始终未见花。木槿则已两度花发了。

木槿以前给我的印象是平庸。“文革”中许多花木惨遭摧残，它却得全性命，陪伴着显赫一时的文冠果，免得那钦定植物太孤单。据说原因是它的花可食用，大概总比草根树皮好些吧。学生浴室边的路上，两行树挺立着，花开有紫、红、白等色，我从未仔细看过。

近两年木槿在这小园中两度花发，不同凡响。

前年秋至，我家刚从死别的悲痛中缓过气来不久，又面临了少年人的生之困惑。我们不知道下一分钟会发生什么事，陷入极端惶恐中。我在坐立不安时，只好到草园踱步。那时园中荒草没膝，除我们的基本队伍亲爱的玉簪花外，只有两树忍冬，结了小红果子，玛瑙扣子似的，一簇簇挂着。我没有指望还能看见别的什么颜色。

忽然在绿草间，闪出一点紫色，亮亮的，轻轻的，在眼前转了几转。我忙拨开草丛走过去，见一朵紫色的花缀在不高的绿枝上。

这是木槿。木槿开花了，而且是紫色的。

木槿花的三种颜色，以紫色最好。那红色极不正，好像颜料没有调好；白色的花，有老伙伴玉簪已经够了。最愿见到的是紫色的，好和早春的二月兰、初夏的藤萝相呼应，让紫色的幻想充满在小园中，让风吹走悲伤，让梦留着。

惊喜之余，我小心地除去它周围的杂草，做出一个浅坑，浇上水。水很快渗下去了。一阵风过，草面漾出绿色的波浪，薄如蝉翼的娇嫩的紫花在一片绿波中歪着头，带点调皮，却丝毫不知道自己显得很奇特。

去年，月圆过四五次后，几经洗劫的小园又一次遭受磨难。园旁小兴土木，盖一座大有用途的小楼。泥土、砖块、钢筋、木条全堆在园里，像是零乱地长出一座座小山，把植物全压在底下。我已习惯了这类景象，知道毁去了以后，总会有新的开始，尽管等的时间会很长。

没想到秋来时，一次走在这崎岖山路上。忽见土山一侧，透过砖块钢筋伸出几条绿枝，绿枝上，一朵紫色的花正在颤颤地开放！

我的心也震颤起来，一种悲壮的感觉攫住了我。土埋大半截了，还开花！

土埋大半截了，还开花！

我跨过障碍，走近去看这朵从重压下挣扎出来的花。仍是娇嫩的薄如蝉翼的花瓣，略有皱褶，似乎在花蒂处有一根带子束住，却又舒展自得，它不觉环境的艰难，更不觉自己的奇特。

忽然觉得这是一朵童话中的花，拿着它，任何愿望都会实现，因为持有的，是面对一切苦难的勇气。

紫色的流光抛洒开来，笼罩了凌乱的工地。那朵花冉冉升起，倚着明亮的紫霞，微笑地俯看着我。

今年果然又有一个开始。小园经过整治，不再以草为主，所以有了对美人蕉的新认识。那株木槿高了许多，枝繁叶茂，但是重阳已届，仍不见花。

我常在它身旁徘徊，期待着震撼了我的那朵花。

它不再来。

即使再有花开，也不是去年的那一朵了。也许需要纪念碑，纪念那逝去了的，昔日的悲壮？

报　秋

似乎刚过完春节，什么都还来不及干呢，已是长夏天气，让人懒洋洋的像只猫。一家人夏衣尚未打点好，猛然却见玉簪花那雪白的圆鼓鼓的棒槌，从拥挤着的宽大的绿叶中探出头来。我先是一惊，随即怅然。这花一开，没几天便是立秋。以后便是处暑便是白露便是秋分便是寒露，过了霜降，便立冬了。真真的怎么得了。

一朵花苞钻出来，一个柄上的好几朵都跟上。花苞很有精神，越长越长，成为玉簪模样。开放都在晚间，一朵持续约一昼夜。六片清雅修长的花瓣围着花蕊，当中的一株顶着一点嫩黄，颤颤地望着自己雪白的小窝。

这花的生命力极强，随便种种，总会活的。不挑地方，不拣土壤，而且特别喜欢背阴处，把阳光让给别人，很是谦让。据说花瓣可以入药。还有人来讨那叶子，要捣烂了治脚气。我说它是生活上向下比，工作上向上比，算得一种玉簪花精神吧。

我喜欢花，却没有侍弄花的闲情。因有自知之明，不敢邀名花居留，只有时要点草花种种。有一种太阳花又名死不了，开时五色缤纷，杂在草间很好看。种了几次，都不成功。“连死不了都种死了。”我们常这样自嘲。

玉簪花却不同，从不要人照料。只管自己蓬勃生长。往后院月洞门小径的两旁，随便移栽了几个嫩芽，次年便有绿叶白花，点缀着夏末秋初的景致。我的房门外有一小块地，原有两行花，现已形成一片，绿油油的，完全遮住了地面。在晨光熹微或暮色朦胧中，一柄柄白花擎起，隐约如绿波上的白帆，不知驶向何方。有些植物的繁茂枝叶中，会藏着一些小活物，吓人一跳。玉簪花下却总是干净的。可能因气味的缘故，不容虫豸近身。

花开有十几朵，满院便飘散着芳香。不是丁香的幽香，不是桂花的甜香，也不是荷花的那种清香。它的香比较强，似乎有点醒脑的作用。采几朵放在养石子的水盆中，房间里便也飘散着香气，让人减少几分懒洋洋，让人心里警惕着：秋来了。

秋是收获的季节，我却是两手空空。一年、两年过去了，总是在不安和焦虑中。怪谁呢，很难回答。

久居异乡的兄长，业余喜好诗词。前天寄来自译的朱敦儒的那首《西江月》。原文是：

日日深杯酒满，
朝朝小圃花开，
自歌自舞自开怀，
无拘无束无碍。
青史几番春梦，
红尘多少奇才，
不消计较与安排，

领取而今现在。

若照他译的英文再译回来，最后一句是认命的意思。这意思有，但似不够完全，我把“领取而今现在”一句反复吟哦，觉得这是一种悠然自得的境界。其实不必深杯酒满，不必小圃花开，只在心中领取，便得逍遥。

领取自己那一份，也有品味把玩、获得的意思。那么，领取秋，领取冬，领取四季，领取生活吧。

那第一朵花出现已一周，凋谢了。可是别的一朵一朵在接上来。圆鼓鼓的花苞，盛开了的花朵，由一个个柄擎着，在绿波上漂浮。

送 春

说起燕园的野花，声势最为浩大的，要数二月兰了。它们本是很单薄的，脆弱的茎，几片叶子，顶上开着小朵小朵简单的花。可是开成一大片，就形成春光中重要的色调。农历二月，它们已探头探脑地出现在地上，然后忽然一下子就成了一大片。一大片深紫浅紫的颜色，不知为什么总有点朦胧。房前屋后，路边沟沿，都让它们占据了，熏染了。看起来，好像比它们实际占的地盘还要大。微风过处，花面起伏，丰富的各种层次的紫色一闪一闪地滚动着，仿佛还要到别处去涂抹。

没有人种过这花，但它每年都大开而特开。童年在清华，屋旁小溪边，便是它们的世界。人们不在意有这些花，它们也不在意人们是否在意，只管尽情地开放。那多变化的紫色，贯穿了我所经历的几十个春天。只在昆明那几年让白色的木香花代替了。木香花以后的岁月，便定格在燕园，而燕园的明媚春光，是少不了二月兰的。

斯诺墓所在的小山后面，人迹罕到，便成了二月兰的天下。从路边到山坡，在树与树之间，挤满花朵。有一小块颜色很深，像需要些水化一化；有一小块颜色很浅，近乎白色。在深色中有浅色的花朵，形成一些小亮点儿；在浅色中又有深色的笔触，免得它太轻灵。深深浅浅连成一片。这条路我也是不常走的，但每到春天，总要多来几回，看看这些小友。

其实我家近处，便有大片二月兰，各芳邻门前都有特色，有人从荷兰带回郁金香，有人从近处花圃移来各色花草。这家因主人年老，儿孙远居海外，没有侍弄园子，倒给了二月兰充分发展的机会。春来开得满园，像一大块花毯，衬着边上的绿松墙。花朵们往松墙的缝隙间直挤过去，稳重的松树也似在含笑望着它们。

这花开得好放肆！我心里说。我家屋后，一条弯弯的石径两侧直到后窗下，每到春来，都是二月兰的领地。面积虽小，也在尽情抛洒春光。不想一次有人来收拾院子，给枯草烧了一把火，说也要给野花立规矩。次年春天便不见了二月兰，它受不了规矩。野草却依旧猛长。我简直想给二月兰写信，邀请它们重返家园。信是无处投递，及特地从附近移了几棵，也尚未见功效。

许多人不知道二月兰为何许花，甚至语文教科书的插图也把它画成兰花模样。兰花素有花中君子之称，品高香幽。二月兰虽也有个兰字，可完全与兰花没有关系，也不想攀高枝，只悄悄从泥土中钻出来，如火如荼点缀了春光，又悄悄落尽。我曾建议一年轻画徒，画一画这野花，最好用水彩，用印象派手法。年轻人交来一幅画稿，在灰暗的背景中只有一枝伶仃的花，又依照“现代”眼光，在花旁画了一个破竹篮。

“这不是二月兰的典型姿态。”我心里评判着。二月兰是一大片一大片的，千军万马。身躯瘦弱地位卑下，却高扬着活力，看了让人透不过气来。而且它们不只开得隆重茂盛，尽情尽性，还有持久的精神。这是今春才悟到的。

因为病，因为懒，常几日不出房门。整个春天各种花开花谢，来去匆匆，有的便不得见。却总见二月兰不动声色地开在那里，似乎随时在等候，问一句："你好些吗?"

又是一次小病后，在园中行走。忽觉绿色满眼，已为遮蔽炎热做准备。走到二月兰的领地时，不见花朵，只剩下绿色直连到松墙。好像原有一大张绚烂的彩画，现在掀过去了，卷起来了，放在什么地方，以待来年。

我知道，春归去了。

在领地边徘徊了一会儿，忽然意识到二月兰的忠心和执着。从春如十三女儿学绣时，它便开花，直到雨僝风僽，春深春老。它迎春来，伴春在，送春去。古诗云"开到荼蘼花事了"，我始终不知荼蘼是个什么样儿，却亲见二月兰蓦然消失，是春归的一个指征。

迎春人人欢喜，有谁喜欢送春？忠心的执着的二月兰没有推托这个任务。

松 侣

一位朋友曾说她从未注意过木槿花是什么样儿，我答应院中木槿花开时，邀她来看。这株木槿原在窗前，为了争得光线，春末夏初时我把它移到篱边。它很挣扎了一阵，活下来了，可是秋初着花时节，一朵未见。偶见大图书馆前两排木槿，开着紫、白、红各色的花朵，便想通知朋友，到那里观看。不知有什么事，一天天因循，未打电话。过了些时日，偶然走过图书馆，却见两排绿树，花朵已全落尽了。一路很是怅然，似乎不只失信于朋友，也失信于木槿花。又因木槿花每一朵本是朝开夕谢的，不免伤时光之不再，联想到自己的疾病，不知还剩有几多日子。

回到家里，站在院中三棵松树之间，那点脆弱的感怀忽然消失了。我感到镇定平静。三松中的两棵高大稳重，一株直指天空，另一株过房顶后做九十度折角，形貌别致，都似很有魄力，可以倚靠。第三棵不高，枝条平伸做伞状，使人感到亲切。它们似乎说，好了，不要小资情调了，有我们呢。

它们当然是不同的。它们不落叶，无论冬夏，常给人绿色的遮蔽。那绿色十分古拙，不像有些绿色的鲜亮活跳。它们也是有花的，但不显著，最后结成松塔掉下来，带给人的是成熟的喜悦，而不是凋谢的惆怅。它们永远散发着清净的气息，使得人也清爽。据说像负离子发生器一样，有着实实在在的医疗作用。

更何况三松和我的父亲是永远分不开的。我的父亲晚年将这住宅命名为三松堂。“庭中有三松，抚而盘桓，较渊明犹多其二焉”（《三松堂自序·自序》）。寄意深远，可以揣摩。我站在三松之下感到安心，大概因为同时也感到父亲的思想、父亲的影响和那三松的华盖一样，仍在荫蔽着我。

父母在堂时，每逢节日，家里总是很热闹。七十年代末，放鞭炮之风还未盛，我家得风气之先，不只放鞭炮，还要放花，一道道彩光腾空而起，煞是好看。这时大家又笑又叫。少年人持着竹竿，孩子们躲在大人身后探出个小脑袋。放花放炮的乐趣就在此了。放了几年，家里人愈来愈少了。剩下的人还坚持这一节目。有一次一个闪光雷放上去，一些纸燃烧着落到松树顶上，一枝松针马上烧起来，幸亏比较靠边，往上泼水还能泼到，及时扑灭了。浇水的人和树一样，也成了落汤鸡。以后因子侄辈纠缠，也还放了两年。再以后，没有高堂可娱，青年人又都各奔前程，几乎走光，三松堂前便再没有节日的喧闹。

这一切变迁，三松和院中的竹子、丁香、藤萝、月季和玉簪都曾亲见。其中松树无疑是祖字辈的。阅历最多，感怀最深，却似乎最无话说。只是常绿常香，默默地立在那里，让人觉得，累了时它总是可以靠一靠的。

这三棵松树似是家中的一员，是亲人，是长辈。燕园中还有许许多多松柏枞桧这类的树，便是我的好友了。

在第二体育馆之北，六座中西合璧的庭院之间，有一片用松墙围起来的园子，名为静园。这里原来是没有墙的，有的是草地、假山，又宽又长的藤萝架。“文革”中，这些花草因有不事生产的罪名，全被铲除，换上了有出息的果树，又怕人偷果子，乃围以松墙。我对这一措施素不以为然，静园也很少去。

这两年，每天清晨坚持散步，据说这是我性命攸关的大事，未敢少懈。散步的路径，总寻找有松柏之处，静园外超过千步的松墙边便成为好地方。一到墙边，先觉清气扑人，一路走下去，觉得全身的血液都换过了。

临湖轩前有一处三角地，也围着松墙。其中一段路两边皆松，成为夹道。那松的气息，更是向每个毛孔渗来。一次雨后，走过夹道见树顶上一片云气蒸腾，树枝上挂满亮晶晶的水珠，蜘蛛网也成了彩色的璎珞，最主要的是那气息，清到浓重的地步，劈头盖脸将人包裹住了。这时便想，若不能健康地活下去，实在愧对造化的安排。

走出夹道不远，有一处小松林，有白皮松、油松等，空气自然是好的。我走过时，总见六七位老太太在一起做操，一面拍拍打打，一面大声谈家常，譬如昨天谁的媳妇做的什么饭，谁的孙子念的什么书。松树也不嫌聒噪，只管静静进行负离子疗法。

中国文学中一直推崇松的品格，关于松的吟咏很多。松树的不畏岁寒，正可视为不阿时不媚俗的一种气节。这是“士”应有的精神境界，所以都愿意以松为友。白居易《庭松》诗云：“朝昏有风月，燥湿无尘泥。疏韵秋瑟瑟，凉荫夏萋萋。春深微雨夕，满叶珠蓑蓑。岁暮大雪天，压枝玉皑皑。四时各有趣，万木非其侪。……即此是益友，岂必交贤才？顾我犹俗士，冠带走尘埃。未称为松主，时时一愧怀。”最后两句用松之德要求自己勉励自己，要够格做松的主人。松不只给人安慰，给人健康，还在道德上引人向上，世之益友，又有几个能做到呢？

自然界中，能为友侣的当然不只松柏一类。虽木槿之短暂，也有它的作用与位置。人若能时时亲近大自然，会较容易记住自己的本色，嵇康有诗云：“目送归鸿，手挥五弦。俯仰自得，游心太玄。”纵然手不能举足不能抬，纵然头上悬着疾病的利剑，我们也能在自己的位置上俯仰自得，不是吗？

我爱燕园

考究起来，我不是北大或燕京的学生，也从未在北大任教或兼个什么差事。我只是一名居民，在这里有了三十五年居住资历的居民。时光流逝，如水如烟，很少成绩；却留得一点刻骨铭心之情：我爱燕园。

我爱燕园的颜色。五十年代，春天从粉红的桃花开始。看见那单薄的小花瓣在乍暖还寒的冷风中轻轻颤动，便总为强加于它轻薄之名而不平，它其实是仅次于梅的先行者。还没有来得及为它翻案，不要说花，连树都难逃斧钺之灾，砍掉了。于是便总由金黄的连翘迎来春天。因它可以入药，在校医院周围保住了一片。紧接着是榆叶梅热闹地上场，花团锦簇，令人振奋。白丁香、紫丁香，幽远的甜香和着朦胧的月色，似乎把春天送到了每人心底。

绿草间随意涂抹的二月兰，是值得大书特书的。那是野生的花，浅紫掺着乳白，仿佛有一层亮光从花中漾出，随着轻拂的微风起伏跳动，充满了新鲜，充满了活力，充满了生机。简直让人不忍走开。紫色经过各种变迁，最后便是藤萝。藤萝的紫色较凝重，也有淡淡的光，在绿叶间缓缓流泻，这时便不免惊悟，春天已老。

夏日的主色是绿，深深浅浅浓浓淡淡的绿。从城里奔走一天回来，一进校门，绿色满眼，猛然一凉，便把烦恼都抛在校门外了。绿色好像是底子，可以融化一切的底子，那文眼则是红荷。夏日荷塘是我招待友人的保留节目。鸣鹤园原有大片荷花，红白相间，清香远播。动乱多年后，寻不到了。现在勺园附近、朗润园桥边都有红荷，最好的是镜春园内的一池，隐藏在小山之后，幽径曲折，豁然得见。红荷的红不同于桃、杏，鲜艳中显出端庄，就像白玉兰于素静中显出华贵一样。我曾不解为什么佛的宝座做莲花状，再一思忖，无论从外貌或品德比较，没有比莲花更适合的了。

秋天的色彩令人感到充实和丰富。木槿的花有紫有白，紫薇的花有紫有红，美人蕉有各种颜色，玉簪花则是玉洁冰清，一片纯白。而最得秋意的是树叶的变化。临湖轩下池塘北侧一排高大的银杏树，秋来成为一面金色高墙，满地落叶也是金灿灿的，踩上去不由生出无限遐想。池塘西侧一片灌木不知名字，一个叶柄上对称地生着秀长的叶子，着雨后红得格外鲜亮。前年我为它写了一篇小文《秋韵》，去年再去观赏时，却见树丛东倒西歪，让人踩出一条路。若再成红霞一片，还不知要多少年！我在倒下的枝叶旁徘徊良久，恨不能起死回生！“文化大革命”中滋长的破坏习性，什么时候才能改变?!

一望皆白的雪景当然好看，但这几年很少下雪。冬天的颜色常常是灰蒙蒙的，很模糊。晴时站在未名湖边四顾，天空高处很蓝，愈往边上愈淡，亮亮地发白，枯树枝丫，房屋轮廓显出各种姿态。像是一幅没有着色只有线条的钢笔画。

我爱燕园的线条。湖光塔影，常在从燕园离去的人的梦中。映在天空的塔身自不必说，投在水中的塔影，轮廓弯曲了，摇曳着，而线条还是那么美！湖心岛旁的白石舫，两头微微翘起，有一点弧度，显得既圆润又利落。据说几座仿古建筑的檐角，因为缺少了弧度，而成凡品。湖西侧小山上的钟亭，亭有亭的线条，钟有钟的线条，钟身上铸了十八条龙和八卦。那几条长短不同的横线做出的排列组合，几千年来研究不透。

我爱燕园的气氛，那是人的活动造成的。每年秋天，新学年开始，园中添了许多稚气的脸庞。“老师，六院在哪里?”“老师，一教怎样走?”他们问得专心，像是在问人生的道路。每年夏天，学年结束，道听途说则是：“你分在哪里?”“你哪天走?”布告牌上出现了转让车票、出让旧物的字条。毕业生要到社会上去了。不知他们四年里对原来糊涂的事明白了多少，也不知今后会有怎样的遭遇。我只觉得这一切和四季一样分明，这是人生的节奏。

有时晚上在外面走——应该说，这种机会越来越少了——看见图书馆灯火通明，像一条夜航的大船，总是很兴奋。那凝聚着教师与学生心血的智慧之光，照亮着黑暗。这时我便知道，糊涂会变成明白。

三角地没有灯，却是小小的信息中心，前两年曾特别热闹，几乎天天有学术报告，各种讲座，各种意见，显示出每个人都用自己的头脑在思索。一片绚烂胜过自然间的万紫千红。这才是燕园本色！去年。上半年骤然冷落，只剩些舞会通知，电影广告和遗失启事，虽然有些遗失启事很幽默，却总感到茫然凄然。近来又恢复些生气。我很少参加活动，看看布告，也是好的。

我爱燕园中属于我自己的记忆。我扫过自家门前雪，和满地扔瓜子壳儿的男士女士们争吵过。我为奉老抚幼，在衰草凄迷的园中奔走过。我记得室内冷如冰窖的寒冬，也记得新一代水暖工送来温暖的微笑。我那操劳一生的母亲怀着无限不安和惦念在校医院病逝，没有足够的人抬她下楼。当天，她所钟爱的狮子猫被人用鸟枪打死，留下一只尚未满月的小猫。这小猫如今已是十一岁，步入老年行列了。这些记忆，无论是美好的还是痛苦的，都同样珍贵。因为那属于我自己。

我爱燕园。

燕园石寻

从燕园离去的人，可记得那些石头？

初看燕园景色，只见湖光塔影，秀树繁花，不会注意到石头。回想燕园风光，就会发现，无论水面山基，或是桥边草中，到处离不开石头。

燕园多水，堤岸都用大块石头依其自然形态堆砌而成。走进有点古迹意味的西校门，往右一转，可见一片荷田。夏日花大如巨碗。荷田周围，都是石头。有的横躺，有的斜倚，有的竖立如小山峰，有的平坦可以休憩。岸边垂柳，水面风荷，连成层叠的绿，涂抹在石的堤岸上。

最大的水面是未名湖，也用石做堤岸。比起原来杂草丛生的土岸，初觉太人工化。但仔细看，便可把石的姿态融进水的边缘，水也增加了意味。西端湖水中有一小块不足以成为岛的土地，用大石与岸相连，连续的石块，像是逗号下的小尾巴。“岛”靠湖面一侧，有一条石雕的鱼，曾见它无数次的沉浮。它半张着嘴，有时似在依着水面吐泡儿，有时则高高地昂着头。不知从何时起，它的头不见了，只有向上翘着的尾巴，在测量湖面高低。每一个燕园长大的孩子，都在那石鱼背上坐过，把脚伸在水里，自由自在地幻想未来。等他们长大离开，这小小的鱼岛便成为他们生命中的一个逗号。

不只水边有石，山下也是石，从鱼岛往西，在绿荫中可见隆起的小山，上下都是大石。十几株大树的底座，也用大石围起。路边随时可见气象不一、成为景致的石头，几块石矗立桥边，便成了具有天然意趣的短栏。杂缀着野花的披拂的草中，随意躺卧着大石，那惬意样儿，似乎“嵇康晏眠”也不及它。

这些石块数以千万计，它们和山、水、路、桥一起，组成整体的美。燕园中还有些自成一家的石头可以一提。现在看到的七八块都是太湖石，不知入不入得石谱。

办公楼南两条路汇合处有一角草地，中间摆着一尊太湖石，不及一人高，宽宽的，是个矮胖子，石上许多纹路孔窍，让人联想到老人多皱纹和黑斑的脸，这似乎很丑。但也奇怪，看着看着，竟在丑中看出美来，那皱纹和黑斑都有一种自然的韵致，可以细细观玩。

北面有小路，达镜春园。两边树木郁郁葱葱，绕过楼房，随着曲径，寻石的人会忽然停住脚步。因为浓绿中站着两块大石，都带着湖水激荡的痕迹。两石相挨，似乎你望着我，我望着你。路的另一边草丛中站着一块稍矮的石，斜身侧望，似在看着那两个伴侣。

再往里走，荷池在望，隔着卷舒开合任天真的碧叶红菡萏，赫然有一尊巨石，顶端有洞。转过池面通路，便见大石全貌。石下连着各种形状的较小的石块，显得格外高大。线条挺秀，洞孔诡秘；层峦叠嶂，都聚石上。还有爬上来的藤蔓，爬上来又静静地垂下。那鲜嫩的绿便滴在池水里、荷叶上。这是诸石中最辉煌的一尊。

不知不觉出镜春园，到了朗润园。说实话，我从来没有弄清两园交界究竟在何处。经过一条小村镇般的街道。到得一座桥边，正对桥身立着一尊石。这石不似一般太湖石玲珑多孔，却是大起大落，上下突出，中间凹进，可容童子蹲卧，如同虎口大张，在等待什么。放在桥头，似有守卫之意。

再往北走，便是燕园北墙了。又是一块草地上，有假山和太湖石。这尊石有一人多高，从北面看，宛如一只狼犬举着前腿站立，仰首向天，在大声吼叫。若要牵强附会说它是二郎神的哮天犬，未尝不可。

原以为燕园太湖石尽于此了，晨间散步，又发现两块。一块在数学系办公室外草坪上。这是常看见的，却几乎忽略了。它中等个儿，下面似有底座，仔细看，才知还是它自己。石旁一株棣棠，多年与石为伴，以前依偎着石，现在已遮蔽着石了。还有一块在体育馆西，几条道路交叉处的绿地上，三面有较小的石烘托。回想起来，这石似少特色。但既是太湖石，便有太湖石的品质。孔窍中似乎随时会有云雾涌出，给这错综复杂的世界更添几分迷幻。

燕园若是没有这些石头，很难想象会是什么模样。石头在中国艺术中，占有极重要的地位，无论园林、绘画还是文学。有人画石入迷，有人爱石成癖，而《红楼梦》中那位至情公子，也原不过是一块石头。

很想在我的“风庐”庭院中，摆一尊出色的石头。可能因为我写过《三生石》这小说，来访的友人也总在寻找那块石头。还有人说确实见到了。其实有的只是野草丛中的石块。这庭院屡遭破坏，又屡屡经营，现在多的是野草。野草丛中散有石块。是院墙拆了又修，修了又拆，然后又修时剩下的，在绿草中显出石的纹路，看着也很可爱。

燕园树寻

燕园的树何必寻？无论园中哪个角落，都是满眼装不下的绿。这当然是春夏的时候。到得冬天，松柏之属，仍然绿着，虽不鲜亮，却很沉着。落叶树木剩了杈丫枝条，各种姿态，也是看不尽的。

先从自家院里说起。院中的三棵古松，是“三松堂”命名的由来，也因“三松堂”而为人所知了。世界各地来的学者常爱观赏一番，然后在树下留影。三松中的两株十分高大，超过屋顶，一株是挺直的；一株在高处折弯，做九十度角，像个很大的伞柄。撒开来的松枝如同两把别致的大伞，遮住了四分之一的院子。第三株大概种类不同，长不高，在花墙边斜斜地伸出枝干，很像黄山的迎客松。地锦的条蔓从花墙上爬过来，挂在它身上。秋来时，好像挂着几条红缎带，两只白猫喜欢抓弄摇曳的叶子，在松树周围跑来跑去，有时一下子蹿上树顶，坐定了，低头认真地观察世界。

若从下面抬头看，天空是一块图案，被松枝划分为小块的美丽的图案。由于松的接引，好像离地近多了。常有人说，在这里做气功最好了，可以和松树换气，益寿延年。我相信这话，可总未开始。

后园有一株老槐树，比松树还要高大，“文革”中成为尺蠖寄居之所。它们结成很大的网，拦住人们去路，勉强走过，便赢得十几条绿莹莹的小生物在鬓发间，衣领里。最可恶的是它们侵略成性，从窗隙爬进屋里，不时吓人一跳。我们求药无门，乃从根本着手，多次申请除去这树，未获批准。后来忍无可忍，密谋要向它下毒手了，幸亏人们忽然从“阶级斗争”的噩梦中醒来。开始注意一点改善自身的生活环境，才使密谋不必付诸实现。打过几次药后，那绿虫便绝迹。我们真有点“解放”的感觉。

老槐树下，如今是一畦月季，还有一圆形木架，爬满了金银花。老槐树让阳光从枝叶间漏下，形成“花阴凉”保护它的小邻居，因为尺蠖的关系，我对“窝主”心怀不满，不大想它的功绩，甚至不大想它其实也是被侵略和被损害的。不过不管我怎样想，现在一块写明“古树”的小牌钉在树身，更是动不得了。

院中还有一棵大栾树，枝繁叶茂，恰在我窗前。从窗中望不到树顶。每有大风，树枝晃动起来，真觉天昏地暗，地动山摇，有点像坐在船上。这树开小黄花，春夏之交，有一个大大的黄色的头顶，吸引了不少野蜂。以前还有不少野蜂在树旁筑窝。后来都知趣地避开了。夏天的树，挂满浅绿色的小灯笼，是花变的。以后就变黄了，坠落了。满院子除了落叶还有小灯笼，扫不胜扫。专司打扫院子的老头曾形容说，这树真霸道。后来他下世了，几个接班人也跟着去了，后继无人，只好由它霸道去。看来人是熬不过树的。

出得自家院门，树木不可胜数，可说的也很多，只能略拣几棵了。临湖轩前面的两株白皮松，是很壮观的。它们有石砌的底座，显得格外尊贵。树身挺直，树皮呈灰白色。北边的一株在根处便分杈，两条树干相并相依，似可谓之连理。南边的一株树身粗壮，在高处分杈。两树的枝叶都比较收拢，树顶不太大，好像三位高大而瘦削的老人，因为饱经沧桑，只有沉默。

俄文楼前有一株元宝枫，北面小山下有几树黄栌，是涂抹秋色的能手。燕园中枫树很多，数这一株最大，两人才可以合抱。它和黄栌一年一度焕彩蒸霞，使这一带的秋意如醇酒，如一曲辉煌的钢琴协奏曲。

若讲到一个种类的树，不是一株树，杨柳值得一提。杨柳极为普通，因为太普通了，人们反而忽略了它的特色。未名湖畔和几个荷塘边遍植杨柳，我乃朝夕得见。见它们在春寒料峭时发出嫩黄的枝条，直到立冬以后还拂动着；见他们伴着娇黄的迎春、火红的榆叶梅度过春天的热烈，由着夏日的知了在枝头喧闹。然后又陪衬着秋天的绚丽，直到一切扮演完毕。不管湖水是丰满还是低落，是清明还是糊涂，柳枝总在水面低回，依依不舍。“杨柳岸，晓风残月”，岸上有柳，才显出风和月，若是光光的土地，成何光景？它们常集体作为陪衬，实在是忠于职守，不想出风头的好树。

银杏不是这样易活多见的树，燕园中却不少，真可成为一景。若仿什么十景八景的编排，可称为“银杏流光”。西门内一株最大，总有百年以上的寿数，有木栏围护。一年中它最得意时，那满树略带银光的黄，成为夺目的景象。我有时会想起霍桑小说中那棵光华灿烂的毒树，也许因为它们都是那样独特，其实银杏树是满身的正气，果实有微毒，可以食用。常见一些不很老的老太太，提着小筐去“捡白果”。

银杏树分雌雄。草地上对称处原有另一株，大概是它的配偶。这配偶命不好，几次被移走，有心人又几次补种。到现在还是垂髫少女，大概是看不上那老树的。一院中，有两大株，分列甬道两旁，倒是原配。它们比二层楼还高。枝叶罩满小院。若在楼上，金叶银枝，伸手可取。我常想摸一摸那枝叶，但我从未上过这院中的楼，想来这辈子也不会上去了。

它们的集体更是大观了。临湖轩下小湖旁，七棵巨人似的大树站成一排，挡住了一面山。我曾不止一次写过那金黄的大屏风。这两年，它们的叶子不够繁茂，已经不像从前那样有气势了。树下原有许多不知名的小红树，和大片的黄连在一起，真是如火如荼，现在莫名其妙地消失了，大概给砍掉了。这一排银杏树，一定为失去了朋友而伤心吧。

砍去的树很多，最让人舍不得的是办公楼前的两大棵西府海棠，比颐和园乐寿堂前的还大，盛开时简直能把一园的春色都集中在这里。“文革”中不知它触犯了哪一位，顿遭斧钺之灾。至今有的老先生说起时，仍带着眼泪。可作为“老年花似雾中看”的新解吧。

还有些树被移走了，去点缀新盖的楼堂馆所。砍去的和移走的是寻不到了，但总有新的在生在长。谁也挡不住。

新的银杏便有许多。一出我家后角门，可见南边通往学生区的路。路很直，两边年轻的银杏树也很直。年复一年地由绿而黄。不知有多少年轻人走过这路，迎着新芽，踩着落叶，来了又走了，走远了——

而树还在这里生长。

燕园碑寻

燕园西门，古色古香，挂着宫灯的那一座，原是燕京大学的正门。当时车辆进出都走这个门，往燕南园住宅区的大路也是从西边来。上一个斜坡，往右一转，可见两个大龟各驮着一块石碑，分伏左右。这似乎是燕南园的入口了，但是许多年来，并没有设一个路牌指出这一点，实在令人奇怪。房屋上倒是有号码，却也难寻找。那些牌子的挂处特别，有的颇为浪漫地钉在树上，有的妄想高攀，快上了房顶。循规蹈矩待在门口的，也大多字迹模糊，很不醒目。

不过总算有这两座碑为记。其出处据说是圆明园。燕园里很多古物，像华表、石狮子、一块半块云阶什么的，都来自圆明园，驮碑的龟首向南，上得坡来先看到的是碑的背面，上面刻有许多名字。我一直以为是捐款赞助人，最近才看清上写着圆明园花儿匠几个大字，下面是名单。看来皇帝游园之余，也还承认花儿匠的劳动。这样，我们寻碑的小小旅行便从对劳动者的纪念开始了。

两个大龟的脖颈很长，未曾想到缩头。严格说来这不是龟，而是龙生九子的一种，那名字很难记。东边的一个不知被谁涂红了大嘴和双眼，倒是没有人怀疑会发大水。一代一代的孩子骑在它们的脖颈上，留下些值得回忆的照片。碑的正面刻有文字，东边这块尚可辨认：“……于内苑拓地数百弓，结篱为圃，奇葩异卉杂莳其间，每当露蕊晨开，香苞午绽，嫣红姹紫，如锦如霞。虽洛下之名园河阳之花县不足过也。伏念天地间，一草一木皆出神功……以祀花神，从此寒暑益适其宜，阴阳各遵其性。不必催花之鼓，护花之铃，而吐蕊扬花四时不绝……”

倒是说出一点百花齐放的道理。立碑人名字不同，都是圆明园总管。一立于乾隆十年，花朝后二日；一立于十二年，中秋后三日。已是两百多年前的事了。

从燕南园往北，有六座中西合璧的小院，以数目名。多为各系的办公室。在一二三院和四五六院之间，原是大片草地，上有颇具规模的假山，还有一大架藤萝，后因这些景致有“不生产”的罪名，统统被废。这块地变成苹果园，周围圈以密不通风的松墙，保护果实。北头松墙的东西两端，各有大碑，比松墙高些，露出碑顶。过往的人，稍留心的怕也以为是什么柱子之类，不会想到是怕人忘却的碑。

从果树下钻过去，挤在碑前，可见上有满汉两种文字。碑身很高，又不能爬到大龟身上，只能观察大概。两碑都是康熙二十四年为四川巡抚杭爱立的。东边是康熙亲撰碑文，写明“四川巡抚都察院右副御史加五级谥勤襄杭爱碑文，”文中有“总藩晋地，著声绩于当年；拥节关中，弘抚绥于此境”的句子，据《清史稿》载，杭爱先任山西布政使，擢陕西巡抚，又调四川镇压叛乱，大大有功，西边碑上是康熙特命礼部侍郎做的祭文，这两碑应该立在杭爱坟墓之前，可是坟墓也不知哪里去了。

北阁以北的小山顶上，荒草丛中，有一座不大像碑的碑。乍一看，似是一块断石；仔细看，原来大有名堂。碑身上刻有明末清初画家蓝瑛的梅花，碑额上有乾隆题字。梅花本来给人孤高之感，刻在石上，更觉清冷。有几枝花朵还很清晰，蕊心历历可见。若不是明写着蓝瑛梅花石碑，这碑也许早带着几枝梅花去垫墙基屋脚了。本来这种糊涂事是很多的。现在它守着半山迎春开了又谢，几树黄栌绿了又红，不知还要过多少春秋。燕园年年成千上万的人来去，看到这碑的人可能不多。不过，不看到也没有什么可遗憾。

再往北到钟亭下面，有一个小小的十字路口。我在这里走了千万遍。有时会想起培尔·金特在十字路口的遭遇，那铸纽扣的人拿着勺，要把他铸成一粒纽扣，还没有窟窿眼儿。十字路口的西北面有近几年立的蔡孑民先生像，西南面有一块正式的乾隆御碑。底座和碑边都雕满飞龙，以保护御笔。碑身是横放的长方形，两面有诗，写明种松戏题，丁未仲春中游御笔，并有天子之宝的御印。乾隆的字很熟练，但毫无秀气，比宋徽宗的瘦金体差远了。义山诗云："古来才命两相妨。"像赵佶李煜这样的人，只能是误为人主吧。

从小山间下坡，眼前突然开阔。柳枝拂动，把淡淡的水光牵了上来。这就是未名湖了。过小桥，可见德才兼备体健全七座建筑。"文革"中改名曰红几楼红几楼，不知现在是否又改了回来。其中健斋是座方形小楼，靠近湖边。住在楼中，可细览湖上寒暑晨昏各种景色。健斋旁有四扇石碑，一排站着，上刻两副对联："画舫平临蘋岸阔，飞楼俯映柳阴多""夹镜光澄风四面，垂虹影界水中央"。据说是和珅所刻，原立在湖边石舫上的小楼门前，小楼毁后移至此。严格说来并不是碑。它写景很实，画舫指的是石舫，飞楼当指那已不复存在的舱楼。夹镜指湖，垂虹指桥，全都包括在内了。平临蘋岸一句，平蘋谐音，不好。其实蘋字可以改作一个带草头的字。可用的字不少。

从未名湖北向西，到西门内稍南的荷池，荷池不大，但夏来清香四溢，那沁人肺腑的气息，到冬天似乎还可感觉。1989年5月4日，荷池旁草地上，新立起一座极有意义的碑，它不评风花雪月，不记君恩臣功，而是概括了一段历史，这就是国立西南联合大学纪念碑。这碑原在昆明现云南师大校园中的一个角落里，除非特意寻找，很难看见。为了纪念那一段不平凡的日子，为了让更多的人知道历史，作为组成西南联大的三校之一的北京大学和西南联大校友会做了一件大好事，照原碑复制一碑立在此处。

碑的正面是碑文，背面刻有全体为抵抗日本侵略，为保卫祖国而从军的学生名字。碑文系冯友兰先生撰写，闻一多先生篆额，罗庸先生书丹，真乃兼数家之美。文章记述了西南联大始末，并提出可纪念者四。首庆中华古国有不竭的生命力，“盖并世列强，虽新而不古；希腊罗马，有古而无今。唯我国家，亘古亘今，亦新亦旧。斯所谓‘周虽旧邦，其命维新’者也。”次论三校合作无间，“同无妨异，异不害同，五色交辉，相得益彰，八音合奏，终和且平。”第三说明“万物并育而不相害，道并行而不相悖，小德川流，大德敦化，此天地之所以为大。斯虽先民之恒言，实为民主之真谛。”第四指出古人三次南渡未能北返，“风景不殊，晋人之深悲；还我河山，宋人之虚愿。吾人为第四次之南渡，乃能于不下十年间收恢复之全功，庾信不哀江南，杜甫喜收蓟北”。实可纪念。

文章洋溢着一种爱国家、爱民族、爱理想的深情，看上去，真不觉得那是刻在一块冰冷的石头上。

几十年来，碑文作者遭遇了各种批判、攻击乃至诋毁、诬蔑。在世界学者中实属罕见。1980年我到昆明，瞻仰此碑，曾信手写下一首小诗：

阳光下极清晰的文字
留住提炼了的过去
虽然你能证明历史
谁又来证明你自己。

也许待那“自己”变为历史以后，才会有别的证明。证明什么呢？证明一个人在人生最后的铸勺里，化为一枚有窟窿眼儿的纽扣？

每于夕阳西下，来这一带散步，有时荷风轻拂，有时雪色侵衣。常见人在认真地读那碑文，心中不免觉得安慰。于安慰中，又觉得自己很傻，别人也很傻；所有做碑的人都很傻。碑的作者和读者终将逝去，而“断碣残碑都付与苍烟落照”。不过，就凭这点傻劲儿，人才能一代一代传下去。还会有新的纪念碑，树立在苍烟落照里。

燕园墓寻

提起燕园的墓，最先就会想到埃德加·斯诺安眠的所在。那里原是花神庙的旧址，前临未名湖，后倚一小山，风水绝佳。岸边山下，还有花神庙旧山门。在燕园居住近四十年，见这山门的颜色从未变过，也不见哪一天刷新，也不见哪一天剥落，总是一种很旧的淡红色。映着清波，映着绿柳。

下葬在1972年。那天来了许多要人，是一大盛事。据说斯诺遗嘱葬他一部分骨灰在此，另一部分洒进了纽约附近的赫德孙河，以示他一半属于美国，一半属于中国。分得这样遥远，我总觉得不大舒服。当然这是多虑。一块天然的大石头盖住了墓穴，矮长的墓碑上简单地刻着名字和生卒年月，金色的字，不久便有几处剥落了。周围的冬青，十几年也不见长高，真是奇怪。

斯诺的名著《西行漫记》曾风行全世界。三四十年代在沦陷区的青年因看这书被捕入狱，大后方的青年读这书而更坚定追求的信心。他们追求理想社会，没有人剥削人，没有人压迫人，献身的热情十分可贵，只是太简单了。斯诺后来有一部著作《大河那边》我未得见。如果他活到现在，不知会不会再写一部比较曲折复杂的书。

另一位美国人葛立普（1870—1946）1920年应聘担任北京大学地质系教授和农商部地质调查所古生物室主任，为中国地质学会创立者之一。他去世后先葬在沙滩北大地质馆内。1982年迁在燕园西门内。这里南临荷池，北望石桥，东面是重楼飞檐的建筑。西面是一条小路。来往的人很容易看见他的名字，知道有这样一位朋友。这大概是墓的作用。

还有一位英国朋友的墓可真得寻一寻了，不仔细寻找是看不见的。前两年，经一位燕京校友指点，我们在临湖轩下靠湖的小山边走来走去许多遍，终于在长草披拂中找到一块石头，和其他石头毫无区别，只上面写着Lapwood几个英文字和1909—1984几个数字。只此而已，没有别的记载。

赖朴吾曾是燕京大学数学系教授，北平沦陷时曾越过封锁线到过平西游击区，和我游击队有联系。新中国成立他回英国任剑桥大学数学系主任。1984年来华讲学，在北京病逝。遗愿“把骨灰洒在未名湖边的一个小小的花坛里”。大概原是不打算留下名字的，所以葬在草丛中大石下，让人寻找。

这几天在未名湖边散步，忽然发现临湖轩下小山脚的草少了许多，赖朴吾的名字赫然分明，再没有草丛遮掩。旁边一块较小的石上，又添了一个外国名字和数字1898—1981，因照签名镌刻，认辨不出是哪一位。经过多方打听，才知道这不是墓，而是纪念碑。那名字是Sailor，即故燕京大学心理系教授夏仁德，美国人。

据说夏仁德是虔诚的基督徒，但三十年代的青年学生，在他指定的参考书中第一次接触了《共产党宣言》。在北平沦陷时进步学生常在他家中集会。他曾通过各种关系，将许多医疗器材送进解放区，新中国成立后返回美国。后来人们渐渐不知道他了。现在燕京校友将他的名字刻在石上，以示不忘。

这几个朋友的墓使我感到一种志在四方的胸怀。我们总希望叶落归根，异域孤魂是非常凄惨的联想。而他们愿意永远留在这未名湖边，傍着旧石，望着荷田，依着花神庙。也许他们的家乡观念淡薄些？也许他们认为，自己所爱的，便是超乎一切的选择？

离葛立普不远，在原燕京图书馆南面小坡旁，有两座碑，纪念四位青年学子。我一直以为那是墓，所以列入“墓寻”篇，这次仔细观察，始知是纪念碑。两座碑都是方形柱，高约两米，顶端是尖的，使人想起“刺破青天锷未残”的诗句。

四位同学都是1926年三一八惨案中的遇难者。北面的一座纪念三位北京大学学生。四方柱上三面刻三一八遇难烈士名字。他们是：张仲超，陕西三原人氏，二十三岁；黄克仁，湖南长沙人氏，十九岁；李家珍，湖南醴陵人氏，二十一岁。背面刻“中华民国十有八年五月卅日立石”，下有铭文，曰：“死者烈士之身，不死者烈士之神。愤八国之通牒兮，竟杀身以成仁。唯烈士之碧血兮，共北大而长新。踏着三一八血迹兮，雪国耻以敌强邻。繄后死之责任兮，誓尝胆以卧薪。北大教授黄右昌撰”。黄右昌不知何许人。立碑时这里还是燕京大学。倒是巧得很，以后北大迁来了。

南面一座纪念燕京大学二年级女学生魏士毅。有说明本来同学们打算把她葬在这里，因家属不同意，乃立碑“用申景慕”。碑文和铭文都简练而有感染力。碑文如下：“劬学励志，性不容恶，尝慨然以改革习俗为己任。民国十五年三月十八日北京各学校学生为八国通牒事参加国民大会至国务院请愿，女士与焉，遂罹于难。年二十有三岁。”铭曰：“国有巨蠹政不纲，城狐社鼠争跳梁，公门喋血歼我良，牺牲小己终取偿。北斗无酒南箕扬，民心向背关兴亡。愿后死者勿相忘”。碑最下方书：燕大男女两校及女附中学生会全体会员立。

这一带环境变迁很大，实际上人的忘性也很大。有多少人记得这里原来的那一片树林，那一片稻田？记得那林中的幽僻和那田间的舒展？我曾在震耳的蛙声中，在林间小路上险些踩上一条赤链蛇。现在树林稻田都已消失，代之而起的是留学生楼——勺园，蛙声则理所当然地为出租车声代替了。

幸好这两座烈士纪念碑依旧。碑座上还不时会出现一两束新摘的野花，在绿荫中让人眼前一亮。

长毋相忘。

燕园居民中传着一种说法，说是园中还有许多无形的、根本寻不出的墓。那是未经任何手续，悄悄埋在这风景佳胜处的。对于外人来说，就无可寻考了。只亡人的亲人，会在只有自己知道的角落，在心里说些悄悄话。也许在风前月下，在悄无人迹的清晨与黄昏，还会有小小的祭奠。

祭奠与否亡灵并不知道，实在是生者安慰自己的心罢了。墓其实也是为活人设的。在燕园寻墓迹的同时，也在为已去世十三年的母亲在燕园外安排一个永栖之所。要它像个样儿，不过是活人看着像样而已。也许潜意识里更为的是让以后有这等雅兴的人寻上一寻。

燕园桥寻

燕园西墙边这条路走过不止千万遍，从不觉得有什么特别。这次本想从路的一端出新校门去的，有人站在那儿说，此门只准走车，不能走人。便只好转过身来，循墙向旧西门走去。

忽然看见了那桥，那白色的桥。桥不很大，却也不是小桥，大概类似中篇小说吧。栏杆像许许多多中国桥一样，随着桥身慢慢升起，若把个个柱顶连接起来，就成为好看的弧线。那天水面格外清澈，桥下三个半圆的洞，和水中倒影合成了三轮满月。我的眼睛再装不下别的景致了。

“燕园桥寻”这题目蓦地来到了心头。我在燕园寻石寻碑寻树寻墓，怎么忘记了桥呢！而我素来是喜欢桥的。

再向前走，两株大松树移进了画面，一株头尖，一株头圆，桥身显在两松之间，绿树和流水连成一片。随着脚步移动，尖的一株退出了。圆的一株斜斜地掩着桥身，像在问答什么。走到桥头时，便见这桥直对旧西门。原来的设计是进门过桥。经过一大片草地，便到办公楼。现在听说为了保护文物，许久不准走机动车了，上下班时间过桥的行人与自行车还是很多。

冬天从荷塘边西南联大纪念碑处望这桥，雪拥冰封，没有了桥下的满月。几株枯树相伴，桥身分明，线条很美。上桥去看，可见柱头雕着云朵，扶手下横板上雕出悬着的流云，数一数，栏杆十二。这是燕园第一桥。

燕园的第二座桥，应是体育馆北侧的罗锅桥。这种桥颐和园里有。罗锅者，驼背之意也。桥面中间隆起，两面的坡都很陡，汽车是无法经过的，所以在桥旁修了柏油路。桥下没有流水，好在未名湖就在旁边，岸边垂柳，伸手可及，凭栏而立，水波轻，柳枝长。湖心岛边石舫泊在对面，可以望住那永远开不动的船。

不知中国园林中为什么设计这样难走的桥。圆明园唯一存下的“真迹”桥，也是一个驼背。现在可能因为残缺了，更是无法过去。再一想，大概园林中的桥不只是为了行走，而且是为了观赏。“二十四桥明月夜”，桥，使人想起多少景致。我未到过扬州，想来二十四桥一定各有别出心裁的设计，有的要高，有的要弯，有的要平，所以有的桥平坦如路，有的就高出驼背来了。

第三座桥是临湖轩下的小桥，桥身是平的，配有栏杆。栏杆在“文革”中打坏了半边，很长一段时间，我在心里称它为“断桥”。现在已修好了。桥的一边是未名湖，一边是一个小湖，真正的没有名字，总觉得它像是未名湖的女儿，就称它为女儿湖吧。夏初，桥边一株大树上垂下了一串串紫藤萝，遗憾的是，没有小仙子从藤萝花中探出头来。秋初，女儿湖上有许多浮萍，开极鲜艳的黄花，映着碧沉沉的水，真如一幅油画。

未名湖还有两座简朴的桥。一座通湖心岛，是平而宽的石板桥，没有栏杆。这样湖面便显得开阔，不给人隔开的感觉。有时想，如果这里造的也是那种典型桥，大概在感觉中湖面会小许多。可惜无法试验这想法是否正确。另一座从钟亭下通往沿湖各楼的小桥，不过几块青石堆成。桥下小溪一道，与未名湖相通，桥边绿树成荫，幽径蜿蜒。可以权且想象这路不知通往何方。其实走过几步便是学校的行政中心办公楼了。

想着燕园的桥，免不了想到燕园的水。燕园中有大小湖泊，长短沟溪，正流着的水会忽然消失，隐入地下，过一段路又显现出来。从未名湖过去，以为没有水了，却又见西门内的水活泼泼地，向南形成一片荷塘。从旧西门进来，经过荷塘，以为没有水了，东行却又见未名湖。勺园留学生楼北侧，立有塞万提斯像，在这位古装外籍人士的背后，横着一条深溪，两座小桥分架其上，一座四栏杆桥在荷塘边，一座六栏杆桥通往树丛之中。若不注意，只管走下去，顺脚得很，因为有桥连着呢。

俄国盲诗人爱罗先珂的诗剧《桃色的云》中有这样几行反复出现的句子："虹的桥是美丽的，虹的桥是相思的。虹的桥是想要上去的，虹的桥是想要过去的。"我很喜欢《桃色的云》，曾多次撺掇剧院演出，总未果。桥本身就是美的，充满希望的；虹的桥更是美丽的，相思的，而且是属于春天的。

燕园北部镜春、朗润两园水面多，也有几个石板桥，印象中似乎特色不显著。这一带较有野趣，用石板平桥正可取。记得一年夏间，随意散步过来，过几处石桥，见两园交界处，数家民房，绿荫掩映，真有点江南小镇的风光。

曾见一个陌生人在曲折的水湾旁问路，人们指点说，前面有桥，有桥连着呢。

恨书

写下这个题目，自己觉得有几分吓人。书之可宝可爱，尽人皆知，何以会惹得我恨？有时甚至是恨恨不已，恨声不绝，恨不得把它们都扔出去，剩下一间空荡荡的屋子。

显而易见，最先的问题是地盘问题。老父今年九十岁了，少说也积了七十年书。虽然屡经各种洗礼，所藏还是可观。原先集中摆放，一排一排，很有个小图书馆的模样。后来人口扩张，下一代不愿住不见阳光的小黑屋，见“图书馆”阳光明媚，便对书有些怀恨。“书都把人挤得没地方了。”这意见母亲在世时便有。听说有位老学者一直让书住正房，我这一代人可没有那修养了，以为人为万物之灵，书也是人写的，人比书更应该得到阳光空气，推窗得见的好景致。

后来便把书化整为零，分在各个房间。于是我的斗室也摊上几架旧书，《列子》《抱朴子》《亢仓子》《淮南子》《燕丹子》……它们遥远又遥远，神秘又无用。还有《皇清经解》，想起来便觉得腐气冲天。而我的文稿札记只好塞在这些书缝中，可怜地露出一点纸边，几乎要遗失在悠久的历史的茫然里。

其次惹得人恨的是书柜。它们的年龄都已有半个世纪，有的古色古香，上面的大篆字至今没有确解。这我倒并无恶感。糟糕的是许多书柜没有拉手，当初可能没有这种“设备”（照说也不至于），以致很难开关，关时要对准榫头，关上后便再也开不开，每次都得起用改锥（那也得找半天）。可是有的柜门却太松，低头屈身，找下面柜中书时，上面的柜门会忽然掉下，啪的一声砸在头上，真把人打得发昏！岂非关系人命的大事！怎不令人怀恨！有时晚饭后全家围坐笑语融融之际，或夜深梦酣之时，忽然一声巨响，使人心惊胆战，以为是地震或某种爆炸，惊走或披衣起来查看，原来是柜门掉了下来！

其实这些都不是解决不了的问题，只因我理家包括理书无方，才因循至此。可是因为书，我常觉惶惶然。这种惶惶然的感觉细想时可分为二。一是常感负疚，一是常觉遗憾。确是无法解决的。

邓拓同志有句云：“闭户遍读家藏书。”谓是人生一乐。在家藏旧书中遇见一本想读的书，真令人又惊又喜。但看来我今生是不能有遍读之乐了。不要说读，连理也做不到。一因没有时间，忙里偷闲时也有比书更重要的人和事需要照管料理。二是没有精力，有时需要放下最重要的事坐着喘气儿。三是因有过敏疾病，不能接触久置积尘的书。于是大家推选外子为图书馆馆长。这些年我们在这座房子里搬来搬去，可怜他负书行的路约也在百里以上了。在每次搬动之余，也处理一些没有保存价值的东西。一次我从外面回来，见我们的图书馆长正在门前处理旧书。我稍一拨弄，竟发现两本“丛书集成”中的花卉书。要知道“丛书集成”约四千本一套的啊！于是我在怒火上升又下降之后，觉得他也太辛苦，哪能一本本都仔细看过。又怀疑是否扔去了珍贵的书，又责怪自己无能，气没有担负起应尽的责任，如此怨天尤人，到后来觉得罪魁祸首都是书！

书还使我常觉遗憾。在我们磕头碰脑满眼旧书的居所中，常常发现有想读的或特别珍爱的书不见了。我曾遇一本英文的《扬子》，翻了一两页，竟很有诗意。想看，搁在一边，也找不到了。又曾遇一本陆志韦关于唐诗的五篇英文演讲，想看，搁在一边，也找不到了。后来大图书馆中贴出这一书目，当然也不会特意去借。最令人痛惜的是《四库全书》中萧云从《离骚全图》的影印本，很大的本子，极讲究的锦面，醒目的大字，想细细把玩，可是，又找不到了！也许只在此山中，云深不知处？据图书馆长说已遍寻无着——总以为若是我自己找，可能会出现。但是总未能找，书也未出现。

好遗憾啊！于是我想，还不如根本没有这些书，也不用负疚，也没有遗憾。

那该多么轻松，对无能如我者来说，这可能是上策。但我毕竟神经正常，不能真把书全请出门，只好仍时时恨恨，凑合着过日子。

是曰恨书。

卖 书

几年前写过一篇短文《恨书》，恨了若干年，结果是卖掉。

这话说说容易，真到做出也颇费周折。

卖书的主要目的是扩大空间。因为侍奉老父，多年随居燕园，房子总算不小，但大部为书所占。四壁图书固然可爱，到了四壁容不下，横七竖八向房中伸出，书墙层叠，挡住去路，则不免闷气。而且新书源源不绝，往往信手一塞，混入历史之中，再难寻觅。有一天忽然悟出，要有搁新书的地方，先得处理旧书。

其实处理零散的旧书，早在不断进行。现在的目标，是成套的大书。以为若卖了，既可腾出地盘，又可贴补家用，何乐而不为。依外子仲的意见，要请出的首先是“丛书集成”，而我认为这部书包罗万象，很有用；且因他曾险些错卖了几本，受我责备，不免有衔恨的嫌疑，不能卖。又讨论了百衲本的《二十四史》，因为放那书柜之处正好放饭桌。但这书恰是父亲心爱之物，虽然他现在视力极弱，不能再读，却愿留着。我们笑说这书有大后台，更不能卖。仲屡次败北后，目光转向《全唐文》。《全唐文》有一千卷，占据了全家最大书柜的最上一层。若要取阅，须得搬椅子，上椅子，开柜门，翻动叠压着的卷册，好不费事。作为唯一读者的仲屡次呼吁卖掉它，说是北大图书馆对许多书实行开架，查阅方便多了。又不知交何运道，经过“文革”洗礼，这书无损污，无缺册，心中暗自盘算一定卖得好价钱，够贴补几个月。经过讨论协商，顺利取得一致意见。书店很快来人估看，出价一千元。

这部书究竟价值几何，实在心中无数。可这也太少了！因向北京图书馆馆长请教。过几天馆长先生打电话来说，《全唐文》已有新版，这种线装书查阅不便，经过调查，价钱也就是这样了。

书店来取书的这天，一千卷《全唐文》堆放在客厅地下等待捆扎，这时我才拿起一本翻阅，只见纸色洁白，字大悦目。随手翻到一篇讲音乐的文章：“烈与悲者角之声，欢与壮者鼓之声；烈与悲似火，欢与壮似勇。”作者李磎。心想这形容很好，只是久不见悲壮的艺术了。又想知道这书的由来，特地找出第一卷，读到嘉庆皇帝的序文：“天地大文日月山川万古昭著者也。人受天地之中以生，经世载道，立言牖民。观乎人文以化成天下。文之时义大矣哉！”又知嘉庆十二年，皇帝得内府旧藏唐文缮本一百六十册，认为体例未协，选择不精，命儒臣重加厘定，于十九年编成。古代开国皇帝大都从马上得天下，以后知道不能从马上治之，都要演习斯文，不敢轻渎知识的作用。我极厌烦近来流行的宫廷热，这时却对皇帝生出几分敬意，虽然他还说不出科学技术是生产力这样的话。

书店的人见我把玩不舍，安慰道，这价钱也就差不多。以前官宦人家讲究排场，都得有几部老书装门面，价钱自然上去。现在不讲这门面了，过几年说不定只能当废纸卖了。

为了避免一部大书变为废纸，遂请他们立刻拿走。还附带消灭了两套最惹人厌的《皇清经解》。《皇清经解》中夹有父亲当年写的纸签，倒是珍贵之物，我小心地把纸签依次序取下，放在一个信封内。可是一转眼，信封又不知放到何处去了。

虽然得了一大块地盘，许多旧英文书得以舒展，心中仍觉不安，似乎卖书总不是读书人的本分事。及至读到《书太多了》（《读书》杂志1988年7月号）这篇文章，不觉精神大振。吕叔湘先生在文中介绍一篇英国散文《毁书》，那作者因书太多无法处理；用麻袋装了大批初版诗集；午夜沉之于泰晤士河，书既然可毁，卖又何妨！比起毁书，卖书要强多了。若是得半夜里鬼鬼祟祟跑到昆明湖去摆脱这些书，我们这些庸人怕只能老老实实缩在墙角，永世也不得出来了。

最近在一次会上得见吕先生，因说及受到的启发。吕先生笑说："那文章有点讽刺意味，不是说毁去的是初版诗集吗！"

可不是！初版诗集的意思是说那些不必再版，经不起时间考验的无病呻吟，也许它们本不应得到出版的机会。对大家无用的书可毁，对一家无用的书可卖，自是天经地义。至于卖不出好价钱，也不是我管得了的。

如此想过，心安理得。整理了两天书，自觉辛苦，等疲劳去后，大概又要打新主意。那时可能真是迫于生计，不只为图地盘了。

酒和方便面

酒，是艺术。酒使人陶陶然，飘飘然，昏昏然而至醉卧不醒，完全进入另一种境界。在那种境界中，人们可以暂时解脱人间各种束缚，自由自在；可以忘却营碌奔波和做人的各种烦恼。所以善饮者称酒仙，耽溺于饮者称酒鬼。没有称酒人的。酒能使人换到仙和鬼的境界。其伟大可谓至矣。而酒味又是那样美，那样奇妙！许多年来，常念及酒的发明者，真是聪明。

因为酒的好味道，我喜欢，却不善饮。对酒文化，更无研究。那似乎是一门奢侈的学问。只有人问黄与白孰胜时，能回答喜欢黄的，而不误会谈论的是金银。黄酒需热饮，特具一种东方风格。以前市上有即墨老酒，带点烟尘味儿，很不错。现有的封缸、沉缸，也不错。只是我不能多喝。有人说我可能生来具有那根“别肠”，后因多次手术割断了。

就算存在那“别肠”，饮酒的机会也不多。有几次印象很深，但饮的都不是黄酒。

云南开远杂果酒，色殷红，味香甜。童年在昆明，常在中午大人午睡时，和兄、弟一起偷饮这种酒，蜜水一般，好喝极了。却不料它有后劲，过一会便头痛。宁肯头痛，还是偷喝。头痛时三人都去找母亲。母亲发现头痛原因，便将酒瓶藏过了。那时我和弟弟住一房间，窗与哥哥的窗呈直角。哥哥在两窗间挂了两根绳子，可拉动一小篮，装上字条，便成土电话。消息经过土电话而来，格外有趣。三人有话当面不说，偏忍笑回房写字条。字条上有各种议论，还有附庸风雅的饮酒诗。如今兄、弟一生离一死别。哥哥远在异域，倒是不时打越洋电话来，声音比本市还清楚。

海淀莲花白，有粉红淡绿两种颜色，味极醇远。在清华读书时，曾和要好的同学在校园中夜饮。酒从燕京东门外常三小馆买来。两人坐在生物馆高台阶上，望着馆前茂盛的灌木丛，丛中流过一条发亮的小溪。不远处是气象台，那时似乎很高。再往西就是圆明园了。莲花白的味道比杂果酒高明多了。我们细品美酒，做上下古今谈，自觉很是浪漫，对自己的浪漫色彩其实比对酒的兴趣大得多。若无那艳丽的酒，则说不上浪漫了。酒助了谈兴，谈话又成为佐酒的佳品。那时的谈话犀利而充满想象，若有录音，现在来听，必然有许多意外之处。这要好的同学现在是美国问题专家。清华诸友近来大都退化做老妪状，只有她还勇往直前，但也绝不饮酒了。

另一次印象深刻的饮酒经验是在1959年，当时我下放农村劳动锻炼。一年期满回京时，公社饯行，喝的是高粱酒，白的，清水一般，度数却高。到农村确实增长了见识，很有益处，但若说长期留下改造，怕是谁也不愿意。那时“不做一截子，要做一辈子”农民的壮志尚未时兴。饯行宴肯定我们能回京，使人如释重负；何况还带有公社赠送的大红锦旗，写着“上游干将，为民造福”，证明了我们改造的成绩。在高兴中，每人又有这一年不尽相同的经历和感受，喝起酒来，味道复杂多了。

我们的队伍中醉倒几条好汉，躺在炕上沉沉睡去。公社书记关心地来视察，张罗做醒酒汤。那次饮酒颇有真刀真枪之感，现在想来犹觉豪迈。

酒是有不同喝法的。

据说一位词人有句云："到明朝重携残酒，来寻陌上花钿。"君主见了一笑，说，何必携残酒？提笔改作"到明朝重扶残醉，来寻陌上花钿。"果然清灵多了。这是因为皇帝不在乎残酒，那词人就显出知识分子的寒酸气了。

寒酸的知识分子，免不了操持柴米油盐。先勿论酒且说吃饭。这真是大题目。有时开不出饭来对付一家老小，便搬出方便面。所以我到处歌颂方便面，认为其发明者的大智慧不下于酒的发明者。后来知道方便面主乃一日籍之华人，已得过日本饮食业的大奖，颇觉安慰。

到我的工作单位去上班时，午餐便是一包方便面。几个人围坐进食，我总要称赞方便面不只方便，而且好吃。"我就爱吃方便面。"我边吃边说。

"那是因为你不常吃。"一位同事笑笑，不客气地说。

我愕然。

此文若在1987年底交卷，到这里会得出结论云，人需要方便面，酒则可有可无。再告一番煞风景罪，便可结束了。但拖延至今，便有他望。

1988年开始，我们吃了约十天的方便面，才知道无论什锦大虾何等名目的佐料，放入面中，其效果都差不多。"因为你不常吃"

的话很有道理。常吃的结果是，所需量日渐减少。无怪嫦娥耐不住乌鸦炸酱面，奔往月宫去饮桂花酒了。

人生需要方便面充饥，也需要酒的欣赏。

什么时候，我要好好饮一次黄酒。

风庐茶事

茶在中国文化中占特殊地位，形成茶文化。不仅饮食，且及风俗，可以写出几车书来。但茶在风庐，并不走红，不为所化者大有人在。

老父一生与书为伴，照说书桌上该摆一个茶杯。可能因读书、著书太专心，不及其他，以前常常一天滴水不进。有朋友指出“喝的液体太少”。他对于茶始终也没有品出什么味儿来。茶杯里无论是碧螺春还是三级茶叶末，一律说好，使我这照管供应的人颇为扫兴。这几年遵照各方意见，上午工作时喝一点淡茶。一小瓶茶叶，终久不灭，堪称节约模范。有时还要在水中夹带药物，茶也就退避三舍了。

外子仲擅长坐功，若无杂事相扰，一天可坐上12小时。照说也该以茶为伴。但他对茶不仅漠然，更且敌视，说“一喝茶鼻子就堵住”。天下哪有这样的逻辑！真把我和女儿笑岔了气，险些儿当场送命。

女儿是现代少女，喜欢什么七喜、雪碧之类的汽水，可口又可乐。除在我杯中喝几口茶外，没有认真的体验。或许以后能够欣赏，也未可知，属于“可教育的子女”。近来我有切身体会，正好用作宣传材料。

前两个月在美国大峡谷，有一天游览谷底的科罗拉多河，坐橡皮筏子，穿过大理石谷，那风光就不用说了。天很热。两边高耸入云的峭壁也遮不住太阳。船在谷中转了几个弯，大家都燥渴难当。“谁要喝点什么？”掌舵的人问，随即用绳子从水中拖上一个大兜，满装各种易拉罐，熟练地抛给大家，好不浪漫！于是都一罐又一罐地喝了起来。不料这东西越喝越渴，到中午时，大多数人都不再接受抛掷，而是起身自取纸杯，去饮放在船头的冷水了。

要是有杯茶多好！坐在滚烫的沙岸上时，我忽然想，马上又联想到《孽海花》中的女主角傅彩云做公使夫人时，参加一次游园会，各使节夫人都要布置一个点，让人参观。彩云布置了一个茶摊。游人走累了，玩倦了，可以饮一盏茶，小憩片刻。结果茶摊大受欢迎，得了冠军。摆茶摊的自然也大出风头。想不到我们的茶文化，泽及一位风流女子，由这位女子一搬弄，还可稍稍满足我们民族的自尊心。

但是茶在风庐，还是和者寡，只有我这一个“群众”。虽然孤立，却是忠实，从清晨到晚餐前都离不开茶；以前上班时，经过长途跋涉，好容易到办公室，已经像只打败了的鸡。只要有一盏浓茶，便又抖擞起来。所以我对茶常有从功利出发的感激之情。如今坐在家里，成为名副其实的两个小人在土上的“坐”家，早餐后也必须泡一杯茶。有时天不佑我，一上午也喝不上一口，搁在那儿也是精神支援。

至于喝什么茶，我很想讲究，却总做不到。云南有一种雪山茶，白色的，秀长的细叶，透着草香，产自半山白雪半山杜鹃花的玉龙雪山。离开昆明后，再也没有见过，成为梦中一品了。有一阵很喜欢碧螺春，毛茸茸的小叶，看着便特别，茶色碧莹莹的。喝起来有点像《小五义》中那位壮士对茶的形容："香喷喷的，甜丝丝的，苦因因的。"这几年不知何故，芳踪隐匿，无处寻觅。别的茶像珠兰茉莉大方六安之类，要记住什么味道归在谁名下也颇费心思。有时想优待自己，特备一小罐，装点龙井什么的。因为瓶瓶罐罐太多，常常弄混，便只好摸着什么是什么。一次为一位素来敬爱的友人特找出东洋学子赠送的"清茶"，以为经过茶道台面的，必为佳品。谁知其味甚淡，很不合我们的口味。生活中各种阴错阳差的事随处可见，茶者细枝末节，实在算不了什么。这样一想，更懒得去讲究了。

妙玉对茶曾有妙论，"一杯为品，二杯即是解渴的蠢物，三杯便是饮牛饮骡了。"茶有冠心苏合丸的作用，那时可能尚不明确。饮茶要谛应在那只限一杯的"品"，从咂摸滋味中蔓延出一种气氛。成为"文化"，成为"道"，都少不了气氛，少不了一种捕捉不着的东西，而那捕捉不着的，又是从实际中来的。

若要捕捉那捕捉不着的东西，需要富裕的时间和悠闲的心境，这两者我都处于"第三世界"，所以也就无话可说了。

风庐乐忆

清华园乙所曾是我的家。它位于园内一片树林之中。小时候觉得林子深远茂密。绿得无边无涯。走在里面，像是穿过一个梦境。抗战时在昆明，对北平的怀念里，总有这片林子。及至胜利后，再住进乙所，却发现这林子不大，几步便到边界。也没有回忆中的丰富色彩。

复原后的一年夏天，有人在林中播放音乐，大概是所谓的音乐茶座吧，凭窗而立，音乐像是从绿色中涌出来，把乙所包围了，也把我包围了。常听到的有舒伯特的《未完成交响曲》，这是很少的我记得旋律的乐曲之一。还有贝多芬的《田园》，莫扎特的弦乐四重奏，柴可夫斯基的《悲怆》等。每当音乐响起时，小树林似乎扩大了，绿色显得分外滋润，我又有了儿时往一个梦境深处飘去的感觉。

清华音乐室很活跃，学生里音乐爱好者很多。学余乐手颇不乏人，还出了些音乐专业人才。我是不入流的，只是个不大忠实的听众而已。因为自己有的唱片很有限，常和同学一起到美国教授温德先生家听音乐。温德先生教我们英诗和莎士比亚，又深谙古典音乐。他没有家，以文学和音乐为伴。在他那里听了许多经典名作，用的大都是78转唱片。每次换唱片，他都用一个圆形的软刷子把唱片轻刷一遍，同时讲解几句。他不是上课，不想灌输什么。现在大家都不记得他讲什么，却记得他最不喜欢柴可夫斯基，认为柴可夫斯基太感伤。有一次听肖邦，我坐在屋外台阶上，月光透过掩映的花木照下来。我忽然觉得肖邦很有些中国味道。后从傅雷家书中得知确实中国人适合弹肖邦。有很长一段时间，我最偏爱肖邦。

以后在风庐居住的约四十年中，听音乐的机会随客观情况的变化而忽少忽多。只是再没有固定的音乐活动了，也没有人义务为大家换唱片了。最后一次见到温德是在北大校医院楼梯口，他当时已快一百岁了，坐在轮椅上，盖着一条毯子。我忙趋前问候。他用英语说："他们不让我出去！告诉他们，我要出去，到外面去！"我找到护士说情。一位说，下雨呢，他不能出去。又一位说，就是不下雨，也不能去。我只好回来婉转解释，他看住我，眼神十分悲哀。我不忍看，慌忙告别下楼去，一路蒙蒙细雨中，我偏偏仿佛听到柴可夫斯基第六交响曲中那段最哀伤的曲调。温德先生听见了什么，我无法问他。

这几年较稳定，便成为愈来愈忠实的听者，海淀这边有音乐会时，常偕外子前往。好几次见满场中只有我两人发染银霜，也不觉得杂在后生群中有什么不妥。有一次中央乐团先演奏一个现代派的名作，休息后演奏贝多芬的《第七交响曲》，在饱受奇怪音响的磨难之后，觉得《第七交响曲》真好听！它是这样活泼而和谐，用一句旧话形容，让人全身五万六千个毛孔都通开了，又一次有一位苏联女钢琴家来演奏拉赫玛尼诺夫《第二钢琴协奏曲》，于是，满怀热望到场，谁知她的演奏十分苍白无力。我却也不沮丧，总算当场听过一次了。在海淀听过几次肖斯塔科维奇，发现他是那样深刻，和我们的心深处很贴近很贴近。1991年严冬，我刚结束差不多一年的病榻生活，不顾家人反对，远征到北京音乐厅听莫扎特的《安魂曲》。刚见莫扎特这几个字，便觉得安慰。

严肃音乐不景气，音乐会少多了。要听音乐，当然还是该自己拥有设备。我毫无这方面的志向，只是书已够我对付，够我“恨”了，怎受得了再加上磁带、唱片、CD什么的。我憧憬的是家徒四壁，想看书到图书馆，想听音乐一按收音机。许多国家有专播古典音乐的电台，我希望我们在这一点能赶上，不必二十四小时，八小时也够了，可不能安排在夜里。

现代音乐理论家黎青主曾说音乐是“上界的语言”，并引马丁·路德的诗句：“谁从事音乐就是有了一份上界的职业。”他自己解释说，意即音乐是灵魂的语言，是灵界的一种世界语言。音乐在诸门艺术中确是最直接诉诸灵魂的，最没有国界的。对“上界的语言”这话，我还想到两层意思：一是可以用来形容音乐的美，另一层意思我用一句话来表达，那就是：能听一点音乐的人有福了。

药杯里的莫扎特

一间斗室，长不过五步，宽不过三步，这是一个病人的天地。这天地够宽了，若死了，只需要一个盒子。我住在这里，每天第一要事是烤电，在一间黑屋子里，听凭医生和技师用铅块摆出阵势，引导放射线通行。是曰“摆位”。听医生们议论着铅块该往上一点或往下一点，便总觉得自己不大像个人，而像是什么物件。

精神渐好一些时，安排了第二要事：听音乐。我素好音乐，喜欢听，也喜欢唱，但总未能登堂入室。唱起来以跑调为能事，常被家人讥笑。好在这些年唱不动了，大家落得耳根清净。听起来，耳朵又不高明，一支曲子，听好几遍也不一定记住，和我早年读书时的过目不忘差得远了。但我却是忠实，若哪天不听一点音乐，就似乎少了些什么。在病室里，两盘莫扎特音乐的磁带是我亲密的朋友。使我忘记种种不适，忘记孤独，甚至觉得斗室中天地很宽，生活很美好。

三小时的音乐包括三个最后的交响乐“三十九”“四十”“四十一”，还有钢琴协奏曲，提琴协奏曲，单簧管协奏曲等的片段。《第四十交响曲》的开始，像一双灵巧的手，轻拭着听者心上的尘垢。

然后给你和着淡淡哀愁的温柔。《第四十一交响曲》素以宏伟著称，我却在乐曲中听出一些洒脱来。他所有的音乐都在说，你会好的。

会吗？将来的事谁也难说。不过除了这疗那疗以外，我还有音乐。它给我安慰，给我支持。

终于出院了，回到离开了几个月的家中，坐下来，便要求听一听音响，那声音到底和用耳机是不同的。莫扎特《第二十一钢琴协奏曲》的第二乐章，提琴组齐奏的那一段悠长美妙的旋律简直像从天外飘落。我觉得自己似乎已溶化在乐曲间，不知身在何处。第二乐章快结尾时，一段简单的下行的乐音，似乎有些不得已，却又是十分明亮，带着春水春山的妩媚，把整个世界都浸透了。没有人真的听见过仙乐，我想莫扎特的音乐胜过仙乐。

别的乐圣们的音乐也很了不起，但都是人间的音乐。贝多芬当然伟大，他把人间的情与理都占尽了，于感动震撼之余，有时会觉得太沉重。好几个朋友都说，在遭遇到不幸时，柴可夫斯基是不能听的，本来就难过，再多些伤心又何必呢。莫扎特可以说是超越了人间的痛苦和烦恼，给人的是几乎透明的纯净。充满了灵气和仙气，用欢乐、快乐的字眼不足以表达，他的音乐是诉诸心灵的，有着无比的真挚和天真烂漫，是蕴藏着信心和希望的对生命的讴歌。

在死亡的槛边打过来回的人会格外欣赏莫扎特，膜拜莫扎特。他自己受了那么多苦，但他的精神一点没有委顿。他贫病交加以致穷死、饿死，而他的音乐始终这样丰满辉煌，他把人间的苦难踏在脚下，用音乐的甘霖润泽着所有病痛的身躯和病痛的心灵。他的音乐是真正的“上界的语言”。

虽然时代不同，文化背景不同，专业不同，莫扎特在音乐领域中全能冠军的地位有些像我国文坛上的苏东坡。莫扎特在短促的人生旅程间写出了交响乐、协奏曲、独奏曲、歌剧等许多伟大作品。音乐创作中几乎什么都和他有关，近来还考证出他是摇滚乐的祖师爷。苏东坡在处理政务之余写出了诗词文赋等各种体裁的作品，始终是未经册封的文坛盟主。他们都带有仙气，所以后人称东坡为坡仙，传说中八仙过海时来了九朵莲花，第九朵是接东坡的，但他没有去。莫扎特生活在18世纪，世界已经脱离了传说，也少有想象的光彩了。我却愿意称他为“莫仙”。就个人生活来说，东坡晚年屡遭贬谪直到蛮荒之地。但在他流放的过程中，始终有家人陪伴，侍妾王朝云为侍奉他而埋骨惠州。莫扎特不同，重病时也没有家人的关心。(比较起来，中国女子多么伟大!）但是他不孤独，他有音乐。

回家以后的日子里，主要内容仍是服药。最兴师动众且大张旗鼓的是服中药。我手捧药杯喝那苦汁时，下药（不是下酒）的是音乐。似乎边听音乐边服药，药的苦味也轻多了。听的曲目较广，贝、柴、肖邦、拉赫玛尼诺夫等，还有各种歌剧，都曾助我一口（不是一臂）之力。便是服药中听勃拉姆斯，发现他的《第一交响曲》很好听。但听得最多的，还是莫扎特。

热气从药杯里冉冉升起，音乐在房间里回绕，面对伟大的艺术创造者们，我心中充满了感激。我觉得自己真是幸运而有福气，生在这样美好的艺术已经完成之后——而且，在我对时间有了一点自主权时，还没有完全变成聋子。

从“粥疗”说起

从小便多病，以这多病之身居然维持过了花甲，而且还在继续维持下去，也算不简单。六十年代后期，随着“文化大革命”这场大灾难，我也得了一场重病。年代久了，记忆便淡漠，似乎已和旁人平等了。可能是为了提醒吧，前年底，经历了父丧之痛以后，又是一次重病，成了遐迩闻名的大病号。

病中得到广泛而深厚的关心，让我有点飘飘然。有时卧床而“飘”，飘着飘着，想起二十年前，我的夫弟——俗称“小叔子”的，他们只有兄弟二人，不必说明第几位——从上海寄了一本《粥疗法》，是本薄薄的旧书，好像还是古籍出版社一类的地方出版的。书中极称粥食之妙，还介绍了许多食粥之法。有的很普通，如山药粥、百合粥、莲子粥，不必查书，我也曾奉食老父。有用肉类制作的，就比较复杂。无论繁简，都注明各有所治，“粥效”可谓大焉。不过此书的命运同我家多数小册子一样，在乃兄的管理下，不久就不见踪影，又是“只在此山中，云深不知处”了。

后来又听朋友说，还有一种书，题名为《一百种粥》，所记粥事甚详。可见“粥”在出版界颇不寂寞。

病中不能出门，只在房中行走。体力恢复到能东翻西翻时，偶见陆游有一首食粥诗，“世人个个学长年，不悟长年在目前。我得《宛丘》平易法，只将食粥致神仙”。再一研究，写《宛丘集》的张耒，更有一篇《粥记》。文字不长，兹录如下：

> 张安定每晨起食粥一大碗，空腹胃虚，谷气便所补不细，又极柔腻，与肠腑相得，最为饮食之良妙。齐和尚说，山中僧每将旦一粥，甚是厉害，如或不食，则终日觉脏腑燥渴，盖能畅胃气，生津液也。今劝人每日食粥以为养生之道，必大笑。大抵养性命求安乐亦无深远难知之事，正在寝食之间耳。

这位张耒是自称“吾苏学士徒也”的，如此再做推理，原来东坡也嗜粥。他说：

> 夜饥甚，吴子野劝食白粥，云能推陈出新，利膈益胃。粥既快美，粥后一觉，妙不可言。

看来宋代便有不少大名士深知粥理。想想我曾那样不重视粥疗，不觉自叹所知太少。

南方人似乎喜吃泡饭胜于粥。幼时在昆明，一度住在梅家，曾和小弟还有从小到大的友伴和同窗梅祖芬三人一起偷吃剩饭。那天的饭是用云南特产的一种香稻做的，用开水泡一下，还有什么人送来自制的腐乳，我们每人都吃了两三碗，直吃到再也咽不下，终于胃痛得起不了床。梅伯母不知缘故，见三人一起不适，甚感惊慌。好在服用酵母片后，个个痊愈。梅伯母现已年近百岁，对于一起胃痛的奥妙，还是不甚了然。当时若吃的不是泡饭而是粥，谅不至于胃痛。

1959年下放在桑干河畔，那里习惯用玉米糙子煮干饭，称为“格仁粥”，煮成稀饭，则称“格仁稀粥”。我印象中稀粥比名为粥的干饭容易下咽多了。房东大娘把炒过的玉米、小米和豆类碾碎，煮成粥状，也笼统称为粥。下放回来后，大娘还托人带来一小口袋这种粥的原料，试者无不说好。但若吃久了，这些粥都比不上白米粥。只是大米在北方农村不多，米粥也就难得了。

有一阵子以为广东粥很好。记得那年夜游洛杉矶，午夜到一小吃店吃鱼生粥。只那端上来时的热气腾腾便赶走一半夜寒。碗中隐约现出嫩绿的葱花，浅黄的花生碎粒，略一搅动，翻起雪白的鱼片，喝下去不只暖适而且美味。回来每每念及“广东粥”，或外购或内制，总到不了那个水平。这也许和当时的身体情况以及环境有关。

陆游还有一首诗云：“粥香可爱贫方觉，睡味无穷老始知。要识放翁真受用，大冠长剑只成痴。”食粥的根本道理在于自甘淡泊。淡泊才能养生。身体上精神上都一样。所以鱼呀肉的花样粥，总不如白米粥为好。白米粥必须用好米，籼米绝熬不出那香味来。而且必须黏润适度，过稠过稀都不行。还要有适当的小菜佐粥。小菜因人而异。贾母点的是炸野鸡块子，“咸浸浸的好下稀饭”。我则以为用少加香油白糖的桂林腐乳，或以落花生去壳衣，蘸好酱油和粥而食，天下至味。

不知当初东坡食白粥，用的什么小菜。

猫冢

十月份到南方转了一圈，成功地逃避了气管炎和哮喘——那在去年是发作得极剧烈的。月初回到家里，满眼已是初冬的景色。小径上的落叶厚厚一层，树上倒是光秃秃的了。风庐屋舍依旧，房中父母遗像依旧，我觉得一切似乎平安，和我们离开时差不多。

见过了家人以后，觉得还少了什么。少的是家中另外两个成员——两只猫。“媚儿和小花呢？”我和仲同时发问。

回答说，它们出去玩了，吃饭时会回来。午饭之后是晚饭，猫儿还不露面。晚饭后全家在电视机前小坐，照例是少不了两只猫的，媚儿常坐在沙发扶手上，小花则常蹲在地上，若有所思地望着我，我总是和它说话，问它要什么，一天过得好不好。它以打呵欠来回答。有时就试图坐到膝上来，有时则看看门外，那就得给它开门。

可这一天它们不出现。

“小花，小花，快回家！”我开了门灯，站在院中大声召唤。因为有个院子，屋里屋外，猫们来去自由，平常晚上我也常常这样叫它，叫过几分钟后，一个白白圆圆的影子便会从黑暗里浮出来，有时快步跳上台阶，有时走两步停一停，似乎是闹着玩。有时我大开着门它却不进来，忽然跳着抓小飞虫去了，那我就不等它，自己关门。一会儿再去看时，它坐在台阶上，一脸期待的表情，等着开门。

小花被家人认为是我的猫。叫它回家是我的差事，别人叫，它是不理的，仲因为给它洗澡，和它隔阂最深。一次仲叫它回家，越叫它越往外走，走到院子的栅栏门了，忽然回头见我出来站在屋门前，它立刻转身飞箭也似跑到我身旁。没有衡量，没有考虑，只有天大的信任。

对这样的信任我有些歉然，因为有时我也不得不哄骗它，骗它在家等着，等到的是洗澡。可它似乎认定了什么，永不变心，总是坐在我的脚边，或睡在我的椅子上。再叫它，还是高兴地回家。

可是现在，无论怎么叫，只有风从树枝间吹过，好不凄冷。

七十年代初，一只雪白的、蓝眼睛的狮子猫来到我家，我们叫它狮子，它活了五岁，在人来讲，约三十多岁，正在壮年。它是被人用鸟枪打死的。当时正生过一窝小猫，好的送人了，只剩一只长毛三色猫，我们便留下了它，叫它花花，花花五岁时生了媚儿，因为好看，没有舍得送人。花花活了十岁左右，也还有一只小猫没有送出。也是深秋时分，它病了，不肯在家，曾回来有气无力地叫了几声，用它那妩媚温顺的眼光看着人，那是它的告别了。后来忽然就不见了。猫不肯死在自己家里，怕给人添麻烦。

孤儿小猫就是小花，它是一只非常敏感，有些神经质的猫，非常注意人的脸色，非常怕生人。它基本上是白猫，头顶、脊背各有一块乌亮的黑，还有尾巴是黑的。尾巴常蓬松地竖起，如一面旗帜，招展很有表情。它的眼睛略呈绿色，目光中常有一种若有所思的神情。我常常抚摸它，对它说话，觉得它不知什么时候就会回答。若是它忽然开口讲话，我一点不会奇怪。

小花有些狡猾，心眼儿多，还会使坏。一次我不在家，它要仲给它开门，仲不理它，只管自己坐着看书。它忽然纵身跳到仲膝上，极为利落地撒了一泡尿，仲连忙站起时，它已方便完毕，躲到一个角落去了。“连猫都斗不过！”成了一个话柄。

小花也是很勇敢的，有时和邻家的猫小白或小胖打架，背上的毛竖起，发出和小身躯全不相称的吼声。“小花又在保家卫国了。”我们说。它不准邻家的猫践踏草地。猫们的界限是很分明的，邻家的猫儿也不欢迎客人。但是小花和媚儿极为友好地相处，从未有过纠纷。

媚儿比小花大四岁，今年已快九岁，有些老态龙钟了，它浑身雪白，毛极细软柔密，两只耳朵和尾巴是一种娇嫩的黄色。小时可爱极了，所以得一媚儿之名。它不像小花那样敏感，看去有点儿傻乎乎。它曾两次重病，都是仲以极大的耐心带它去小动物门诊，给它打针服药，终得痊愈。两只猫洗澡时都要放声怪叫。媚儿叫时，小花东藏西躲，想逃之夭夭。小花叫时，媚儿不但不逃，反而跑过来，想助一臂之力。其憨厚如此。它们从来都用一个盘子吃饭。小花小时，媚儿常让它先吃。小花长大，就常让媚儿先吃，有时一起吃，也都注意谦让。我不免自夸几句：“不要说郑康成婢能诵《毛诗》，看看咱们家的猫！”

可它们不见了！两只漂亮的各具性格的懂事的猫，你们怎样了？

据说我们离家后几天中，小花在屋里大声叫，所有的柜子都要打开看过。给它开门，又不出去。以后就常在外面，回来的时间少，以后就不见了，带着爱睡觉的媚儿一起不见了。

“到底是哪天不见的？”我们追问。

都说不清，反正好几天没有回来了。我们心里沉沉的，找回的希望很小了。

“小花，小花，快回家！”我的召唤在冷风中，向四面八方散去。

没有回音。

猫其实不仅是供人玩赏的宠物，它对人是有帮助的。我从来没有住过新造成的房子，旧房就总有鼠患。在城内乃兹府居住时，老鼠大如半岁的猫，满屋乱窜，实在令人厌恶，抱回一只小猫，就平静多了。风庐中鼠洞很多，鼠们出没自由。如有几个月无猫，它们就会偷粮食，啃书本，坏事做尽。若有猫在，不用费力去捉老鼠，只要坐着，甚至睡着喵呜几声，鼠们就会望风而逃。一次父亲和我还据此讨论了半天“天敌”两字。猫是鼠的天敌，它就有灭鼠的威风！驱逐了鼠的骚扰，面对猫的温柔娇媚，感到平静安详，赏心悦目，这多么好！猫实在是人的可爱而有力的朋友。

小花和媚儿的毛都很长，很光亮。看惯了，偶然见到紧毛猫，总觉得它没穿衣服。但长毛也有麻烦处，它们好像一年四季都在掉毛，又不肯在指定的地点活动，以致家里到处是猫毛。有朋友来，小坐片刻，走时一身都是毛，主人不免尴尬。

一周过去了，没有踪影。也许有人看上了它们那身毛皮——亲爱的小花和媚儿，你们究竟遇到了什么！

我们曾将狮子葬在院门内枫树下，大概早融在春来绿如翠、秋至红如丹的树叶中了。狮子的儿孙们也一代又一代地去了，它们虽没有葬在家内，也各自到了生命的尽头。“前不见古人，后不见来者”，生命只有这么有限的一段，多么短促。我亲眼看见猫儿三代的逝去，是否在冥冥中，也有什么力量在看着我们一代又一代在消逝呢？

一九九三年岁末五日记

12月27日　星期一

晚往观于魁智主演的京剧《响马传》。外子蔡仲德喜爱京剧，在电视大赛中“发现”于魁智这一艺术家。当然艺术家早用不着谁来发现，但这位外行确是自己看出高妙，而非人云亦云。我乃在其感召下，同往观剧。

剧本讲的是隋末唐初的英雄故事，全剧没有一个女角。于魁智扮演主角秦琼。唱念做打都臻妙境。唱得尤其好！声音高而醇厚，又有些苍凉，真可绕梁三日。举手投足，从容潇洒。在英雄豪迈之中有一种儒雅风流，一种秀气。一句道白“吃酒去”，再经伙伴们的白话“喝酒去啦”衬托，韵味无穷。剧场中有人低声议论，“真是文武全才！”京剧的音乐也有进步。秦琼观阵那一场开始时的唢呐独奏，很能表现月下沙场的情调。

回来路上讨论两个问题。一是中国与西方情感的不同。中国的豪杰注重的是男子间的义气，而非男女间的情爱，所谓“兄弟如手足，妻子如衣服”。西方武士则常在心中有一女性偶像，似乎这是做武士的一个必要条件。比武之后，要把胜利的荣耀献给所钟情的女子。如《撒克逊劫后英雄略》中所描写的。这种不同可能和妇女的地位有关，不过有的时候，义气更为感人。

另一个我们关心的问题是于魁智是否会有合适的夜餐。由之讨论到千里驹是不能以凡马对待的。这样的艺术家，已超出一般的一级演员的水平了，就应该有相应的对待。当然，还不只是物质一方面。

12月28日　星期二

下午四时，往办公楼，参加芝生奖学金首次发奖会。芝生是父亲的字。此奖学金发给北大文史哲三系的本科生或研究生，每年每系一人。每人得一千元。大家都说数目虽小，却是一种鼓励。鼓励对传统文化的关心和研究，鼓励做学问，鼓励坐冷板凳。哲学系主任叶朗说文科很穷，哲学系最穷，然而大家乐此不疲。并且说冯先生九十岁后还在著书，人劝休息，冯先生笑答：“我是欲罢不能。”这种做学问的精神真是春蚕到死丝方尽！这也是北大人的精神。北大党委原书记、冯友兰学术基金会主任委员王学珍说，冯先生一生有时处在逆境，但他不管境遇如何，从不气馁，总是有所追求，力图有所创造，是很不容易的。

我讲了《冯友兰先生纪念文集》的出版情况。这本书于1990年底编成后，找出版社费时两年，幸有北大出版社见义勇为，给予出版，现已问世。他们照常规印一千册，可是出人意料，新华书店一下子要八百册，只好加印。这在纪念文集中，是少见的。现大多数作者尚未得到书，真是抱歉。

又据说1990年父亲逝世后，南开大学哲学系的博士生、硕士生们自发地写悼念文章，油印成册。虽然这信息三年后才传来，却一点不觉得遥远。

12月29日　星期三

收到第十二期《读书》，见吴江文章《为什么要特别看重史学》。其中有一段说胡适曾主持清华国学研究院，金岳霖、冯友兰都曾在旧北大研究哲学史，读后颇感不安。可见历史是多么难见其本来面目！金岳霖、冯友兰在新中国成立前都是清华大学教授，从未在北大研究哲学史。胡适也从未在清华工作过。所以有一个说法：胡适从清华毕业，在北大工作，冯友兰从北大毕业，在清华工作，可见两校血脉相通的关系。原以为这是人所共知的事，可见我的偏颇。对于两校以外的人，可能是不易弄清楚的。

吴江文章只是叙述事情，不曾推演什么。有些文章就不同了，在不甚了了的基础上会得出某种结论，这很吓人。如果弄不清历史，怎能做“同情的理解”；如不持“同情的理解”的态度，又怎能弄清历史！由之联想到《老残游记》中那一位自命清官的酷吏，动不动把人送进站笼站死！这样想了一转之后，不免暗自庆幸，现在毕竟消灭了站笼，而且以后也不会再有了。

12月30日 星期四

下午2时，前往清华大学参加人文社会科学学院成立大会。1952年院系调整，清华文、法学院归并于北大。我成为清华最后一届文科毕业生。今天成立人文社会学院，使清华又成为一个完整的综合性的大学，可谓大喜事。

父亲若有知，一定会高兴的。他任清华文学院院长十八年，老来常说，在清华那一段是他一生中最幸福的日子，无论哲学著作或教育事业，都有建树。我想值得一提的是当时在学术界，由清华诸位大学者自然形成了清华学派。据徐葆耕《记王瑶先生与清华大学》一文记载，王瑶阐述说“这一学派的主要特点是对传统文化不取笼统的‘信’或‘疑’的态度，而是在‘释古’上用功夫，做出合理的符合当时情况的解释。为此必须做到中西贯通，古今融汇，兼取京派和海派之长，做到微观与宏观结合”。王瑶先生指出，“释古”的概念是冯友兰先生提出的。

我在清华做学生时，清华文科名师汇集。怎奈我不用功，到现在也不敢打哪一位老师的旗号。我想我从清华得到的，不只是知识，还认识了清华的传统。那是一种蓬勃向上的严谨的富有创造性的人生态度和作风，是一生受用不尽的。清华校训是“自强不息，厚德载物”。想到时，常觉是一种鞭策。

12月31日　星期五

“天行健，君子以自强不息；地势坤，君子以厚德载物”，是多么丰富！这是我们的民族精神，也是一种理想人格。在古人的眼光中，天是永远向前的，没有任何力量能阻挡天的行走。有天永不休止的前进精神，有地无所不载的宽广胸怀，我们民族无论怎样饱经忧患，终将立于不败之地！

伫立窗前，看到横过的枯枝，想它很快就要发芽；听到紧邻邮局传来盖邮戳的咚咚声，每到年底，总是格外热闹。年已尽，我没有催人老逼岁除的怅惘，而是感到平静而充实。

我爱清华。水木清华，我的摇篮，我的母校。

我爱北大。我的燕园，那是我一生中居住最长久的，与我的灵魂最贴近的地方。

我爱海淀区。图书城，音乐会，名园胜景，山光水色，滋润着红尘千丈，让人常感清凉。

我爱北京。又古典又现代的北京，我爱那我到过和没有到过的每一个角落。

我爱中国！

我爱中国！我们多灾多难而又自强不息的祖国啊。

别了，1993年。

西湖漫笔

平生最喜游山逛水。这几年来，很改了不少闲情逸致，只在这山水上头，却还依旧。那五百里滇池粼粼的水波，那兴安岭上起伏不断的绿沉沉的林海，那开满了各色无名的花儿的广阔的呼伦贝尔草原，以及那举手可以接天的险峻的华山……曾给人多少有趣的思想，曾激发起多少变幻的感情。一到这些名山大川异地胜景，总会有一种奇怪的力量震荡着我，几乎忍不住要呼喊起来："这是我的伟大的亲爱的祖国——"

然而在足迹所到的地方，也有经过很长久的时间，我才能理解、欣赏的。正像看达·芬奇的名画《永远的微笑》，我曾看过多少遍，看不出她美在哪里；在看过多少遍之后，一次又拿来把玩，忽然发现那温柔的微笑，那嘴角的线条，那手的表情，是这样无以名状的美，只觉得眼泪直涌上来。山水，也是这样的，去上一次两次，可能不会了解它的性情，直到去过三次四次，才恍然有所悟。

我要说的地方，是多少人说过写过的杭州。六月间，我第四次去到西子湖畔，距第一次来，已经有九年了。这九年间，我竟没有说过西湖一句好话。发议论说，论秀媚，西湖比不上长湖，天真自然，楚楚有致；论宏伟，比不上太湖，烟霞万顷，气象万千——好在到过的名湖不多，不然，不知还有多少谬论。

奇怪得很，这次却有着迥乎不同的印象。六月，并不是好时候，没有花，没有雪，没有春光，也没有秋意。那几天，有的是满湖烟雨，山光水色，俱是一片迷蒙。西湖，仿佛在半醒半睡。空气中，弥漫着经了雨的栀子花的甜香。记起东坡诗句："水光潋滟晴方好，山色空蒙雨亦奇。"便想，东坡自是最了解西湖的人，实在应该仔细观赏、领略才是。

正像每次一样，匆匆地来，又匆匆地去。几天中我领略了两个字，一个是"绿"，只凭这一点，已使我流连忘返。雨中去访灵隐，一下车，只觉得绿意扑眼而来。道旁古木参天，苍翠欲滴，似乎飘着的雨丝儿也都是绿的。飞来峰上层层叠叠的树木，有的绿得发黑，深极了，浓极了；有的绿得发蓝，浅极了，亮极了。峰下蜿蜒的小径，布满青苔，直绿到了石头缝里。在冷泉亭上小坐，真觉得遍体生凉，心旷神怡。亭旁溪水琤琮，说是溪水，其实表达不出那奔流的气势，平稳处也是碧澄澄的，流得急了，水花飞溅，如飞珠滚玉一般，在这一片绿色的影中显得分外好看。

西湖胜景很多，各处有不同的好处，即便一个绿色，也各有不同。黄龙洞绿得幽，屏风山绿得野，九曲十八涧绿得闲……不能一一去说。漫步苏堤，两边都是湖水，远水如烟，近水着了微雨，泛起一层银灰的颜色。走着走着，忽见路旁的树十分古怪，一棵棵树身虽然离得较远，却给人一种莽莽苍苍的感觉，似乎是从树梢一直绿到了地下。走近看时，原来是树身上布满了绿茸茸的青苔，那样鲜嫩，那样可爱，使得绿茵茵的苏堤，更加绿了几分。有的青苔，形状也有趣，如耕牛，如牧人，如树木，如云霞；有的整片看来，布局宛然，如同一幅青绿山水。这种绿苔，给我的印象是坚韧不拔，不知当初苏公对它们印象怎样。

在花港观鱼，看到了又一种绿。那是满地的新荷，圆圆的绿叶，或亭亭立于水上，或婉转靠在水面，只觉得一种蓬勃的生机，跳跃满池。绿色，本来是生命的颜色。我最爱看初春的杨柳嫩枝，那样鲜，那样亮，柳枝儿一摆，似乎蹬着脚告诉你，春天来了。荷叶，则要持重一些，初夏，则更成熟一些，但那透过活泼的绿色表现出来的茁壮的生命力，是一样的。再加上叶面上的水珠儿滴溜溜滚，简直好像满池荷叶都要裙袂飞扬，翩然起舞了。

从花港乘船而回，雨已停了，远山青中带紫，如同凝住了一段云霞。波平如镜，船儿在水面上滑行，只有桨声欸乃，愈增加了一湖幽静。一会儿摇船的姑娘歇了桨，喝了杯茶，靠在船舷，只见她向水中一摸，顺手便带上一条欢蹦乱跳的大鲤鱼。她自己只微笑着一声不出，把鱼甩在船板上。同船的朋友看得入迷，连连说，这怎么可能！上岸时，又回头看那在浓重暮色中变得无边无际的白茫茫的湖水，惊叹道："真是个神奇的湖！"

我们整个的国家，不是也可以说是神奇的吗？我这次来领略到的另一个字，就是"变"。和全国任何地方一样，隔些时候去，总会看到变化，变得快，变得好，变得神奇。都锦生织锦厂在我印象中，是一个窄狭的旧式的厂子。这次去，走进一个花木葱茏的大院子，我还以为找错了地方。技术上、管理上的改进和发展就不用说了。我看到织就的西湖风景，当然羡慕其织工精细，但却想，怎么可能把祖国的锦绣河山织出来呢？不可能的。因为河山在变，在飞跃！最初到花港时，印象中只是个小巧曲折的园子，四周是一片荒芜。这次却见变得开展了，加了好几处绿草坪，种了许多叫不上名字来的花和树，顿觉天地广阔了许多，丰富了许多，那在新鲜的活水中游来游去的金鱼们，一定会知道得更清楚吧。据说，这一处观赏地原来只有二亩，现在已有二百一十亩。我和数字是没有什么缘分的，可是这次我却深深地记住了。这种修葺，是建设中极其次要的一部分，从它，可以看出更多的东西……

更何况西湖连性情也变得活泼热闹了，星期天，游人泛舟湖上，真是满湖的笑，满湖的歌！西湖的度量，原也是容得了活泼热闹的。两三人寻幽访韵固然好，许多人畅谈畅游也极佳。见公共汽车往来运载游人，忽又想起东坡在密州出猎时写的一首《江城子》：“老夫聊发少年狂，左牵黄，右擎苍，锦帽貂裘，千骑卷平冈。”想来他在杭州，当有更盛的情景吧？那时是“倾城随太守”，这时是每个人在公余之暇，来休息身心，享山水之乐。这热闹，不更千百倍地有意思吗？

希腊画家亚伯尔曾把自己的画放在街上，自己躲在画后，听取意见。有一个鞋匠说人物的鞋子画得不对，他马上改了。这鞋匠又批评别的部分，他忍不住从画后跑出来说，你还是只谈鞋子好了。因为对西湖的印象究竟只是浮光掠影，这篇小文，很可能是鞋匠的议论，然后心到神知，想西湖不会怪我唐突吧？

墨城红月

一过兴安岭，觉得天气猛然一凉。车窗外不再是无边的青纱帐了，先是些高高低低的灌木丛，再过去，就是均匀的绿色。这就是呼伦贝尔草原吗？我其实来过，却又似乎不认识。直到看见那黑色的又有些透明的河水，才恍然，确实又来到草原上了。

不知为什么，这里的大大小小的河水都有那样一种黑色，它一点不浑浊，只显得有些冷，有些重。但它自己一点不觉得，只顾流着。草原上的中心城市海拉尔，意思是“墨城”。我第一次来时，觉得很奇怪，这个新兴的城和墨哪里有什么关系。这一次，我从河水又认识了草原，便猜想，墨城的名字，可能是从河水而来的吧。

墨城（海拉尔）便在这样一条河旁。河上有大桥把新旧市区连接起来。这次旅行，喜欢活动的我，为病所拘，一点不曾出去活动，只管坐着看天。有时在桥上闲步，水嘛，只是流，已经知道它的特点了，便也还是看天。不料从天上，竟也看出一些名目。

这天是草原上的天。草原毫无遮拦，这样开阔，这样坦率，只是一个劲儿的绿。天呢，却是变化多端。可能是气候作怪，它常常显得离地很近，有时站在四不靠的草原上，总觉得天还是可以用手摸到的。在大桥上看日落，真是“远在天边，近在眼前”了。太阳如同从炉中煅出的炽热的铁，红得发白。沉下去以后，天边还久久地染着余光。我便想，那一块天，一定很烫很烫。

那云也奇怪。它仿佛不在天上，而在地上，应该说，就是在那天和地的交界上。像要往上飘，又像要往下落，让人摸不着头脑。有时乌云密布，天阴沉沉的，滴得下水来。忽然间，云在空中活动起来，大块大块地往天边滑去，太阳马上就光灿灿的，照得人睁不开眼。天也骤然升高了，就是飞，也难得上去了。那些云，都集中到一堆，落到天地的边缘上，好像是谁在那儿刷了一笔浓墨。想来那里一定会下大雨，让丰盛的草原畅饮一番。再等一会儿，这一“笔”勾销了，却又在天的另一边，添上了一笔。这看不见的笔挥来挥去，云层就汹涌而来，呼啸而去，忙个不停。那施云童子，布雾郎君，以及四海的龙王爷，在这一带的任务似乎特别繁忙，我真替他们累得慌呢。

一个傍晚，千变万化的落照已经过了。只在天地间有一道明亮的红云，直从暮色中透过来。我站在桥上望着它，等它隐去，然而它竟不，只执拗地横在那里。等着等着，云层中忽然起了一团红光，像是个正燃烧的火球，滚了一阵，又倏地消失了。紧接着，一个火球又是一个火球，都是那样闪着红光，滚滚而逝。正在看得有趣，听见有人说：“打雷啦，闪电啦，可该回家啦。”回头一看，见是个年老的牧民，牵着一匹肥壮的马，准也是要回家，望着我亲切地笑着。我便也向他笑笑，往住处走去，一路还回头去看那云后的闪电。

过了几天，便是中元节。我的看天的兴趣也达到了顶峰。因为那月亮更是奇怪。它从草原的尽头升起时，简直大得吓人，足像个汽车轮子——当然比汽车轮子好看。它照着刚被黑夜笼罩的绿的草原，显出一种淡黄的颜色。周围有轻云缠绕，引人深思。行到中天，便全没有了那种朦胧的气氛，十分明亮，十分光洁。照得上下左右，成了一片通明的世界。让人看了，胸中再存不住半点杂念。等到将落未落时，却又变成朱红的颜色，在碧沉沉的天空里，红得那样含蓄，那样润泽。记得听人唱过一个民歌，其中有“脸上的红月亮”的句子，觉得奇怪，月亮哪有红的呢，最多是黄的。在这里，知道了月亮真有红的，而且是这样的红，那颜色是活泼的，流动的，仿佛它正在红着……

曾和几位考古学家一同步月，他们用洞察过去的眼光看出这月光下的旷野应该是古战场。这一带民族复杂，地居险要，一向是争战的场所。然而那确都已成了过去。草原，在民族大家庭里劳动着，成长着。在桥头，又看见那老牧民，还是牵着那肥壮的马，大步走着。我们像老相识似的攀谈了许久。他小声告诉我：“咱盟里今年的牲畜，比去年增加了几十万头。”我看着他，高兴而又惊异。他，这个满面风霜的老人，关心的是整个草原的兴旺。扭转乾坤的不就是他，许许多多的他吗？

月光照着他骑马向草原上驰去，我也没有问他家住在哪儿。月亮会知道的吧？它默默地照了几千年几万年了。它知道今天的考古学家们将来也会被别人考古，而它也知道这个时代的人怎样在有限的生命里热情地、努力地创造着无限的历史。

我久久不能入睡。推开窗户，等着看那碧天红月的奇景。草原是多么辽阔，天空是多么明净，我们的祖国是多么美，多么好，便连月亮，也是红的呀！

鸣沙山记

西行归来很久了，有些印象已经淡漠；也有些印象经过时间的酿造，轮廓反更分明，意思也更浓郁。这从记忆里时常浮现的画面之一，是鸣沙山。

鸣沙山在敦煌县城南。我们下榻在城东。城东果木成荫，绿色满眼，和华北的夏日无异。可是驱车不到半小时，下得车来，我忽然发现自己落入了沙的世界。眼前是一座沙山，脚下是厚厚的积沙，沙粒很细，踩上去如同在海滩行走。也许亿万年前，这里曾是海底吧。

眼前的沙山就是鸣沙山了。当时是晚上八时许，正值黄昏，那天天色似不很晴朗，在灰暗的天空下，巨大的沙山默默地站着，显得孤寂而遥远，山光光的，除了数不尽的细沙，什么也没有。因为有山，甚至也没有沙漠的瀚海无垠的气魄。但是好像有一种什么力量，使我们都肃然。那感觉不是空间上的，而是时间上的。时间退回到遥远的遥远的过去，那时生命还没有发生，没有动物的踪迹，也没有植物的覆被。有的只是永恒的静谧，和对未来的期待。

我们在沙漠上走，把鞋子拿在手中。风从耳边吹过。我看见风也向沙山上吹着，在半山腰把沙粒向上扬起，似乎是帮助沙山长得更高。我恍然，风若总是从这个方向这样吹，自不会湮没山脚下的泉水。

鸣沙山脚下有一个月牙泉。是与山齐名的。我们走了一段路再向右转，便看见四面黄沙之中那一弯明亮的水。水面据说较前小多了，也浅多了，但还清澈。水边有几株芦苇，大有江南水乡的意味。对岸有几处断墙残壁。那是以前庙宇的遗迹；还有一株枯树，巍然处于瓦砾之中。这一切，很像一幅纸色已经发黄，笔墨也已模糊的古画。这时有一个并没有骑驴的壮年人，安详地走进这幅画面，一点不理会这边的笑嚷，只顾穿过废墟，一直向远处走去。

“他一个人，往哪儿去?”我不禁问，望着远处的山，山那边当然还有山。

没有人能回答，我也不能去问个究竟。于是这孤寂的投向洪荒的身影，便和碧水黄沙一起，在记忆中留了下来。

这时天色更暗，鸣沙山显得更高了，仿佛离天空很近。风扬起细沙，在山腰形成一团团烟雾，又飘飘扬扬地散了。我转身向山脚走去，把伙伴们留在泉边。我真想爬上沙山，再从山上滑下来，据说就可以听到沙粒相撞的声音，但我还是适可而止了。我孤零零地站在山脚下，举目尽是灰色的沙，心中充满莫名其妙的喜悦。那感觉好像是在白茫茫的雪原上，正想扑进雪里抚摸雪的清凉，又如同在浩漫漫的大海边，正想站在起伏的海浪上随着波涛远去。我几乎跪下来拥抱大地！拥抱这孕育着生命，哺育着人类的整个的大地！大地的景色多么丰富，多么幻妙，多么奇，又多么美！这里有塞北的荒凉和江南的妩媚，有山的静止和水的流动，两种情调极不相同的美互相对照，互相辉映，互相联结，成为一体。我想长啸，听一听沙山和清泉的回响，我想大喊，呼叫那投向洪荒的寂寞的人。

“我们在这里！”我喊着，当然，连在月牙泉边的伙伴也听不见，更何况那远去的人。

我们确实在这里。我们在这里生活，战斗，成长。戈壁滩上有一座锁阳城遗址，据说现在夜晚仍有厮杀呐喊之声。记录着人类文明发展的敦煌文化，现在仍在呼吸，仍在散发着光辉。我看见那妙相庄严的菩萨，才忽然懂得“容光照人”这四个字。我看着著名的三兔藻井，真觉得画中的云在旋转，流动，就像眼前灰暗的天空上，大片的，缓缓流动着的，活着的云一样。

我们在这里。我们还要在这里长久地、更好地生活下去。

归途上大家踩着坎坷不平的阡陌，不觉议论道，千万不该在这样的山川中开这几亩不打粮食的田地，还抽用月牙泉水来浇田！做了多年的不肖子孙，现在总该明白一点了吧。

我不时回头，看那孤身远去的人是否赶了上来。沙山在渐浓的夜色中更显得巨大、沉重，沙粒仍然在山腰飘扬旋转，落到沙山上去。

“我们在这里。”我默默地说。

恐再无来鸣沙山的机缘了。我愿听到它的消息，使这一片景色在我的记忆中，苍茫的更苍茫，妩媚的更妩媚——

三峡散记

我所见的三峡，从中峡巫峡始。

船从汉口开。那一天天色灰蒙蒙的；水色也灰蒙蒙的。在一片灰蒙蒙之间，长江大桥平静稳重地跨在龟蛇二山上。古色古香的黄鹤楼和现代化的二十层的晴川饭店遥相对峙。水面上忽然闪出一道亮光，摇着、跳着，往船头方向漾开去。一直到大桥那一边。原来云层里透出小半个灰白的太阳来。

船开了，追着水面跳荡的远去的阳光开行了。

大桥看不见了。两岸房屋越来越少，江面越来越宽，有一道绿边围着，极目前方，出口很窄，水天相接，长江从窄窄的天上流过来。等船驶近，原来也是十分宽阔。窄窄的水天相接的出口又移到远处了。于是又向前去穿过那窄的出口。

船行的次日中午过沙市，约停四五个小时又起锚。直到黄昏，原野还是平阔，江流浩荡。暮色中更显得浑重。我想不出三峡是怎样开始的。便去问过来人。据说山势逐渐高起，过了宜昌才见分晓。日程表上写明第三日七时左右到下峡西陵峡，尽可放心休息。

半夜两点多钟，一阵喧闹的人声、哨声和拖铁链的声音把我惊醒。从窗中看出去，只见一堵铁壁挡在眼前，几乎伸手便可摸到。“到葛洲坝了！”我猛醒，连忙起身出房。只见甲板上灯火辉煌，我们的船在船闸里。上下四层的船不及闸墙三分之一高，抬头觉得闸顶很远，那一块黑漆漆的天空更远。人们从船头走到船尾，又从船尾走到船头，互相招呼：“要放水了！”“要开闸了！”据说闸门每扇有两个篮球场大。等到船闸停满了船只，便开始放水。眼看着我们的船向上浮升，一会儿工夫，已不用仰望闸顶，只消平视了。紧接着闸门缓缓打开，“扬子江号”破浪前行，黑夜间，觉得风声水声灌满两耳。站在船尾看时，璀璨的葛洲坝灯火渐渐远去，终于消失在黑暗里。我心中充满了对人——我的同类的无限敬仰之情。只因有了人，万物之灵长的人，万物本身，包括这日夜奔腾不息的长江，才有各自的意义。

我自己却是愚蠢之物，过分相信日程表，以为离7点钟尚早，便又回房。等我再出来时，两岸有丘陵起伏，满心以为要到三峡了，不想伙伴们说：“西陵峡已经过了！屈原和昭君故里都过了！”

我好懊恼。“百里西陵一梦中。”我说。

可是没有时间懊恼或推敲诗句。船左舷很快出现一座山城，古旧的房屋依山势而建，层层叠叠，背倚高山，下临江水，颇觉神秘。这是寇莱公初登仕途，做县令的地方。大江东流，沿岸哺育了多少俊杰人物，有名的和无名的，使人在山水草木城郭之间总有许多联想。不只是地理的，而且是历史的，这是中国风景的特色。

天还是灰蒙蒙的，雨点儿在空中乱飞。据说这是标准的巫峡天气。我们在云雾弥漫中向前行驶。忽然面前出现两座奇峰，布满树木，呈墨绿色。江水从两山间流来。两山后还有山，颜色淡得多，披云着雾。江水在这山前弯过去了，真不知里面有多深多远！这就是巫峡东口了，只觉得一派仙气笼罩着山和水。人们都很兴奋，山水却显得无比的沉静，像一幅无言的画，等待人走进去。

船进入巫峡，江流顿时窄了许多。两岸峭壁如同刀削，插在水里。浑浊泥黄的江水形成一个个小漩涡，从船两边退去，分不清水究竟向哪个方向流。面前秀丽的山峰截断了江流，到山前才知道可以绕过去。绕过去又是劈开的两座结构奇特的山峰，峰后云遮雾掩，一座座峰颜色越来越淡，像是墨在纸上渗了开来。大家惊异慨叹，不顾风雨，倚在栏边，眼睛都不敢眨一眨。我望着从船旁退去的葱葱郁郁的高山，真想伸手摸一摸。这山似乎并不比船闸远多少。

据说神女峰常为云雾遮蔽，轻易不肯露面。人们从上船起便关心是否有缘得见。抬头仰望，只觉得巉岩绝壁压顶而来，令人赞叹之间不免惶悚。一个个各种名目的峡过去了，奇极了，也美极了。冷风夹着雨滴和山水一起迎接我们的船。“快看，快看！”大家互相指着叫着：“看到了！看到了！”看到的舒一口气，没看到的懊丧地继续伸长脖子。

我看到了。我早就知道神女会见我的。那山峰本来就峻峭秀奇，在云雾中似乎有飞腾之势。就在峰顶侧，站着一个窈窕女子，衣袂飘飘，凝神远望。怎能信她是块石头！再一想，她本是块石头，多亏了人，才化为仙女，得万人瞻仰；她才有她的事迹，得千古流传。薄薄的淡灰色的云纱缠绕着仙女和峰顶，云和山一起移动，人们回头看，再回头看，看不见了。

快到巫山时，一只货船自上流疾驶而下，船上人大声喊着，听起来像歌一样萦绕在峡谷中。临近时才听清他喊的是“道谢了！道谢了！”原来是大船为免小船颠簸，放慢了速度。

“道谢了！道谢了！”喊声随着船远去了。忽然想起《水经注》上对巫峡的总结：“巴东三峡巫峡长，猿鸣三声泪沾裳”。现在没有猿啼了。却有人的喊声在峡谷中撞击，充满了和自然搏斗的欢乐。

过了巫山县，驶过黛溪宽谷，便是上峡瞿塘峡。上峡只有八公里，仍是高山重嶂断岸千尺，很是雄浑壮伟，只不如中峡灵秀。出夔门时，据说滟滪堆就在脚下，还有传说为八阵图的礁石也炸掉了。人，当然是要胜过石头的。

5月4日上午到重庆。距1946年过此地，已是三十九年了。当时全家六人，如今只余其半。得诗一首志此：“四十年前忆旧游，曾怀夙约在渝州。雾浓山转疑无路，月冷波回知有秋。似纸人情薄不卷，如云往事散难收。恸哭几度服缟素，销尽心香看白头。”

这里不是物是人非，物也大大变迁了。夜晚在码头候船。江中也有万家灯火，大小船只密密麻麻，好一派热闹气象。这晚皓月当空，距上次见此山城月，已近五百回圆了。

5日从重庆返回，顺江而下。次日上午到奉节停泊。有一小汽船带一座船，载我们到上峡中风箱峡看纤道。小船行驶在长江里，两岸的山显得格外高，直插入云，水中漩涡急转，深不可测。船行近一座峭壁，只见山侧有一道凹进去的沟，那就是从前的纤道了。《水经注》载过三峡下水五日，上水百日，可见其难。五十年代初上水还需半个月，也是人力为主。登石阶数百，可以站在纤道上，头顶山崖几乎不可直立。想当初拉纤人便是这样弯着身子逆水拖船的。这时人没有船的支撑，山势更显雄伟，脚下急流滚滚，真觉得个人不过渺沧海之一粟。从峡口望进去，可以看到六层山色，最近的是黄，然后是深绿、绿、蓝灰、灰和在江尽处天下边的灰白，灰白后似乎还有什么，每个人可以自己在想象里补充。

我忽然想跳进江去，当然没有实行。其实真有机会一亲长江流水时，是绝不肯的。

回去时，小船正驶在江心，上游飞快地下来了一只货船。船上人高声喊着，还是唱歌一样。忽然一声巨响，船猛地歪了一下，许多人跌倒了，有的人头上碰出血来。两边船上都惊呼，又有人喊话，寂静的江心一时好不热闹。原来那货船把小汽船和我们的座船之间的缆绳撞断了。那货船仍在喊话，顺着急流转眼就不见了。下水船是停不住的。我们的座船在江心滴溜溜乱转。我正奇怪它到底要往哪边行驶，忽然发现它不能开，只能随旋转的水而旋转。不免心向下一沉。幸亏小汽船及时抛过缆绳，很快调整好了，平安驶回“扬子江号”。回船后大家都有些后怕。座船上没有任何工具，若冲下去，只有撞在礁石上粉身碎骨了。想来江流吞没的英雄好汉，不在少数。

而吞没的尽管吞没了，几千万年如水流去。人渐渐了解江河了，然而究竟又了解多少呢?

船在奉节停泊一夜，7日晨又进入三峡。水急船速，中午时分已到下峡。我因上水时错过了，便一直守在船栏边。一般的说法是上峡雄，中峡秀，下峡险。近年来下峡的巨石险滩多已除去，并无特别险阻之处了。眼前是叠峦秀峰，可以引出各种想象。不可仰视的断岸绝壁上有着斑斓的花纹，有的如波浪，有的如山峦，有的如大幅抽象派的画。繁复的线条和颜色，气势逼人，不可名状。这可以说是西陵峡的特色吧。但是我想不出一个准确的字来概括。大幅绝壁上面是葱葱郁郁的山巅。据说山巅上平野肥沃，别有天地。山水奇妙，真不可思议。

船过秭归、香溪，是屈原、昭君故里。滚滚长江，每一段都有中华民族可歌可泣的历史遗迹，以“扬子江号”的速度，怀古都来不及。而我们的绝才绝色都出于此，也是天地灵秀之所钟了。香溪水斜插入江，颜色与江水截然不同。一青一黄，分明得很。世事滔滔，总有人是在“独醒”的。其实，对于“世事洞明皆学问，人情练达即文章”这两句话，我倒是很佩服。

船驶出西陵峡口，顿觉天地一宽。见峡口两峰并不很高大，这是因葛洲坝使水位提高了。峡口山上有亭台，众人如蚁行其上，显然是一公园。远见大堤拦截，各种横杆竖线，我们又回到了红尘。

峡口两山老实地站在江中，船仍随水东流。我和我的记忆，也随船漂远了。

岭头山人家

长途汽车到站时，又在飘雨点儿了。这里老天面孔变得快，喜怒无常。我旋即发现我们站在一个山头上。来路是不陡的坡，满坡沉沉绿树；对面是不深的谷，满谷层层茶丛。这边是汽车站小屋，另一边有面土墙，墙上有用长条石块搭就的简易石门，颇有古风。石头上布满青苔，所以眼前满是绿色。雨中的绿有些灰蒙蒙，向四面八方上上下下延伸着，一时真不知自己身在何处。

进得石门，打听要去的人家，很快有一位六十岁上下的妇人挺身而出，头前带路。路是石头铺的，凸出的部分已经磨得很圆，但路面仍高低不平。越来越大的雨点儿打下来，石头间全是泥水。路是弯曲的，上坡下坡，左转右转，经过分割成小块的田地，经过一条窄街，转到另一条更窄的街。走完这条街，我们来到大片跳动着绿色、没有一点空隙的水田前。对岸是一个高坡，坡下有尖顶大稻草垛。坡前有绿篱，篱后一排房子，那就是我们要去的人家。

好个清凉世界，我暗自思忖。黄昏风雨，送来不少凉意，到底远离尘嚣，气候也不同了。那绿篱后的房屋，纵不一定达到新农村的新水平，肯定也是舒适宜人，可以稍憩我们疲倦的双脚。

主人热情地迎出来。我已经歪歪倒倒，借大家拉扯，跨进大门。大门是破旧的，门洞里满是泥泞，显然比外面成分更多，那是猪的痕迹。大家寒暄着，坐定待茶。我不谙吴语，自有外子应对，喘过气儿，便打量所在的环境。

屋内很黑，只有门，没有窗。渐渐习惯了黑暗，可见室内很宽敞，除简单几件桌椅，靠墙倚着的农具外，没有什么东西。地面是泥土本色，砸过，还是坑坑洼洼。黄狗黑猫，还有几只小鸡，在地上踱来踱去，寻找食物。充塞于整个房屋的，是猪圈味儿。猪圈就在门外，和我们不过一墙之隔。这味儿我很熟悉。四十余年前，我家曾住昆明农村某猪圈楼上。不过那里房屋有窗，够亮。猪圈味儿在光亮中比在黑暗里似要淡些。

另一间是灶间，燃料中也有松针。他们也叫松毛，和几十年前昆明一样。住什么烧什么穿什么，不是几十年，而是几百年沿袭下来，这也是一种稳定。遗憾的是，他们怕失去这稳定。坐在灶门前烧火的姑娘，在岭头山小学成绩优秀。考进了几十里外镇上中学，可是怕离开家，不肯去上。她坐在那儿烧火，很平静，很惬意，对落满灶台的苍蝇视而不见。她的大哥盖了新房，仍然照旧格式：只有门，没有窗，同样的灶间，同样的阁楼，从楼板间对楼下可以一览无余。在铁路沿线增点江南风光的二层小白楼是高级房屋，大部分农家尚不能企望。

食物的变化很大。他们挨过饿，吃过草根树皮，现在专吃大米饭了。只是一年收入不够一家人填饱肚皮，每年夏天还需往杭州国营农场割稻，换得“钞票”买粮。不过他们觉得一切都够好了。主人很少问外面的生活。那与他们无关，他们没有兴趣。

这时看到墙边凸出的泥台，问是何物，原来是炒茶叶的炉，现在不用了，茶叶全送到队上，有机械化装置来炒。记得几十年前曾听过曹禺同志一次江南行后的报告，他说到梅家坞，见茶农用手炒茶，用手直接感受火候，几乎不忍再喝茶。现在旧炉弃置，当然令人振奋。

但变化还是太慢了！不只在房屋的旧、脏、不合理；不只在这数百户大村没有一个万元户，连千元户也不用提；不只在我们的男主人穿着补丁衣服。更重要的在于几个年轻人对事物缺乏兴趣，尤其是两个姑娘。她们那红红白白的脸庞上茫然的眼光，叫人看了心痛。

江南景色从来脍炙人口，此次来可能因内外各种条件，只觉拥挤。大城市固然人拥挤，田野间庄稼也拥挤。挤到田边地头，没有一小块土地空间。丝瓜在陆地勉强沾一点土，架子搭在水中，向水上伸展。地力可谓开发殆尽。而人的智慧，还远远没有开发。这若是开发起来，该是无穷无尽的。

次日清晨，我们又在雨中看到侍弄得无比精细整齐的稻田、茶树和玉蜀黍——他们称之为六谷的，所有可用的地方都用上了，让人觉得不够舒展。这村子有一座大礼堂，以前供开大会用。现在会少了，电影也不多。礼堂边有一溜歪斜的平房，便是小学。有几间快要塌了，有几间乱放着破烂桌椅，不知孩子们怎样上课。据说不愿上学的很多。他们看不出上学有什么用，认识几个字便不错，对九年义务教育更是漠然。这些头脑，何时能像田地一样经过精耕细作而丰收呢。

我不愿见这东倒西歪的小学校，不愿见炉火映红的年轻的脸上茫然的眼光，也不愿见那拥挤的绿。我走了，回头望那被一片绿色烘托的石门，门下扶老携幼的主人全家，心里忽然有些歉然。

三访鳌滩

这一段上坡路，似乎是伸向天边。四周荒无人迹。低矮的野生植物覆盖着地面，绿色中点缀着简单的黄与红的花。一到坡顶，天幕地升高了，推远了。眼前就是大海，灰蒙蒙一片，无际无涯。整个的海，像是凝聚着昨天的雨和云，海连着天，天连着海，看不清海天界限。略带腥味的海风夹着涛声阵阵扑面而来，大家兴奋地加快了脚步。

我们站在伸入海中的石头上，左右看去，尽是些巨大的礁石。海水漫漫，看不出石头形状。早听说金石滩的礁石不凡，可以想象为古堡龙宫，神怪猛兽——那弯进海中的大石形成一个穹门，被称为通往龙宫的路；又一块大石则是后羿的臂肘，要射九日后力尽而死，那弯着的臂肘还做拉弓状。

像吗？互相问，又迟疑着，不愿回答。

再到这里时是黄昏。我们从两座石山间下到海滩。两座山般的大石，黄绿色的名黄帝石，红褐色的名炎帝石，我们走在中间，便是炎黄子孙了。夕阳从背面反照过来，海上云霭中透出层次不同的红。海滩上静极了，只有我们在走动。我们举目四望，忽然感觉这里似非人境！巨大的、颜色鲜艳的石山默默地压在头顶，面前是大海，左右是奇形怪状、令人生畏的礁石，脚下是晶莹如玉的石子，形成一个奇特的世界。我们在浩漫的大海与压顶的巨石之间，像是一幅雄伟画卷上的几个墨点儿。

“看那大龟！”有人叫。果见海滩另一端有一个硕大无朋的龟，与海中的一个小龟，头对着头，像在互相审视，互相辨认。是小龟在劝说母亲返回大海，还是大龟在召唤儿子上岸休息？鳌滩想因这一石塑而得名了。

海浪仍在一道道向岸边涌来。大海，是不休息的。

“涨潮了。”有人提醒。

海在汹涌，一浪接一浪。每一次海面都升高一些。那些小礁石都已消灭了。我们赶快向上走，海水在身后赶来，那小龟向下沉了。走到坡顶，我才忽然想到，刚刚是站在海里！

又一次去到鳌滩，天还不大亮。远远便见海滩上灯火明灭，是有人用手电筒，在觅取海的赐予。到滩上看时，赶海人深入海中，离岸相当远，灯光一闪一闪，像是大萤火虫。

他们当然都是精通水性的，我却担心：海水仍在声势浩大地向岸上涌来，他们来得及上岸吗？水边许多小礁石，如同黑色的小兽蹲伏着。渐渐地，它们的身体露出得越来越多，是向岸上爬过来了？我们惊异地看着。

远处一道白绿，在黑暗中很分明。它滚得很急，奔过来撞到岸上，便消失了。每奔来一次，水面便下落，落得真快！眼见那些小兽爬出水面，眼见那望着母亲的小龟的头离水面越来越高。我们简直可以追赶海水，和赶海人一起，追进海里去，看看浩瀚的海水落到了哪里，哪里又盛得下这无边的大海。

等潮落尽，又要涨了。涨满了，再落。

我还从未见过这样呼吸着的活得如此健旺的大海。人说不只因现值望日，且因有礁石的标志，才能清楚地感觉潮的涨落，海的起伏。不管这些礁石是否激发起各样的想象，它已使我更认识了大海，使我在短暂的停留中，经历了沧海桑田的变迁。

大海都有升落，有变迁，人生又怎能常处于一个水平面上呢！

“热海”游记

自腾冲西南行十余公里，山势渐险，巉岩峭壁，几接青天。盘行在山上的公路，呈接连不断的S形。眼看到了尽头，前面空荡荡的，只垂挂着大幅蓝得无比的天，蓝得无比深透，无比高远，这是无处去找的只有云南才有的蓝天。车子冲上去，似乎要奔那幅天幕去了，可是一回过头，又是坡路，又是一重天，蓝得无比的天。

我们是往那罕有的热泉地带去。热泉中最著名的一处名叫大滚锅，可见有多热！越过山梁，车下行了。下行时的天也一样蓝，好像是一个蓝色的大湖，在远处等着我们掉进去。幸好我们没有坠入，总是有山托着，路引着，到谷底。又往上行。如此下而上，上又下，忽然一股硫黄气味袭来。主人说，快到了。果然这座山谷与众不同，谷中云雾缭绕，烟气氤氲。车子转了几个弯，路旁立一界石，大书“硫磺塘”三字。

硫磺塘村，见《徐霞客游记》。霞客到这里时，适值狂风暴雨，于风雨泥泞中蹒跚于山间小路。其精神是我们今日的游兴无法比拟的。

在谷中下行颇深，以为到底了，转弯还是向下，直到一条河旁。河水很少。过桥上行，山坳间雾气迷漫，硫黄味愈重了。在一座据说是疗养院的房屋前，我们下车循石阶登山。走不多远，便觉得夹有硫黄味的热气，把我们重重包裹住了。

再往上走，赫然有一台在。台上有石栏遮护。“这就是大滚锅。”主人指点说。走上去，脚底都是热的。台上水汽蒸腾。迷茫间见一大池，池面约有十余平方米，池水翻滚，真如坐在旺火上滚开的大锅。站定了细看，见水色清白，一股股水流从池底翻上来，涌起数尺高，发出噗噗的声音，热风扑面，令人悚然。自然神力，真不可测。

这样的水波翻滚不知几千万年了，这池用石砌成八角形则是近几年的事。水与石齐。霞客记载的大池“中洼如釜，水贮其中，止及其半”，看来釜边已削去许多，涌起的水势可能也不如三百年前那样猛烈，然而足可称为壮观了。石沿上刻有八卦，不知为何。台上石板缝中不断咕嘟嘟冒出水泡儿，又有小水道通往浴室。同伴把鸡蛋用手帕包住浸在水中，几分钟后便熟了，大家剥来吃。据说有牛掉入池中，很快化为一锅肉汤！只不知有人喝过没有。

台后有数碑，刻有徐霞客对大滚锅的描写。台一侧一碑，有滇人李根源书写的“一泓热海”四字。因为太热，且硫黄气味太浓，无法久立读碑，只好在来回走动间，看上几眼。

从大滚锅往下的山涧中，到处有热水渗出，有的冒泡儿，有的汪着一摊水，有的则成为泉眼模样。一处小泉，从石上流下，两旁岩石呈黄绿色，好像是不规则的琉璃瓦。那是硫侵蚀的结果。再往下走，到一河旁，河岸陡峭，幸有栏杆可扶行。沿河道转弯，先闻水声轰隆，忽见一瀑布泻入一池，瀑布不高，但水势很猛，在溅起的水花中，可见水潭一侧有大块颜色鲜明的岩石，好像一张古怪的脸谱，涂有黄、褐、黑、白、绿各种颜色，在这儿看着水的起伏，山的变迁。

“这是蛤蟆嘴。”主人介绍。细看时，巨石颜色果然像癞蛤蟆，尤其是那黄黑色的条纹，似乎涂抹着蛤蟆的黏液。大概曾有什么山精河怪在这里居住过，有一天，它忽然定住了，化作这大石。

可是它还在呼吸。

譬喻作巨大的癞蛤蟆罢了，何以称作蛤蟆嘴呢？便是因它在呼吸。大石下有洞，像是蛤蟆的阔嘴。隔几分钟，嘴中便喷出一股水花。吸——静止，呼——喷水；吸——静止，呼——喷水。这一个间歇泉，使得幽僻的、脚下热乎乎的山谷，更增加了神秘色彩。

这一带山，名为半个山，“皆迸削之余骨，崩坠之剥肤也。”不知地形怎样变化，整个山落得了半个，热泉才能涌出。有人曾把照相机掉在池里又捞起来，可见池不很深，水也不过热，但那斑驳浓重的色彩，神秘奇特的气氛，使人疑惑山水随时会活动变幻，而不敢久留。

还有十数处泉景，我不能一一走到。据霞客记载，除上述二泉最著外，还有一处“平沙一围，中有孔数百，沸水丛跃，亦如数十人鼓煽于其下者”。值得一观。我没有到，但可借风雨做书中游。足以安慰。

孟庄小记

神在哪里?

1992年10月22日至11月2日，在杭州北高峰下灵隐寺边的孟庄小住。孟庄在一片茶园之中。每天清晨，一行行茶树吸了一夜的露水，微微发亮，格外精神，手一碰湿漉漉的。茶花有铜板大，颜色陈旧，貌不惊人。还有小小的茶果，据说毫无用处，只有割去。别的植物以花胜以果胜，唯独茶以叶胜。大概力量都聚在叶里，别的便顾不及了。

随着清晨一起来的，是灵隐寺的喧嚣。很难想象沸腾人声来自清净佛地。及至身临其境，才知那“市声”与“市场”是符合的。

刚到“咫尺西天”的大影壁前，便有十多个妇女围上来。“买香哦？买香哦？”一面把香递到面前。一路走过去，便是一场推销与抗购的斗争。除了香，还有小玻璃坠等买来只有扔掉的东西。熙攘间已过了理公塔、冷泉亭。飞来峰还是那样，只在壁间小路和每一凹处都站满了人，也就无法玲珑剔透了。

以前几次来，大家都忙于阶级斗争，自然无心于山水。现在想上哪儿就上哪儿，至少国内没有限制，自然会热闹。这热闹使人感觉生活别有一重天地，到底是自由多了。

临近寺门，先见香烟缭绕。曾听说现在寺庙香火很盛，亲眼见了，还是不免惊异。寺门前摆着长方形的烛台，约有两米长。数十枚红烛在燃烧。一人多高的大香炉，成把成把地烧着香。人们在香烛前跪拜，一行人跪下去，后面有人等着。他们有老有少，有男有女，有智有愚，有丑有俊，必定或有排解不开的苦恼，或有各种需求，觉得人的力量不够，要求诸冥冥中的力量。求一求，拜一拜，精神的负担分出去一点，在想象中抓住点什么，也是好事。

到大雄宝殿，见众人都在殿外礼拜。一青年女子交给僧人一纸伍拾圆，获准到佛前香案下跪求。她祈祷良久，转过身来，面带笑容，也许灾难还不退，至少她安心了。

前些年，一个朋友悄悄地告诉我，她不是任何教的信徒，可是她每晚必祷告，把一天的烦恼事理一理，一股脑儿交给上帝，然后安稳入睡。这话现在不用悄悄说了。那袅袅香烟，在青天白日之下，凝聚着多少祈求和盼望。据说也有人是专门还愿来的。原来求的事已经满意如愿，特来感谢。说起来，我佛如来、观世音菩萨、耶稣基督、圣母马利亚都是大大的好人，是芸芸众生的好朋友。

在罗汉堂边山石上坐着休息，仲忽然拉我起身，走开数步后才说，那石旁有一条蛇，正在游动。一面说一面拾起石子要打，我忙制止说，也许是白娘子来随喜呢，再不济也是佛寺里的生灵，不可冒犯。

忽然想起在澳洲访问时，一家公寓下的花丛中住着一条蛇，人们叫它乔治。蛇寿不知几年，这乔治想也不在了。

乘缆车登上北高峰，远望尘雾茫茫，不见人寰。一对青年夫妇带一小孩，对着一面墙跪拜。不由得好奇，上前打听拜的什么，他们不情愿地回答，拜的财神菩萨。

财神菩萨，当然也是人的好朋友。

下山都是石阶，我居然走下来了。满山青松翠竹，清气沁人。不多时到韬光庵。庵依山势而建，楼台错落有致，很不一般。院中有泉，水上有许多落叶，游人用长柄勺推开落叶，舀水来喝。我们在泉侧亭里小坐。见一妇人三步一躬走上来，舀水装入自备的瓶中，又三步一躬向上面的正殿走去。她一定是为亲人祈求平安的。这泉水是矿泉水，又有神灵保佑，传说能疗疾消灾。

我身上的病根少说也有好几种，我可不想试一试。听说正殿供奉的是何仙姑，倒想一睹风采。怎奈上去还有百余阶，只好知难而退。真是今非昔比了。若在从前，无论什么角落，总要走过去看一看的。

一阵风来，泉边树上的叶子纷纷飘离枝头，旋转着落向水面。是秋天了。

我们继续下山，依山涧而行。涧中过去大概是泉水淙淙，现在水很少，几近干涸。坡上植物很多，一片苍老的绿，往下伸延开去。涧边有大石，有些人坐着休息。一路走过去，好几个人问，“还有多远”。这是上山人常问的话。

快到灵隐寺了。涧边有用毛竹随意搭成的栏杆。毛竹茶杯口粗细，原以为引水用，走近看时，见竹上插了许多点燃的香，成为很长的竹香炉。香烟向四面飘散，渗入了山林涧壑。

这不知供奉的什么神。是山、树的精灵？还是水、石的魂魄？我忽然大为实际起来，很怕香火烧着什么，又明知管不了许多，只好带着担心离开这一片清幽，走进了沸腾的佛地。

西湖别来无恙

西湖秀色，不只在一湖，还在周围的许多景致。我对满觉陇的桂花向往已久，这次秋天来南方，以为或可一见，哪知紧赶慢赶，还是没有赶上。然而没有花，满觉陇也是要去的。

满觉陇者，原来是一条路名。路两旁大片桂林，一眼望不到边。徘徊树下，似有余香，至于小花密缀枝头的景象，就要努力想象了。几乎每年秋天，我都计划到颐和园看那两行桶栽的桂树，计划十之有九落空，所以对桂花其实很不了解。印象最深的是它那浓郁而幽远的香气，所以一见桂林，先觉其味。似乎这芳香也浸透了一些咏桂的文字。

循路来到石屋洞。洞在山脚，奇径穿透，上下颇出意料。院中有小舍，售桂花栗子藕粉。于大桂树下食之，似有一种无香之香浸透全身，十分舒畅，藕粉滋味，倒不及细辨了。

去过了无桂花的满觉陇，又去无梅花的罗浮山。据说罗浮山所种乃夏梅，是一种珍奇植物。我于梅花见得更少，简直无从想象。然而百亩罗浮山风景清幽，楼台亭榭十分雅致，已令人不忍遽去。建筑名字都和月亮有关，如伴月楼、掬月亭等。想必这里是赏月的好所在。若是月下有梅，梅前有酒，更是何异神仙！一个小院落里有一石碑，大书“天缘”二字。两字发人深省。这能赏景物之极致的天缘，不知能有几人得到。我就既未见梅，也未见桂。春来九曲十八涧开得漫山遍谷的杜鹃花，也只能在《志摩日记》中观赏了。

然而西湖的正气和才情是四时不变的。这次见张苍水墓，那“友于师岳”的精神令人肃然起敬；苏堤尽头的苏东坡纪念馆，陈列物虽不多，却系住了游人的仰慕。

还有一个风情万种的西湖，阴晴雨雪都不会令人失望。几次来杭泛舟湖上，次次觉有新意。这次在三潭印月，见游人摩肩接踵，甚无意趣。匆匆走过，下得船来，脚下是碧沉沉的水，头上是蓝湛湛的天，微云一抹，远山如黛，天地忽然一宽，“西湖原来很大”，我说。

听着船边轻柔的水声，想西湖和昆明湖有许多相似之处。前者有孤山，后者有万寿山；孤山上有石亭，万寿山上有铜亭。本来修建颐和园便是以江南景色为样本的，十七孔桥大概也受到三潭印月孔中见月的启发吧。

秋日的阳光还有些灼人，照在水面上，只见一排排光波从桨的左右流过去，然后落进了湖底。到阮公墩转了一圈，那是经徐志摩品定为精品的，这次发现它扎彩楼，建戏台，传染上了许多景点的流行病，成了个扭扭捏捏的假古董。心里却也无甚感伤。

还是在碧波上滑行，逍遥了一阵子。天色渐晚，湖面起了风，船身有些摇摆。水波高高低低，一个接一个，似乎是从水底翻涌起来，不仅是水面的活动。“西湖原来很深”，我又说。

阳光渐渐集中到西边，成为绚丽的晚霞。晚霞映进水面，又透出水波，好像无数层锦缎在抖动。渐渐地，暮色从远处围拢来，推着我们到了岸边。

坐在岸边石椅上，望着天，望着水，轻轻说了一声："西湖别来无恙！"

三生石在这里

因为很喜欢三生石这美丽的传说，曾把它写进一篇小说，并以之为篇名。却没有想到，世上真有这块大石头。

我们先是从导游书《灵隐轶话》中看到，便去寻找。问了好几个人，都说没听说过。后来问到一位老者，得他指点，才走上正确的寻石之路。

从下天竺进灵隐边门，就是飞来峰东侧。从山脚到山顶，树木森然，不见游人，只有守门人在大声说话。和西侧的喧嚣大是不同。我们循石阶上山，轻风拂过，树叶沙沙作响。转两个弯，见有人在地上捡毛栗子。问三生石在何处，答道茶地边上就是。

再往上走不远，果然见一片茶地。山坡上翠竹千竿，山坳尽处突出一块大石。我们快步走近，心上一分是惊，二分是喜，似是猛然间见到了故人。

这石约有三人高，横有七八尺，轮廓粗犷，显得端凝厚重，不是玲珑剔透一流。石色灰白与黝黑杂陈，孔隙里生有小植物，有的横生，有的下垂，成为大石的好装饰。向茶地的一面赫然写着一篇文字，题目是唐圆泽和尚三生石迹，记载了圆泽和士人李源转世不昧的友谊。是嘉兴金庭芬于1913年所刻。据说圆泽和尚圆寂前，和李源相约，十三年后在此石边相会。李源如约前来，见一牧童骑在牛背上，歌诗道："三生石上旧精魂，赏月吟风不须论。惭愧故人远相访，此身虽异性常存。”诗意颇悠远，不知何人所作。石上所刻以及《辞海》所载，与我所记有个别字不同。

我们从边上转过去，才看清这大石其实是三块相连。当中一块背面写着“三生石”三个大字，笔锋纤细，和大石以及大石般的友谊殊不相称。然而总算有这石头附会这传说，让把假事当真的痴子们可以煞有介事地寻上一番，感慨一番。这石头又正好三块相连，以副三生之数，实在难得。

从古到今，生死和爱情是艺术的永恒主题，其实友谊也是歌咏不尽的。读《中国哲学史新编》第六册，得见谭嗣同对朋友的解释，他以为，五伦中“于人生最无弊而有益”的，就是朋友。他认为朋友的关系能“不失自主之权”，“一曰平等，二曰自由，三曰节宣惟意”。我想，就广义的朋友而言确是如此，最深层的朋友关系则贵在知心，也就是精神上的理解。管仲说“生我者父母，知我者鲍叔”。世间得一知我者，也就不虚此一生了。伯牙碎子期妙解之琴，渐离继荆轲未竟之志，友情的深重高昂，又何逊于罗密欧与朱丽叶呢！

石侧有石阶上山。上山的路，还很长。我们走到三生石上，见三石一块接着一块，如波浪前涌，到茶地边忽然止住。茶地下面远处有村舍，牧童大概就是从那里来了。坐在石边休息片刻，已经很满意，不想再高攀了。下山出边门时，守门人问：“找到了？”“找到了。”我们答。访得了三生石，实为这次到杭州的一大收获。

回京后便留心有关三生石的吟咏、故事。《太平广记》记载有李源和武十三郎转世相识之情，似乎是一种断袖之癖。未提到三生石。传说总是在传、说中不断完善的。人们添进自己的企求，剔除自己的厌恶。现在的三生石传说，就是人们对坚贞友谊的向往吧。《全唐诗》载齐己和尚诗，有“自抛南岳三生石，长傍西山数片云”之句，看来那时已有三生石的故事，李源名字可能是后加的。齐己和尚是湖南人，大概想把三生石安排在南岳。自然还是在杭州现址好得多。袁宏道有一首三生石诗，描写的似乎就是现在这一块：“此石当襟尚可扪，石旁斜插竹千根。清风不改疑远泽，素质难雕信李源。驱入烟中身是幻，歌从川上语无痕。两言入妙勤修道，竹院云深性自存。”

另一唐僧修睦，有诗咏三生石：“圣迹难会得？每到亦徘徊。一尚不可得，三从何处来！清宵寒露滴，自昼野云隈。应是表灵异，凡情安可猜。”

“一尚不可得，三从何处来！”直如当头棒喝！我连忙放下了一支秃笔，掩过了满纸胡言，只自凝望着天上白云，窗前枯树。

澳大利亚的红心

瑙玛有个小小的习惯，怕下楼；因此当然也不能上楼。我们在阿丽思泉古斯艺术馆的圆厅里走着，见厅中心有一个螺旋形的小楼梯，梯侧有小喷泉，暗红色的灯光照着喷洒的水珠。我请她到厅边小坐，不要陪我上去。她说到上面就可以看见这个艺术馆的主要内容。她用了一个字，我一时想不起那英文的意思。“上去便知。”我想。

跨过暗红的喷泉，缓缓上到梯顶，我不觉吃了一惊。我怎么忽然来到了澳洲中部的荒原上、旷野间？苍凉而豪迈的中澳大利亚景色，扑向我眼前，这样辽阔，这样一望无际；又这样寂静，这样无动于衷，只有远处小小风车给一点动的感觉。似乎时间也被这豪迈苍凉羁留住了。那一直伸展开去的原野，直到天边，看不见了，却又明知它还在继续伸延，简直使人想赶过去看个究竟。在棕褐色，有的地方是暗红色的原野上，铺缀着一丛丛灰白的草，一丛丛暗绿的榛莽，再高一些是那一对孪生兄弟的橡树，它们真像彼此的影子。最高的植物是一株尤加利树，它那灰白的树皮下，显示着充满了生命的筋骨，天地交界处有一段远山，又有一座淡蓝色的平顶山，像一个倒扣的长盒，后来知道它的名字是考诺山，又有一座稍长的，一端扁平的浅棕色的山，后来我知道那便是世界最大的独石，艾耳石。

我循着楼栏走了一圈，才悟出那英文字义是全景画。这画面形成一个圆圈，观画人站在中央，近处二十英尺的泥上植物全是实物，连接着二十英尺高的画面。画面不但集中了中澳大利亚的有特点的景物，还画出了那原野的苍郁混沌的神情，使人不觉大有“天地悠悠”之感。

次日我们乘车行驶在真正的澳洲内陆原野上，离艾耳石越来越近，这种“天地悠悠”之感也越来越强烈。车行几个小时，眼前总是莽苍苍一片，忽然远处出现了那淡蓝色的考诺山，以后我发现无论从哪个方向看，它总是保持着那淡淡的蓝，虽然远，却很分明。走着走着，考诺山不见了。太阳没遮拦地照着，蓝天亮得耀眼。地下的草格外灰白，榛莽的绿显得格外干涩。而路呢，不知何时起，变成了鲜艳的红色。如果不是亲眼得见，实在难以想象土地能红到那样地步。这红色在那全景画中并不突出，大概是要留给人自己捉摸吧。于是天是蓝的，树是绿的，草是白的，路是一味地红。风吹草低，便是原野的活动，便是原野的声音。

我拿出“罗吉的地图”，想看看行程远近。罗吉是气象学家，是瑙玛的儿子。在悉尼那几天，都是他开车。离开悉尼时，他送了我这份地图，还有一个复活节巧克力兔。他对瑙玛极为体贴关心，总是在需要他时及时出现。“这样孝顺儿子，不多了。”瑙玛常说。我也为她高兴。

罗吉的地图告诉我们，艾耳石有三点二公里长，二点四公里宽，三百三十五米高。艾耳是一个人的名字。1872年最初来到这石山的欧洲人取此名，艾耳本人与这石山并无关系。这里原有土著，现在都迁往别处了。他们有蛇人的传说，山的阴阳两面有两种蛇，后来成为两个部落。我不禁联想到我们中华民族的龙，其实也是由蛇图腾演变来的。看来在远古时代，蛇的势力不小。

我们到了，艾耳石从近处看如同一匹趴卧的大兽，棕色的纹理好像大象粗糙的皮肤。石山上有好几处洞穴，有的洞中有简单的原始的画，都保存得很好。头一天在阿丽思泉，瑙玛曾请一位研究土著生活的英国朋友来见，他对他们的画很了解，圈圈点点，曲线直线，都有意义，都在述说一个故事或一种感情。只是有些内容他们不愿人知，他也就闭口不言。在他那里见到一些画，圈、点和线的形状、颜色都很和谐，倒有点像当前抽象派的画。

节目中有一项是赏艾耳石变换颜色。我们清早出发，登上一个沙丘，东西张望。向东看日出，向西看石山的颜色。石山在黑暗里黑黝黝的，黑夜渐渐淡去，石山逐渐显出棕色的皮肤；朝阳在天边涂抹着彩霞，石山在不知不觉间也涂了一层橘红色，在太阳跃出地平线的一刹那，据说石山会像着火一样通红，但那天不知为什么，没有见到这奇观。又因为东张西望不能兼顾，对两边似乎都无多少心得。从沙丘上下来，瑙玛笑道：“走了几万里路，临了石山不变颜色。”“总得把最奇特的留给想象。”我笑答。其实眼前的景色已经够奇了。在灰白和暗绿相间的原野上，破开一条鲜红的大路，向石山缠绕过去。远处虽有总是那样蓝的考诺山和另一座奥尔加山，近处的艾耳石却显得这样大、这样孤单。不知从什么时候被抛掷在这里，遗忘在这里。它像澳洲一样，终于被发现了，而且成为胜景。我记起T·哈代所著《还乡》的第一章，“一片苍茫，万古如斯”。那描写伊登荒原的文字是多么美——还有那红土贩子。现在科学发达，当不用红土染色了。

“这路，这土，多么红……”我喃喃道。

“这是澳大利亚的红心，”瑙玛说：“澳大利亚的红心欢迎你。”

红心两字并非瑙玛发明，在导游画册里便是这样说的。在辽阔无垠的原野上袒露的红路，真像敞开了赤诚的胸怀，那是人民友好的心愿，我向她感谢地微笑，默默地俯身抓起一把红土。原来，在土著的许多美好的传说中，确有红土染身的故事。说是在世界尽头住着一个女人，她的职责是早晨点火照亮世界，晚上熄火让万物安息。在点火与熄火时，她都要用红土装饰自己。红色反照天上，便成了朝霞和落日的绮辉。

我们沿着红色的路，下午便返回阿丽思泉。在渐渐合拢来的暮色中，西天却逐渐明亮，越来越红，很快就成了一片通红。红云上压着一层层灰黑的云。这里没有别处落照的千百种颜色的变幻，整个天空，只有红与黑两种颜色。红云真像在天上烧着大火，因为天地是这样无边无际，火也烧得透旺，烧得恣意，从天的一端直烧到另一端。偏又有层层黑云，有时在红云上压着，有时在红云下托着，更显出那壮丽的通红来。通红的天连着通红的地面。仿佛从地面上也在升起红云。真使人感到一种浩大、神秘的力量。大概是那世界尽头的女子在撒扬红土所致吧。

车上几个小孩在说儿歌：“彼吉博吉胖墩墩，拉着女孩们不住地亲；一伙男孩来游戏，彼吉博吉跑开去。”在清脆的童音中忽然发出一声赞叹，瑙玛说：“看那边！”和通红的西天遥遥相对，在草莽中升起一轮明月，月轮很大，染着淡淡的金黄，默默俯视着这原野。我忽然想起内蒙古草原上大而圆的月亮。不也就是这一个吗？它冷眼观看了亿万年来地球各处人类的发展。不知地球上何人初见月，也不知月亮何时初照人。人的智慧发展到今天，月亮本身的奥秘也已让人探得去了。

日落的壮观持续约一小时，夜幕终于遮盖了一切。路边的地灯告诉我们已走上柏油路，红土的原野越来越远……

“告别了，澳大利亚的红心。”我在心中说。我已从自然景色中苏醒过来，和车上的旅客攀谈着。旅客来自澳大利亚各阶层，也来自世界各地。谈笑间，我也学会了瑙玛小时就在说着的儿歌：“彼吉博吉胖墩墩……”

其实我虽然离开了那红色的原野，却并未离开澳大利亚的红心。牧场上，大学里，繁华的大城和清幽的小镇中，到处都遇到热心朋友。南澳大利亚的库诺本小学特地赠我一把银色的小勺，柄上有校徽，盒底写着：“请冯女士用它的时候记住我们，并请转达对中国小朋友的友谊。”

访问小学校时，我被安置在大沙发上，孩子们围坐在地，瞪大了眼睛瞧着我。校长科博狄克先生多才多艺。他手弹吉他，领着孩子们唱欢迎歌。我讲我自己的古老伟大正在建设的国家，讲了我们小学生的一天的生活。应校长之请，我也讲了《露珠儿和蔷薇花》这篇童话。我很怀疑我的自译能否达意，孩子们却专心地听。讲完了，一个孩子举手问：“那朵蔷薇死了？”“骄傲的蔷薇死了。”我不无伤心地答。

校长让孩子们自由发问，空气很是活泼。问题一个接一个：

“中国最高的山？”“中国最长的河？”“中国的牙膏是什么颜色？”“你有多少岁？”我也问他们，问他们的志愿。几乎人人都举起小手。有的要做农民，有的要做理发师；有的女孩愿意做护士，愿做家庭妇女；有的男孩要做警察，要开飞机。只有一个孩子要做科学家，没有人愿当教师。

“如果你几年前来，会有许多孩子要做教师。”校长说，“近来教师失业的很多。”原来澳洲人口增长率趋于零，孩子少，需要的教师也少了。

“不管做什么，”校长又说，“我们要培养的是有用的快活的人。”

临别时，校长从墙上取下两张图画送我，一张是黄色的小人，那是海盗；一张是用拇指按出来一个个指印，组成一棵树。我想起澳大利亚名作家帕特里克·怀特的一本书《人类之树》。在人类之树上，每个民族、每个国家尽管有种种不同，都该在自己可爱美丽的国土上辛勤劳作，发展兴旺，并且互相友好往来，使这棵大树根深叶茂，绵衍久远。

面对着这张天真的画，不禁又想起罗吉的地图，想起养猪人餐桌丰盛的糕点，想起明史教授雨中送别，想起每天看着表为我煮鸡蛋的退休老船长……当然，还有代表澳中理事会接待我的瑙玛那充满了关怀、做出细致安排的亲切的声音。虽然我免不了常请她重复一次，奇怪的是，我总不觉得她说的是外国话。

还有那奇特的剖露着红土的原野——澳大利亚的红心。

不要忘记

火车在细雨迷蒙中到达墨尔本。邻座的建筑师帮我拿下箱子，找来手车，然后郑重告别。不一会儿，来接的伊丽斯女士找到了我，驱车直到沃蒙学院，我在那里下榻。沿路树木，红黄相间，不知是否枫栌之属，只觉满眼秋色。不禁念及燕南园中，此时应是春光明媚，丁香如雪了吧？沃蒙学院的主楼建筑是维多利亚时代的哥特式，尖塔高耸，厚重的方形石柱上，缠绕着大概是爬墙虎一类的植物，叶子也已鲜红了。主楼四周是松墙，草坪，各种树木，还有些别的较古雅的楼舍。校园里的气氛从容而宁静。

按照计划，这个上午我该休息。因为空中小姐罢工，我原定从阿多雷德飞墨尔本，临时改乘了火车，似乎是有些累。不知是谁提起，这一天是“澳大利亚和新西兰日”。在这一天，参加过第一次、第二次世界大战的老军人全都上街游行，以纪念为国牺牲的战友，纪念太平日子的得来不易。我们便赶快乘电车前往。电车有轨道，给墨尔本城增添了几分古色古香。

很快便看见了游行队伍。一队队海、陆、空三军军人，各着军服，精神抖擞，战旗飘扬，鼓乐前导。有人虽已过了花甲、古稀之年，但步伐整齐有力，一点儿也不显龙钟。伊丽斯说，参加过第一次世界大战的不知还有没有；参加过第二次世界大战的，也一年比一年少了。这时，走过来穿着苏格兰裙的队伍，前面有三匹高头大马，马上是三位英俊少年，也许是哪家老军人的子弟。他们似乎在说：时光流逝，老人总要离去；而这“澳大利亚和新西兰日”的游行，却是会继续下去的。

细雨仍在轻轻飘洒，但谁也不介意。我们跟着游行队伍，走走停停，来到一处高大的圆顶建筑物前，原来那是战争纪念馆。队伍在这里转过去，解散了；后面还不断地走来。因为游行，纪念馆闭馆。我不知道还有没有机会再来，有些怅然。

离开墨尔本的前一天，一位澳洲中国明史专家费克光先生陪我到植物园参观。这植物园真美！我们在黛色参天的各种树木间穿来穿去。忽见一泓澄净的湖水。湖畔绿草如茵，黑天鹅浮在水面，不时把红喙伸入水中。岸边宽阔的石阶上，有一群群白色的海鸥，有的飞起，有的向我们蹒跚走来。我觉得，澳大利亚中部艾耳石一带的原野如同茅台，色彩强烈浓重，使人酩酊；而这里，这植物园的景色，如同竹叶青，明丽而又有韵味，使人微醺。当然，对澳大利亚景物，对中国的酒，我都是外行；外行人的外行话，也许倒有真意。

但当我们来到战争纪念馆，站在那高大的圆顶下时，我觉得自己一点也不外行，我感到了应该纪念的一切。厅中有澳大利亚国旗和军旗，有澳洲男女军人的塑像，还有牺牲的人名单，很长很长的名单。当我们慢慢在馆中走动时，一队队中、小学生进来瞻仰，从他们鲜嫩的脸蛋旁望过去，我看见在墙壁上，不止一处镌刻着这样的话："不要忘记他们失去了青春的生命，以使我们生活得更好。"

"不要忘记"——我想起前几天的游行队伍，不也是"不要忘记"吗？在阿多雷德的战争纪念碑下，常有人放置新鲜的花圈，不也是"不要忘记"吗？在阿丽思泉，我们最先去瞻仰的，也是纪念碑。它在一座小山顶上，那里可以俯瞰全城。纪念碑本身简单朴素，上面没有名字，没有复杂的话语，只有这样几个字："不要忘记"。

就是在眺望世界最大独石——艾耳石的沙丘上，也伫立着一块约有一人高的长石，上面也刻着："不要忘记"。

"不要忘记"。又怎能忘记呢？如果没有人向恶势力斗争，怎得创造、保存美好的一切？据说二次大战中，澳洲青年在东南亚一带牺牲了四分之三。在我们的八年全国性抗日战争，三年解放战争中，中华优秀儿女的骨殖为大地增添的分量，又是多少呢？

很快辞别了墨尔本，到达堪培拉。堪培拉的秋色也极浓。照计划栽培的树木一层黄，一层红，一层棕，一层绿，极为绚丽。城中有湖，湖上有桥。夜晚，桥上灯火通明，为夜色做了恰当的点缀。湖上有喷泉，白天定时喷水，水喷得高高的，在明亮的阳光下，闪耀着各种颜色。离湖边不远，有澳洲国立图书馆，有议会大厦，有新建的高级法院，还有正在建造的艺术馆。再过去，就是战争纪念馆了。那是我一定要去的。

论建筑，并不新奇。进门处有一个长形的水池，池水清可见底，底上疏朗地散放着银币，是表示纪念与尊敬的。内部有好几个厅、室，也有很长很长的牺牲军人的名单，哪一团哪一连都写得很清楚。也有三军战士和妇女后勤人员的塑像，都有真人大小。他们都是那样俊秀，年轻！地上摆着几门大炮，都是战争中的实物。因为时间仓促，我匆匆走了一遍。和我同去的几位澳洲国立大学的教师、同学，没有来得及讲解什么，我也没有看见哪儿写着铭文或别的话。当我走出大门，站在高高的石阶上时，我忽然感到一种强烈的感情的撞击，我几乎大声叫出来：“不要忘记！”

难道谁能忘记吗？我仿佛回到了自己的祖国，站在人民英雄纪念碑前，仰头看那湛蓝的天，一幕幕图景闪了过去——抗战时，那边远的山村，夜晚一灯如豆，窗纸上染着油烟的印迹；在飘扬的大雪中赶去看解放军的兴奋心情，那毛茸茸的帽子下年轻的红红的脸，显得那样天真；那老同志描述的战争的情景：“人的身体把战壕都垫平了，还是得在上面走。”……哪一点应该从心上消失，能够从心上消失呢？痛苦的记忆会使人逃脱浅薄，会使人理解社会、人生，会使人奋力去消除今后的痛苦。千万不要忘记死去的人啊！正是因为他们死去，我们才能活着……

在堪培拉战争纪念馆石阶上的片刻，我经历了人类向恶势力斗争的许多年。我知道，这历程远未结束。联邦政府的身着制服的司机朋友走来了，他是个胖胖的快活的中年人，有三个得意女儿。这时，已是夕阳西下，远山的轮廓在落照中勾勒得格外分明。在那云霞辉映的天空上，似乎也写着几个大字：

Lest We Forget.（不要忘记）

我的澳大利亚文学日

1981年5月6日，我动身从澳大利亚回国的前一天，是这次访问的高潮。按照日程，这天上午，我将到澳大利亚著名作家帕特里克·怀特家中拜访。然后往谒亨利·劳森之墓。下午参观悉尼艺术馆，晚上在悉尼歌剧院晚餐，有梅卓琳、考斯蒂根夫妇、基尼利夫妇和瑙玛同席。饭后在歌剧院观看现代芭蕾舞。

“太丰富了。”我赞叹。

“你会累坏的。”瑙玛说，“吃药吧，加倍！”相处了快一个月，我们几乎知道了彼此的全部习惯。

我们从瑙玛的住处莫斯曼湾乘船往悉尼市中心，海面波光粼粼，白鸥点点。岸上绿树丛中，隐约露出红白两色的房屋。初到悉尼时下榻的小旅馆，在山坡上显露着它那一角招牌。我想起旅馆中在红玻璃杯里燃烧的蜡烛，照着绘在天花板上的港湾。刚来时欣喜兴奋的心情，这时已换作依依惜别了。

船转了方向，这一带海湾看不见了。两岸仍是绿树。五月份，澳洲正是深秋，也许因为树的种类不同，此时反不如前几天在墨尔本和堪培拉感到的秋色浓和秋意重。

在市中心办了些琐事，即驱车前往怀特家。在车上，瑙玛忽然说："听着，亲爱的。"她常这样叫我。"你可能一人去见怀特先生，因为我想他大概不会让我进门。""怎么会呢？我们两人一起去。"我有些奇怪。一面想起一路听到的关于怀特的传说。都说他宣布隐居，谢绝访问。途经墨尔本时，一家报纸重新发表了两年前一位美国导演对他的访问记，编者按语说这是罕有的，特地重新发表。人们知道我的日程中列有访问怀特，都颇为惊讶。其实这很简单，只因我是中国人。

"如果他不让我进门，我就在街上等你。"瑙玛又说。我摇头。我直觉地感到怀特先生一定会欢迎她，就像欢迎我一样。

我们准时到达怀特家门。那是一座小楼，坐落在一个小山坡上。小坡本身便是花园。我们自己推开木栅门，循着两边长满各种植物的小径，到了屋门前。忽然一阵狗吠，只见另一侧的铁栅门内，好几只大狗对着我们乱叫，但它们的神情并不凶恶。"它们表示欢迎。"瑙玛幽默地说。

我们按了电铃，门立即开了。我一眼便认出，站在我们面前的便是怀特本人。他身材高大，比照片上瘦一些，嘴角显出文学家的敏感，眼睛透露着哲学家的睿智和聪明。他也许不能说像，却使我想起歌德那敏感而聪明的脸。他立即欢迎我。瑙玛站在门边，问道："我可以进来吗？"

"哦，当然了。"怀特显然没有考虑过让她等在门外。我胜利地向她微笑。

我们进屋，落座。怀特端茶时，我和瑙玛打量着墙上的两幅大画，都是抽象派的，圈圈点点，曲线直线，不知所云。我很想问问画的什么，话到嘴边，又咽住了。

我知道怀特不喜欢新闻记者采访。我自己很尊重记者的劳动，因为每个人都要看报，读新闻。但这时我不想把自己放在采访的位置提问。我们的会见只是一个中国中年作家对一位澳大利亚老作家的友好拜望，只是见见面，谈谈天。怀特的接待恰也是这样。他亲切友好，随便家常。大家处在无拘束的亲切的气氛中，瑙玛和我都很高兴。

“中国是个伟大的国家，很愿意去看看。”怀特说，“但是我太老了。”

瑙玛和我同声抗议，一致说他并不老，他1912年生，今年六十九岁。

“我的日子不多了，”他说，“老实说，活多久我并不在乎。”

“你可以只到一个地方看看。”瑙玛说。

“如果去，我就要到许多地方。”他微笑。

我告诉他：他的书在中国的翻译情况，并把随身带的一本外国语学院出的《外国文学》送给他，那是澳大利亚文学专号，上面有《人类之树》的前四章。

《人类之树》描写澳大利亚人开发澳洲的艰辛过程。有澳洲“创世记”之称。我亲眼见到澳大利亚丛莽风光之后，才更体会这本书所形象地表现的澳大利亚历史，也更了解书中关于人类开发自然的深刻感受。我们谈到我的旅行，也谈到澳洲的自然景色，那是使人难忘的。

“便是这景色使我回来。”怀特说。

这便是怀特之所以为怀特。有些澳大利亚作家成名后便远离故乡，定居国外。如莫里斯·魏斯特（Morris West）在意大利，《荆棘鸟》的作者考琳·麦卡洛（Colleen Meculloug h）发财后定居美国。我在阿得雷德见到一位青年女作家，出版了六部小说后即要迁居墨西哥。但是怀特回来了，因为澳洲是他的家乡。我想，比起一般人，作家是更需要祖国的土壤的，是更需要民族的后盾，更需要自己的文化传统的哺育的。

话题转到前天我们看的电影《苔丝》。我和瑙玛从澳洲黄金海岸的兰噶塔飞到悉尼，一下飞机，把箱子藏在杂物室内，就直奔电影院，兴致勃勃地在六部电影中选了《苔丝》。我以为那电影很忠实于原著，对得起我爱好的哈代。

“我也该看看这电影，”怀特说，“只是改编文学作品的电影常使我失望。亲眼见的形象总不大像读书后自己脑海中的形象。”

对极了。我也有这种想法。尤其是自己最偏爱、最熟悉的作品，最不容易满意。对中国人来说，红楼人物的扮演，大概是最难的了。视觉艺术太实了，很难满足心灵的想象。

也许这就是电影、电视不能代替文学的一个原因？

我们又谈到文学的使命。我在介绍中国当代小说时用了《明镜和号角》这个题目。怀特也认为文学作品应把这二者结合起来而不是偏废。

这时马诺利·拉斯卡里斯（Manoly Lascaris）先生走了进来。他是怀特的朋友和陪伴，已经四十年了。《人类之树》便是送给他的。他身材不高，肤色较深，也很亲切。怀特斟茶时说这是为招待我而选的中国茶，问我究竟是什么茶，我可说不出。他又抱来一只哈巴狗，据说也是中国的。狗对着瑙玛和我汪汪大叫，吵个不停。

我们还漫步到后院和前廊。后院除了狗以外，还有盆栽的各种花木，其中有一盆是豌豆尖，原来怀特先生也爱吃豌豆尖！这盆绿色的蔬菜使我感到分外亲切。记得小时在昆明，家门前方桌面大的一块地上，种满嫩绿的豌豆尖。那绿色给我憧憬和希望，现在的绿色却使我念及往事，将来若再相逢，就又会有另一层回忆了。前廊上吊着一个盆子，拉斯卡里斯说，他就在这里喂鸟，每天两次。各种鸟都来，也有白鹦鹉。怀特的小说《白鹦鹉》中饲鸟的描写，大概便是从这里来的吧。

我为怀特照相，瑙玛为怀特和我一起照相。照相时他特地把那只中国哈巴狗抱在手中。遗憾的是，回国后照相馆冲洗胶片时不知道是彩色胶卷，结果连黑白的也洗不出了。我只好安慰自己，我不需要那视觉的限制！好在怀特送我的两本书平安随我到了家。一本是《沃斯》，讲的是1845年沃斯这个人首次横越澳洲大陆的故事。怀特说这是大家喜欢的书，装潢也好；另一本是《坚实的祭坛》，装潢普通，是企鹅出版社出的。怀特说这是他最喜欢的一本书。这书讲的是一对孪生兄弟的故事。他们从小到大，永不分离，分享着相同的一切，但只有对事物的观点不同。哥哥很聪明，看见了一切，却不理解；弟弟是傻瓜，懒得观察什么，却懂得了人生。

我送给怀特一张篆文，写的是“道可道，非常道”那一段。听说他对道教有兴趣，这时却无时间多谈了。车来了。他陪我们走下花园，直到木栅门外。他的步履虽不龙钟，也毕竟有些老态。我们握手告别，一再希望再见。我真心相信我们会再见的，在中国，或者在澳大利亚。

在驶往悉尼墓地的途中，我和瑙玛很少说话。我在想着从劳森到怀特的澳大利亚文学。这两位创造澳大利亚文学的人经历不同，风格迥异。劳森文章的朴素的美诉诸人的心灵，怀特的复杂的心理描写不只使人感，也使人思，他那有些神秘主义的色彩又是怎样不同于劳森的质朴的哲理。但他们都从欧洲文化传统而来，又扎根于澳洲的生活现实；都描写人类的开发精神，人类驯化自然环境时所做的奋斗，他们关注着人。这也许是澳大利亚文学的一个传统和特色。

悉尼墓地临海，气氛宁静肃穆。一座座坟墓在逐渐倾斜的坡地上缓缓排向海边。几乎没有一座坟墓是相同的。有的十分豪华，如同讲究的小房屋，有的则十分简朴，似乎显示着七尺棺的本来面目。我们遇见一位中年妇女，她来看望她活着的弟弟——守墓人。她热心地帮助我们找到了劳森的墓。

亨利·劳森的墓很简朴，如同他小说的风格一样，占地不过只够一人躺卧，离左右邻居都很近，有些拥挤。1972年，即劳森逝世五十周年时重新修理过，墓面还新。我在墓前肃立片刻，又把特地从祖国带来的龙井茶叶轻轻洒在墓的周围。如果劳森知道有一个黑发黑睛的中国人，不远万里来看望他，是否会在他那充满不幸的心中，有些许安慰呢？

我环顾周围的坟墓，出现在我眼前的却是劳森笔下那些充满同情心的人物：绰号长颈鹿的小伙子，总是张罗着“把帽子传一传”，募捐帮助别人；好心的安迪，不肯告诉贝克太太她丈夫死亡的真相。我觉得人世间太需要这种同情、这种热心、这种体贴了。希望我们的读者，都来读一读劳森的书！

当然，劳森描写的“伙伴情谊”，是在人开发自然时形成的。

像他的诗句所说，先驱者没有被统治的烦恼，他们不见容于自己的故土，到这里来开创家园。现在这一片土地成为充满希望的花园，贪婪又来染指，情况就又不同了。虽然情况变化，但劳森的“伙伴精神”永远给人以鼓舞和安慰。

从墓地出来，我们到了悉尼艺术馆，在那里用午餐。这时我想到昨天的午餐。昨天中午我们在一家叫颐和园的中国餐馆里。同席的朋友有澳大利亚理事会文学局负责人考斯蒂根博士。他是个很有修养、博学而沉静的人。我初到悉尼，在悉尼笔会主席克伦先生欢迎我的家宴上，他也曾出席并讲话。这时他送我一本澳大利亚儿童作品，是把各地区、各民族的许多孩子的作文收在一起编印的。装潢、印刷都很精美，然而最美的是那些孩子的天真的充满向往的心和话语了，有文法拼法错误都照原样不改，益发显出孩子的本色。从这里，会有伟大的文学家成长起来吧。考斯蒂根博士还安排同席的两位女士饭后陪我参观文学局，也很有意思。

这次午餐时，第一次遇见了克里斯朵夫·考希（Christopher Koch）。他的长篇小说《艰危一年》描写1965年在雅加达的动乱生活，那一年苏加诺下台，几乎有五十万人丧生。英国著名作家安东尼·伯吉斯评论说：书中比利·克万这个人，是近年来小说中最值得记住的人物之一。除了这本畅销、扬名的书外，考希还有两本小说：《岛上少年》和《越过海上的墙》想来都和他所居住的塔斯马尼亚岛上生活有关。应该一提的是：考希崇敬两个中国人。一位是白居易。他通过亚瑟·维利的翻译读了许多中国诗，他最喜欢白居易。在《艰危一年》的扉页上，考希引用了白居易的诗。林庚先生帮助我查到诗的原句。那是《缚戎人》的最后四句：“缚戎人，戎人之中我苦辛。自古此冤应未有，汉心汉语吐蕃身！”另一位是何其芳。他读过其芳同志的《梦中之路》。我自己一直敬佩其芳同志的文章学问、品格修养，常以为像他那样德才兼备，而且在德才两个领域里又都很全面的人，世上不是很多。考希的谈话使我感到安慰。可见桃李无言，自然会有通往的路。考希说他即将到中国来，希望见到何夫人。后来我在北京又遇见他和诗人哈斯拉克（Nicholas Hasluck）和报告文学家、评论家安德逊（Hugh Anderson）两位朋友。因时间匆促，考希没有来得及见到何其芳的夫人牟决鸣同志。

很快便到了此行的最后一个夜晚，薄暮时分，瑙玛和我来到悉尼歌剧院。曲折的海湾在暮色中显出一条条明亮的灯光，形成好看的曲线。歌剧院的大贝壳屋顶在我头上张开，我尽力昂头又昂头。这贝壳中，不是孕育着艺术的珠宝吗？那满孕着风力的帆，不是想在艺术中探寻真和美吗？我凭栏凝望几十级也许是几百级台阶下的海水，海水宽阔而平静，反射出淡淡的光。我的心也充满了平静而又宽阔的欣喜。虽然还没有欣赏在这建筑中表演的艺术，我已经为这建筑本身的艺术感动了。

我们走进了歌剧院的餐厅。这餐厅三面都是落地的玻璃。我和主人们周旋谈笑，坐下来时，忽然迎面扑来一个灯火通明的悉尼，使得我眼花缭乱。璀璨的灯光画出了悉尼的一个个建筑的轮廓，好一幅豪华的夜景！在这明亮的灯火后面，每一个房间里，人们感觉到什么，又在思索着什么？他们常常是快活的，唱歌、聊天、冲浪、野宴……他们也有无穷的苦恼，罢工、失业、疾病、酗酒……

我还懂得很少。只对眼前一同吃饭的朋友，似乎还略知一二。梅卓琳是我们熟悉的。她曾获中国哲学和中国历史方面的博士学位，现是澳中理事会执行主席。前些时在堪培拉中国大使馆举行的招待会上，大家都称赞她为中澳友好做出的贡献。在我访澳前，她读了《三生石》，并写出了英文提要分送各地，可见她的细致周到。前面提到的考斯蒂根和夫人，这时正高兴地翻看我送给他们的《中国文学》英文版，寻找着《弦上的梦》。

我想介绍一下另一位在座的澳大利亚著名作家托马斯·基尼利(Thomas Keneally)。上次到悉尼，他曾请我吃饭，这次又是老相识了。据说澳洲只有两位作家能靠稿费为生，一位是怀特，一位便是基尼利。我在各处旅行，听到谈论最多的除怀特外，就是基尼利。在昆士兰州，有一位女作家曾热情推荐他的小说《带来百灵鸟和英雄》(Bring Larks and Heroes)，在墨尔本，一位讲明史的大学教师也称赞他的才情。这位朋友说，他的有些作品显然是为了挣钱，那也难怪，不如此他何以为生？但他并不只是为了挣钱。这位朋友相信他会写出真正最好的作品，超过他已出版的所有的书。

基尼利即席为我开出他的著作目录。最新的一部《次等王国》(The Cat-Rate Kingdom) 初次见面时他已送给我。那书前作者的话中写道："这小说不是真人真事。如果有些线索有所指，作者希望它们和任何个人私事无关，而是关系到澳大利亚灵魂的特征。"

这话打动了我。每一个从事写作的人，不是都想表现自己民族的灵魂，而避免"对号入座"的纠缠吗？

和有悠久岁月的中国文学相较，澳大利亚文学是年轻的。唯其年轻，也便应该有生命力。以前澳洲文学的两个主题似乎已在变化。那两个主题是："逐客"心情和"澳洲之梦"，前者描写被放逐的悲凉，后者描写建设的希望。如爱尔兰诗人叶芝的诗句所说："把自己的祖国当作宇宙的中心"，现在的澳洲作家，已经更着眼立足于澳洲的现实生活了。

还应该讲几句瑙玛。因为和她是这样熟悉，竟以为大家都和我一样了解她。瑙玛姓丁（Norma Martyn），是悉尼笔会副主席，写过不少长、短篇小说，还在写研究张骞通西域的学术文章。她也积极参加国际文学运动，是个能干人。这时她策略地催我快些吃喝，说澳洲人吃饭快、说话快是闻名世界的，而我吃饭慢说话慢是闻名澳洲了。这一次却是关于澳洲文学的遐想羁留了我。我们兴冲冲离开餐厅赶往剧场时，话题转到今晚的芭蕾舞，便把文学放开了。

羊齿洞记

记得二十二年前写《西湖漫笔》时，第一句便是“平生最喜游山玩水”；岁月流逝，直到现在，还是改不了山水旧癖、烟霞痼疾。

1982年美国的三个月之行，原拟偷暇去寻访几处自然景色；行到第一站檀香山，便知很难做到了——八十七岁的老父兴致虽好，究竟行动不便。7月12日，国际朱熹会议组织花园岛之游，本应陪侍老父，却不能前往。幸有历史研究所的冒怀辛先生，情愿代我一日之劳，我才得以一览幽胜。

到花园岛之前，并不知岛上有个羊齿洞，只听说在夏威夷群岛中，花园岛是最美的一个。从檀香山乘飞机。掠过大海，二十分钟即可到达。岛上满眼绿色。车行在蜿蜒的公路上，随时可以看见大海：有时灰，有时蓝，有时茫茫一片，有时闪亮得刺眼。路旁除树木外，最多的是甘蔗田，随着山势起伏，偶有较平坦处，颇有些青纱帐的意思。

到了外米亚山谷，红黄色的泥土和岩石裸露在外，没有绿色覆盖，给人一种原始的赤膊的感觉。因为峡谷太深、太宽而不陡，初看时不知其深到何等地步；仔细看谷底，却又看不见。不一会儿，一架直升机从谷中飞过，飞机在我们下面，也不显得很大，才知道这峡谷之大了。然而这只是一个准大峡谷，比起美国大陆著名的大峡谷，还差得远呢！

望台上风很大，吹得人几乎站不住。那赤裸的原始的峡谷，却似乎什么也不觉得，只是默默地任风吹，凭雨淋，没有遮拦，没有雕饰，把人吸引了来，又把人的想象牵引到不知何处。

中午在椰林饭店午餐。饭后与澳洲学者柳存仁先生，任继愈兄、邱汉生先生和李泽厚学长一起在椰林中散步。椰林一端望不到边，林中遍生青草，隔不远便有一个小炉子，当为晚会时烤肉用。林的另一端与餐室间，有一条莹洁的小河，水上有独木舟，岸上有奇花异树，无人叫得出名字。又有几位日本学者和我们一起谈笑，在树下水旁，兴致勃勃，都早把朱熹老人抛在了脑后。

然后乘船。船很大，游人凭栏而坐，中间有夏威夷姑娘跳舞。前几天，在夏威夷商店里看见过草裙舞，裙已非草制，但式样还是仿草裙的。船上的舞者穿长裙，跳的当然仍是民间舞。舞者身材、面目都很秀美，肤色很黑，睫毛很长，舞姿曼妙，她们自己似乎也很快活。但是想想她们靠这个吃饭，背后的辛酸，还不知有多少呢！

水平如镜，两岸树木郁郁葱葱，绿得很浓。映在水中，连水也是浓绿色。夏日的阳光也很浓，一切都是浓酽的，浓酽得有些慵懒。据美国朋友说，这是夏威夷的一个特点。

船到转弯处停泊了，大家弃舟登岸。一上岸不觉诧异，原来已置身热带树林中。树身高大茁壮，藤蔓纠结，把骄阳隔在远处。循小路上行，两边全是植物的世界，很少空隙。走着走着，忽然豁然开朗！我真不知世间还有这样奇异的景色。

这是一个很大的洞，大到不觉得它是洞。大束大束的羊齿植物从洞顶悬挂下来，一片叶子接着一片叶子，突出到洞顶外。仿佛这洞翻了个个儿，这些植物本该朝上长的，却朝下长了。大滴的水珠，不断从洞顶落下来，滴在羊齿草上。每片叶子都那么绿，那么亮，绿得透明，绿得鲜嫩。不是盆景中的绿，也不是“绿满阶前”的绿，而是悬在头顶上、很大很大的任意生长的一片绿。它像瀑布一样垂下来，好像就要流到我们身上，浸湿衣服，浸湿每一个人……

我一直抬头望着，望得脖子发酸，才想起来问：“这是什么地方？”奇怪的是，无论北京来的，台湾来的，还是美国大陆来的各方学者，都不知道。

大家一面赞叹，一面循着靠侧面洞壁的窄坡向上，走到一个平台。平台边，洞壁有一处凹进去的地方，就像一个供奉佛像的坛座。我忽然想，应该有一个精灵住在这儿，绿色的、头上长着角一样两棵羊齿草的小精灵。若是他问我有什么愿望，我会告诉他：我愿用一切代价换得弟弟的健康！我那身染沉疴的弟弟啊，你现在感觉怎样？我真想把这洞天一下子移到你的面前……

从高坡下望，地上全覆盖着矮矮的植物，也是千姿百态。绿丛中有一泓水，浅浅的，很清澈。这是洞顶的水，流过羊齿草滴下来积成的，也不知有多少年了。

归途中，我满眼仍是洞中景色。车又停过几次，可我都没有注意观赏。一处似是睡巨人山（不是“睡美人”，而是“睡巨人”）；一处据说是看瀑布，可谁也没有看见瀑布在哪里。几位英、美女学者和我，在路边攀谈、照相，哈佛杜维明教授走过来，对我说："我打听到那洞的名字了。"他随即说了那英文名字，意思是"羊齿植物洞"。哦，羊齿洞！

会议结束后，我们在檀香山又逗留了几天，才有暇找地图、导游书等来看看。这才发现，羊齿洞不仅风景特殊，还有一个大用场——结婚圣地。

花园岛的结婚办法很富有浪漫色彩，结婚证是到游船部、照相馆领的，手续简便。然后到椰林中的教堂或羊齿洞举行仪式即可。原来那小小的"坛座"，还真有"圣坛"的作用呢！

那"坛座"上的绿色精灵，是不是该改为手持红线的月下老人呢？我不知道。不过我知道，那绿色的小仙早已飞进许多各种肤色的人的心中，并永远留驻在那里了。

彩虹曲社

“破不剌马嵬驿舍，冷清清佛堂倒斜，一代红颜为君绝，千秋遗恨滴罗巾血。半棵树是薄碑碣，一抔土是断肠墓穴。再无人过荒凉野，莽天涯谁吊梨花谢！可怜那抱幽怨的孤魂，只伴着呜咽的望帝悲声啼夜月。”

这是《长生殿·弹词》一出中的七转。我们在夏威夷一所小学校教室里，听几位朋友唱。唱声清越，忽而高遏行云，忽而沉入地下；直起直落，如同铁画银钩，不要圆滑，不要坡度，勾勒得极峭极美。连那心窍不通处，都有这陡笔打通了。

“我只为家亡国破兵戈沸，因此上孤身流落在江南地。”声音悲凉凄楚，从极高处陡然跌落下来，像是负荷不了那悲痛。 时间空荡荡的教室里充满了凄冷。

窗外有四时不谢的奇花异草，远山笼罩在烟霭中，山坡上散落着世界各种样式的房舍。眼前的景色是美的，我却不觉为这些身处异国的朋友感到浓重的乡愁。我的眼泪涌上来了。可是唱的人并不哽咽，伴着悠扬的笛声唱完了煞尾。“今日个知音喜遇知音在……这一曲霓裳播千载。”

我对昆曲是外行，根本没有听过几次，但是十分喜欢。尤其这一次唱给我印象极深。

1982年夏的一个星期六下午，居住在夏威夷的语言学家李方桂和夫人徐樱，中国戏曲专家罗锦堂夫妇，还有两位女士和一位癌症研究中心的青年医生，在一起唱曲自娱。父亲和我得往聆听。据罗先生说，他们原轮流在各家唱，邻居听得这般怪声，以为出了什么事，找了警察来。后来便选定这小学校。星期六下午学校无课，没人听见。他们自带点心，唱一阵休息一下再唱。有时兴起，连晚饭也免去，直到尽兴方休。

“你道翠生生出落的裙衫儿茜，艳晶晶花簪八宝钿，可知我一生儿爱好是天然?”

《弹词》唱过是《惊梦》，词句随着音乐送入心中，真觉得芳香直浸骨髓。我一面听一面诧异，他们怎么唱得这样好！五十年代曾在北京看过一次周、袁两女士的《游园惊梦》，载歌载舞，美妙极了。似乎票友总胜过专业演员。因为前者只凭着迷，“一生爱好是天然”，没有任何功利打算；后者要受到种种客观制约。能“着迷”的人是可爱的。对任何事都不着迷的人，不只乏味，还有些可怕。

这几位朋友都迷着昆曲，迷得很天真。李夫人徐樱女士是家传，唱得好，还管吹笛子。这一场除她自唱的几段外，都是她吹笛子。后来自己笑说：“都出汗了。”出了汗，还吹，还唱。罗锦堂夫人身体不好，声音却高而且亮，充满了感情。那位青年医生也唱得抑扬顿挫，字正腔圆，若是他唱一段曲子做辅助治疗，一定有好效果。

回来后听过几次昆曲，总觉得不像。各种艺术还是突出自己的特色为好，若互相靠拢，让人总觉差点什么。昆曲若无那点陡峭味儿，便无意趣。几乎以为，要听真正的昆曲，必须前往夏威夷了。当然，其实这方面的艺术家颇不乏人，且有极出色者，只是我无缘得见罢了。

前几天，偶然在电视里看到昆剧演员汪世瑜表演《拾画》，十分倾倒。一举手一投足，是那样潇洒，一发声一吐字，是那样润畅，歌和舞浑然一体，把人带到"寒花绕砌，荒草成窠"的废园中。

看来只要艺术精湛，业余和专业并不是界限。但是夏威夷那次听曲，余音绕梁，三年不去。可能因为他们的唱只是抒发胸臆，得不到掌声与喝彩，他们是唱给空荡荡的教室听的。

他们住处都离夏威夷大学不远。这一带因常有微雨，常有霁色，也常有彩虹，所以有彩虹谷之美名。那天我们出来时，便见半段彩虹，横在远山和云雾之间。他们的曲社，便名为彩虹曲社。

即以此文寄意所有的久居异乡的朋友，愿彩虹常现，人长健，曲常新。

潘彼得的启示

在童话人物中，潘彼得可谓不朽者之一。这永远长不大的孩子，寄托了多少人不能达到的愿望；人们的逝去的童年就是漂流到那遥远的“绝域”去了吧。据说每年春天，伦敦都要上演根据巴利原剧编写的音乐喜剧《潘彼得》，迄今已有七十五年了。那确是适合在春天上演的，提醒人们在万象更新时，要扫除肮脏的一切。许多年来，我一直想亲眼看见飞翔的彼得，想看见袅袅炊烟从蘑菇根里冒出来；还想知道彼得的音乐形象究竟如何，听听那一曲“我不愿长大”和鳄鱼腹中闹钟的声音。

去年夏天的一个傍晚，我坐在兄长家后院的大片草地上，和不时出没的野兔对望着。夕阳在茂密的树木后面沉下去了，绿屏风泛出一阵阵的红来。我不经意地翻着一份匹兹堡晚报：“斯坦利大戏院上演《潘彼得》。”

这一行字忽然跳入我的眼帘。呀！潘彼得！我熟识的小朋友！这时不是春天，也不在伦敦，我却可以一偿夙愿了。

经过许多次讨论，我终于独自出发去看《潘彼得》。先到镇上等有轨电车。和一位美国老太太攀谈时，得知她是家庭妇女，儿女都已长大，觉得人太闲，房子太空。现在是进城去买“好东西”。上车后，我发现乘客中绝大多数都是中年以上的妇女。大概她们最感到闲和空吧。电车摇摇摆摆地前进。有段路很有点野趣。树在山坡上乱长着，车身哐当地摇着，倒有点像四十多年前在云南境内乘小火车的光景。

到市中心了，F在街口等我。第一件事就是去买票。可是F在匹兹堡居住二十多年，竟不知斯坦利戏院在哪里。“就在这一带!”她肯定地说。这我也知道，因为这里是市中心。

市中心有一个富丽的名字：金三角。三条大河，阿勒格尼河，俄亥俄河，还有另一条河在这里相汇，形成一个三角地带。我们一面问路一面走。问到的每个人都详加指点。要是我们也细心弄清的话，问一个人就可以找到。但是F有点心不在焉，而又不惮其烦。我想她大概有把握问谁都不会碰钉子，所以这样问了又问。

终于到了剧院门口。F忽然宣布：“我不看，我从来不看音乐喜剧。”她确有许多“从来不”，我当然不好打破她的规矩，可我一人认得路吗？而且又是晚上。我迟疑了两秒钟，立刻买了一张当晚的票。

“我们先实习一下，晚上你就认得了。”F很周到。

我们到三河交汇处站了一会儿。一个过路人告诉我们三个名字各属于哪条河。可是我们转眼就又弄不清了。河面很宽，对面是华盛顿山，有缆车在上下。我们没有多停，即乘公共汽车到F家。那里名为松鼠山，房子依山势而造，所以家家门前有两层楼高的阶梯，一幢幢房子挨得很紧，台阶窄而陡。我简直担心她老来怎样出门。F好像许多年没有说过话，不停地说着她的生活和著作，并把她的文稿拿出来。我一面翻阅一面听她说着一篇讲谢枋得的文章。

“谢枋得?”我不知道这名字。

“你不知道谢枋得？亏你还是你老爸的女儿!”F大叫起来，“你十几岁就和我大谈义山诗。记得吗？在昆明街角上！现在连谢枋得都不知道！你真把我气死!”

“你真把我笑死!”说着我们都大笑起来。我的知识从二十岁后长进确实不多，幸而我倒是深知自己的不长进。

我一人又回到金三角，刚下车就不敢确定方向。一位美国妇女问我：“能帮忙吗?”我连忙问路。她还要陪我走一段，我婉谢了。很快到得剧院门首，尚未开门，我便在街上闲逛。这种闲逛是许久来没有的了。我觉得就像在北京去看一个久已想看的戏，出发较早，赢得了闲暇一样。

走着走着，在光怪陆离的店铺门面中，忽然出现了“裸体”的字样，吓了我一跳。仔细看时，那间橱窗是不透明的，变换着各种颜色。另外一行字也很醒目，那是“十八岁以下不得入内”。

我怕迷路，往回走了，一个黑人青年迎上来：“能给一杯咖啡的钱吗?”黑黑的脸上神色颇为可怜。我几乎想给他几角钱了。但是我马上说：“不懂你的话。”只管向前走了。想起曼斯斐尔德的小说《一杯茶》中，那女孩也是这样说的：“能给我一杯茶的钱吗?”

剧场前厅中人已很多，不少人带孩子来。大幕升起了，台上出现了温黛的家。三个孩子都入睡了。台正中的长窗忽地打开（原书说这是星星吹开的)，在灿烂的星空前出现了潘彼得。他飞进窗来寻找他的影子。这时满场响起了掌声。啊！潘彼得！你这永恒的孩子!

温黛问他的年龄，他不知道，时间不是他的枷锁。丢了影子就坐在地上哭。缝上了就笑。他的生活就像在“过家家”。有印第安人，有海盗，有惊险的走跳板，也有温黛那“遥远的曲调”。虽然只有他一个人永不长大，在“绝域”里，却不是他一个人在生活。

对这里的观众说来，温黛的歌一定是支熟曲子了。我的邻座竟随着台上轻轻地哼了几句。后来我向这里的亲戚描述时，她们颇以为怪。我倒觉得很有意思。休息时，人们在甬道上走动，彼此招呼。一位太太看来是我邻座的老相识。一个问：“海伦怎么不来？”一个答：“她不大舒服。”接着说谁谁来了，又说唱得不错。虽然她们的话我不尽懂，却觉得像在北京剧场中，随时也可以发现熟人似的。

孩子们连同温黛都落到海盗手里了。彼得来救他们，和海盗头子胡克大战一场。如果一个人的童年里没有打仗争斗的游戏，该是多么乏味！在西方，孩子们有海盗；在东方，我们有飞檐走壁的侠客。记得连不大喜欢活动的我也曾争当女飞卫陈丽卿，竟不知她是专门和花荣作对，镇压农民起义的人物。海盗们唱起“胡克的华尔兹”。那胡克唱得真好。可是他不能唱了，整天追着他的鳄鱼把他吃了！彼得呀彼得，我相信你总会胜利！

多年以后，彼得来找温黛去做春季大扫除，温黛已经长大，不能飞了。他很自然地和她的女儿洁因一起飞走了。以后他还会再找洁因的女儿同去“绝域”，还有一批又一批的遗失的孩子和他在一起。彼得总不是一个人。人总是要和人在一起的。

曲终人未散时，我已走在金三角的大街上，我要赶公共汽车。店铺已经关门，但街上很亮。我听见自己的鞋跟敲在空荡荡的马路上，觉得就像走在王府井大街上一样。路虽不熟悉，却有亲切之感。其实，在北京，这种深夜独行的经验也并不多。

到了一个车站，我怕有错，便去问路旁的青年。他们几个人正在一起说笑。虽然语言不同，肤色服饰不同，那一起说笑的态度，和北京青年不知哪里有些像。我想这是因为他们虽不是我的同胞，却是我的同类，他们果然回答了我。

我爬上松鼠山窄而陡的台阶时，颇为得意。F正在看她那只有点线没有图像的电视。她马上说："你可回来了，我真想找你去！万一出点事，我可怎么对得起冯老先生！""你怎么不说对不起我呢?"我心里想。还没有来得及说一句潘彼得，F的话便一句接一句，如同倾盆大雨般浇下来，把我淋了一个透。

想起F的电话号码是不登在电话本上的，因为不愿和人来往。为此需另交一块钱。她确是很久不和人说话了。如果潘彼得在"绝域"总是一个人，再看到温黛的女儿，或女儿的女儿时，一定也是这样的。

奔落的雪原

——北美观瀑记

对北美洲五大湖区的尼亚加拉大瀑布真是向往已久了。听说有人前往观赏，看着看着，忍不住跳了进去。也有人专门到那里自杀，大概以为那咆哮的急流能洗净世间的污秽吧。便想我若结识了大瀑布，当写一篇小说，写本是前往结束自己生命的人终于获得了生的力量、懂得了怎样赞美人生、谱写人生。那是一切名山大川应该给予人的。我相信尼亚加拉也是如此。

一路上我总想不通，这样大的瀑布怎能不在崇山峻岭之中，而是在平原上。经过五大湖之一的伊利湖时，只见水天一色，无边无际。公路上有不少疾驶的车，顶上倒扣一条船，便是去湖里游荡的。据说这湖连同另外三湖的水都经大瀑布落到尼亚加拉河中，再经安大略湖、圣劳伦斯河流入大西洋。这么多的水，想来那瀑布一定够壮观了。

车过靠近加拿大的巴法罗城时，已是下午。“不远了。”来过的人说。“怎么没有声音呢。”我想，因为目的地近了，大家都有些兴奋。我却忽然害怕起来。这平淡的湖水，连同周围平淡的景色，能汇集出怎样的雄伟呢。

下车后我以为还要走一段路，却忽然发现已经到瀑布旁了。最先看到的是美国瀑布，立足处比河流的水面约高两三层楼。河水平静地、放心地流过来，似乎万万没有料到会猛然跌落。水色碧绿，到悬崖边时，忽然变作了大块的雪，轰然落下，溅起无数水花，使得瀑布下部宛如在云雾中。大雪块不断崩落下来，云雾不断升起。它这样宽，悬崖岸长一千一百英尺，又这样高，落差一百八十英尺，奔腾咆哮，好像要在顷刻间使出全身解数，而这顷刻一直延长了不知多少万年，永没有疲惫的时刻。

瀑布下是深谷，若凭走路，恐怕要走好一阵。我们乘电梯下到谷底去乘船，一会儿便到。电梯中可见美国瀑布旁边的小瀑布，名唤新娘的面纱。小瀑布再往北是三个瀑布中最大的，属于加拿大的马蹄瀑布，悬崖岸边呈巨大的马蹄形。宽两千五百英尺，落差一百七十英尺。上船时发雨衣，船走时轰鸣的水声越来越大，船也越来越颠簸。真高大啊，那急遽奔流的水壁！好像是天门大开，尽情地把水倾泻下来，到马蹄瀑布下面了，浪花飞腾着，人们如立雨中。船还向前行，眼前什么也看不见，只是迷雾一片。不少人叫着笑着。我望着四周迷蒙的水气，连船下的水也在跳动，翻起无数水花。就像在黄山上想跳入云海，在太平洋岸边想踏上海波一样，我真想跳下去！

当然只是想想而已。船慢慢地转身，回头看那宛如在天际的翻腾跃落如雪块般的水，因为太宽太高太大，一眼难以尽收。一条巨大的虹出现在迷茫的水汽中，弯弯的弧只划过瀑布的一角。在这里，瀑布一词似乎已不适用。布是窄条，而这里是这样雄伟，这样宽阔，这样急速地流动着，简直叫人喘不过气来。整个的雪原从天上崩落了！

啊，奔跑而崩落了，崩落了还继续奔跑着的雪原！

据说曾有不少人把自己装在桶里，随着瀑布落入深渊。不少人中只有一个少年生还。人们惊喜之余，给他将息调养，然后罚款，我在瀑布下走一遭，对这些冒险家增加了几分理解。可能谁都想随着瀑布跃下悬崖，尝一尝那飞在半空中，震撼灵魂的喜悦。不过真的伸出双手去拥抱能毁灭自己的巨大的力量，固然需要勇气，也未免任性。

这里人们的勇气和智慧是用在正当途径上的。原来流量每秒二十万零两千立方英尺的水，一半用来发电了。它给了人们多少光明，多少力量！到晚上，瀑布也不寂寞，强烈的灯光照着它，反正它不在乎，也不能抗议。古人叹昼短夜长，有人秉烛夜游，有人“只恐夜深花睡去，故烧高烛照红妆”。现代人的气魄大多了，夜游改用探照灯。白色灯光确可以帮助人在黑夜中看到瀑布汹涌崩落的气势。凭栏倚望，有灯光处的水是一片闪烁的白，不像白天，在雪般的水花下泛出碧绿来。只是瀑布太宽、峡谷太深，无论多么强的光，落到那崩落的雪原般的千万年不曾停息的层层水花上，那巨大的无底深谷中，全显得黯淡微弱，使得整个峡谷更添了些神秘莫测、捉摸不定的色彩。一切都显得更遥远了。忽然间灯光颜色变了，暗红的颜色罩住了深谷。一会儿又变作绿的、蓝的、紫的。据说这是尼亚加拉大瀑布重要的一景。我却宁愿只要素朴的白，能帮助人们夜游便足够了。绮丽的颜色和伟大磅礴不大相称，何况还使人想起霓虹灯来。莫非这气势庄严的大瀑布也在做着一场繁华梦吗？

夜深了。我们要睡了。大瀑布不管灯光怎样变换，只顾奔跑着，跌落着，跳跃着，夜以继日地给人忘却一切的喜悦。它是勤劳的，清醒的。

次日清早我们又跨过美国瀑布上游，从山羊岛上步行向下，来到瀑布半中腰流连。这里上看飞流，下临云雾。瀑布似乎是悬空的，不知来龙去脉，只是向平面延伸，一直转了半圈，成为马蹄形。有这样大的马吗？是霍桑在《奇异的书》里描写的，载了英雄人物去砍下妖魔的三个头的那匹飞马吧？可惜我没有听到这里的传说，不过我自己可以编出一个来。

这时在美国瀑布下面和对岸加拿大一侧的山谷中，都有三三两两的黄衣人在行走。什么虾兵蟹将？我们问。原来可以通过隧道下去，到瀑布近身处看。在美国这一边的叫“风洞”。我们兴致勃勃地去了。穿上雨衣雨靴，也都成了虾兵蟹将。乘电梯从岩石中下去，走过隧道，到得洞口，洞外有栈桥，位置在美国瀑布和“新娘面纱”之间。水声轰鸣，比在船上时更强十倍！我们不管浪花飞舞，循栈桥向大瀑布走去，真走到它身旁了！离水流只有二十五英尺！这时仰面上看，急流自天而降，仿佛就浇在自己头上！厚重的水在脸面前奔腾着，厚重得像浮雕，却是奔跑着的活的浮雕。风挟着水蒙头盖脸而来，风和水都是硬的。这里不是水花水汽，简直是置身波涛中了。这奇异的站立着的波涛哇！“我们算是到过瀑布里面了。”一个西班牙人说。

啊！崩落了还在奔跑的雪原！要把我们带到哪里去呢？我伸出手，想和瀑布巨人握一握。他却置之不理。又是一阵水浪浇来。

“快走，请快走。”管理栈桥的人说，他的声音在雷鸣般的轰响中消失了。

我又伸出手来，抓住一捧水。水从指缝间漏出了。尼亚加拉大瀑布的雄姿却永不会从我的记忆里筛去。我会永远记住你的伟大精神，你的磅礴气势，你的力量，你的速度！我会永远记住你那如同崩落的雪原般的流水。

下午到山羊岛和附近三姊妹小岛。在山羊岛北端，可见烟波浩渺的湖面，水鸥点点。岸边树木还绿着，已带些初秋的萧瑟了。它们静静地站着观看水波流去。辉煌的激昂慷慨的乐章结束了，这里是一段慢板，徐缓悠扬。湖水从山羊岛分开，流过各种形状的石头，水清见底，从容不迫。到三姊妹岛时水面很宽，却越流越急。下面便是马掌瀑布了。绿浪时起，汹涌的水波似乎比我们站的地方还高，它们准备着，准备加入到奔落的雪原中去。

据说从加拿大一侧看尼亚加拉大瀑布更为壮观，我想不去也好。生活中美好的事物是没有穷尽的。叹为观止的景色还没有止。留着让人向往，让人期待，让人悬念。

在黄水仙的故乡

近年从外面旅行回来，常有一句问话在等着：你印象最深的是什么？这次归自伦敦，不必等问，我逢人便说，印象最深的是黄水仙，那在绿草地上轻轻摇摆着的明亮的黄水仙。

最初见到这花是在英国朋友家里，是栽在盆中的。“这就是华兹华斯所写的黄水仙。”她指给我们看。只见一丛黄色的花，花瓣形状有些像养在水中的中国单瓣水仙，然而大得多，整个花朵犹如饮黄酒用的大酒杯，在窗台上安静地垂着头，似乎并没有什么特别出色之处。

根据记忆中的诗句，这花应该是“一眼望去千万朵，摇着头儿舞婆娑”的。花盆里、窗台上，显然不是它应该居住的地方。

伦敦已经没有人为的雾。但因天气阴晴不定，时常飞雨飘忽，景色远望总有些朦胧，好像一幅幅水墨濡染的画，颇有我国江南韵味。市内有几处公园，在淡淡的朦胧中，那大片草地总像刚经过细雨浇洗，绿色中常有一小块鲜亮的黄。驱车来去经常看见。“那是黄水仙了。”大家指点说，只是没有停下来看过。

和北京的春天特别短相反，英格兰的春天特别长。晴晴雨雨，迟迟疑疑，乍暖还寒。一天到白金汉郡的一所大宅去参观，这座宅子名为沃德逊府，原属私人，现已交国家。看完外面巍峨的众多尖顶，里面豪华的复杂陈设，便往它所属的园地走去。经过鸟厅、玫瑰亭，又经过一种软皮的大树，我们来到一个长满绿草的山坡。满眼的绿十分滋润丰满，又像是刚下过雨。走着走着，我忽然觉得眼前一亮。

草地上好大一片黄水仙！它们随着微风轻快地摇摆。简直分不清一朵朵花，只觉一片跳动着的嫩黄，让人眼亮心明。它们好像冷不防把景物中那点朦胧揭去了，告诉人们不管怎样乍暖还寒，看！明媚的春天在这里呢。

我看着，看着，竟没有想到
这景象带给我怎样的珍宝。

又是华兹华斯的诗句。对于每一个作者来说，他的所见所闻不知什么时候会给作品添上胜过珍宝的光辉。对于每一个看花人来说，自然的生命的欢乐又是艺术的力量比不上的。这后一点也许需要存疑，或者说对作者是一种鞭策。

以后在格林威治公园、克有皇家公园都看到大片黄水仙翩跹起舞，每次都使我惊喜这大片的花总少不了更大片绿草地做背景，使人于惊喜中又感到开阔而踏实。同伴们回国后，我独自留在伦敦。每天走约二十分钟的路去乘地铁，到大英图书馆看书。二十分钟的路，一路都是住宅。每座房屋前空地不大，但都整治得很好，种着各种花草。其中当然少不了黄水仙。它们一丛丛站在绿草间，调皮地把头歪来歪去。

英国人喜欢黄水仙是无疑了，有华诗为证。它一定也是容易种的，才这样随处可见。它很普通，绝不孤芳自赏，每一棵每一朵都很平淡。但是成为一大片时却那样活泼，那样欢乐，那样夺目，又那样朴素。它们形成群体时才充分显出自己这一种花的美。它们每一朵每一棵都互相依靠，而且紧挨着绿草地的胸怀。

一眼望去千万朵
摇着头儿舞婆娑

美丽的黄水仙，这时想已谢了。

看不见的光

——弥尔顿故居及其他

这座小屋是约翰·弥尔顿（1608—1674）住过的，至少有三百余年历史了。据说有一部分重修过，还时常修葺，所以不很破旧。但那砖砌的烟囱和窄窗都表现出它的古老。低矮的门，狭窄的门道，不大的房间，这就是二十年奔走革命以后弥尔顿老人活动的场所。进门左手一间是从前的厨房，壁炉里吊着旧式的锅、壶等，吊杆上有很多锯齿，可以移动容器，掌握离火的远近，还有个像大钟似的烤炉，很有田舍风味。右边一间是从前的起居室，现在陈列着弥尔顿的著作。据说老人每天清晨即起，在室内踱步，一面构思，等女儿起身后，便将腹稿口授给女儿笔录。

他四十四岁双目失明，在黑暗中过了二十年。他的伟大诗篇《失乐园》《复乐园》和《力士参孙》都是在这一时期写成的。它们给人怎样灿烂的光辉！有的评论家说，人们常用崇高这一字眼，但真正当得起的，只有很少数的艺术品，弥尔顿的史诗是其中之一。

作为一个诗人，弥尔顿有两个特点，一是有生活，一是有学问。他用一生三分之一的时间参加政治斗争，为国为民也为他的教会，积极反对君主专制。他主张人人生而平等。最先大声疾呼支持处决查理一世。他担任克伦威尔共和国政府的拉丁文秘书，为共和国政府做了很多宣传方面的工作。他在《为英国人声辩正续篇》里说："基督教徒不应有任何国王，既已有了一个，他应是国民的公仆。"他在《失乐园》里歌颂了撒旦反对上帝的斗争，也对后来成为独裁者的克伦威尔有所批评。我想这是能写出称得上伟大、崇高的作品的一个重要原因。

弥尔顿的政治生活使他取得直接的经验，他的博览群书使他取得间接的经验。《失乐园》里有这样几行诗：

> 途中，它（按：指撒旦）降落在塞利卡那，
> 那是一片荒原，
> 那里的中国人推着轻便的竹车，
> 靠帆和风力前进。

杨周翰先生从这几句诗出发，写了一篇文章《弥尔顿失乐园中的加帆车》，文中论及知识与创作的关系。说弥尔顿的学识使他的作品获得"高致"。"高致"是看不见的，也不是立竿见影能得到的。只能在读万卷书，行万里路中渐渐地"高"起来。"读万卷书，行万里路"这八个字不知出自何典，它形象地说出生活和学识对于创作的必要性。

小屋外是普通小花园，整洁宜人。这一切都由一个"房客"照管。这是英国管理故居的办法之一。由一家居住，也由这一家负责维护、接待参观。楼上原为弥尔顿卧室，现因这家主妇生产，参观

者不准上楼。

我在小园中少立，觉得屋内外都给人寥落凄清之感。比较起来，弥尔顿比勃朗特姊妹的知音少得多了。也许最好的艺术总是曲高和寡？也许他太古老了？也许诗歌本身总是更受语言限制，不易翻译，不易理解？老实说，我就只读过《失乐园》的片段，还不是很认真，更不要说他的其他诗作。但是他的革命精神，他的政治活动，他的学识都融汇在他的诗里，发出看不见的光。他在英国文学史上的地位是不朽的。

这次带我出游的主人是卅多年前我在南开大学读书时的老师，刘荣恩贤伉俪。卅多年前他们离南开便在英国居住，对英国文化很了解，了解又加上热心，所以弥尔顿故居并非最后一站。再向西行，到一个十六世纪古镇爱默先姆。这是一条很有趣的街，仿佛是故意搭起来拍电影用的。两旁房屋有的不免东倒西歪，但因维修仔细，不显风雨侵蚀的痕迹，好像一张保养得很好的老人的脸。那大车店的窗户依旧古式样，黑框白底涂抹分明。门很宽，敞开着，似乎随时会有驿车进来。它使我想起我们涿鹿县的大车店，那门也是这样的。二十五年前我还坐在马车上出入过。这里房屋不高，小门临街，以前都是黎民百姓的住所。现在据说租金越来越贵。街中有一座两层的石建筑，有柱无墙，是当时的粮食市场。主人引我进了旁边一个黑洞洞的门，里面弯弯曲曲有店铺。我们到一个香草店，店里全是各样加工过的香花香草，幽香沁人。据说现在又时兴用香草了。想是香水不够古雅吧。店主人是胖胖的妇女，知道我从中国来，立刻说她的叔叔到过中国，还上过万里长城呢。这样的寒暄我遇到多次了。很抱歉，我总怀疑他们当时是打仗去的。不过现在的笑容很是诚恳热情，不该勾起往事。最主要的是，我们自己已经不是一盘散沙，不可轻侮了。我们这东方的巨龙正奋力摆脱贫穷和愚昧的泥潭。因为坐在巨龙背上，世界对于我，才是一个自由的地方。

我们带着满身幽香到一个小饭馆吃饭。店门外有一株杨柳，就凭这一株柳树，店名就叫杨柳。店很小，但一进门便看见壁炉里烧得正旺的。火，满屋暖洋洋的。那生菜真好。现在回想，店主人该把苔丝德蒙娜的杨柳歌贴在墙上作为装饰的。

英国有这个特点，到哪儿总能找出点古迹。他们深以悠久深厚的文化传统自豪，不遗余力地保护称得上是古迹的一切。从前有人说，英国人善于用旧瓶装新酒，中国人善于用新瓶装旧酒。他们的“新”，想是指资产阶级革命而言，现在也不见得新。我们的旧，想是指封建主义而言，也总该换掉了。人不能把自己束缚在过去。过去应该像弥尔顿的生活底子和学识一样，要在这上面写出伟大的史诗来，发出看不见的光。

归途中又下雨了，绿色的田野在薄暮的朦胧里，随着山坡起伏。弥尔顿故居的小村在田野间，很快就看不见了。

没有名字的墓碑

——关于济慈

上大学二年级英文课时，教师是英国人。他除文章外还随意讲一些诗。一次曾问我们喜欢哪一家。我立即回答：济慈(1795—1821)。哪几首呢?《夜莺曲》和《希腊古瓮曲》。当时读书不多，感受却强烈，回答爽快。以后见识虽稍广，感觉却似乎麻木多了。常常迟疑，弄不清自己究竟怎样想，更不要说别人了。也许因为诗句的本身的力量，也许因为读时年轻，后来的麻木并未侵吞以前的记忆。在杂乱的积累中，济慈的诗句有时会蓦地跳出，直愣愣地望着我。

1984年3月中旬，我们从英格兰西南部多塞特郡返回伦敦。进市区后，车子经过一些僻静的街道，停在一座房屋的小绿门前。英国朋友说，济慈在这里住过，《夜莺曲》就是在这里写的。我们没有提过要参观济慈故居，大概是贤主人知道我的故居癖吧，顺路便到这里——恰巧不是别人，而是济慈住过的地方。

这是一座小巧舒适的房屋。原属于济慈的好友退休商人查理斯·布朗和布朗的朋友狄尔克。济慈六岁失怙，十一岁失恃。1818

年他的二弟病逝后，他应邀在这里居住前后约两年。供济慈使用的是一间卧室、一间起居室。起居室在楼下，有法国式落地窗可以坐看花园，那里现在有绿草地、郁金香和黄水仙。室内书橱中有他同时代人的作品。窗旁有莎士比亚肖像。莎翁是济慈最爱的诗人。无论走到哪里，他都带着莎翁的像和作品。展品中还有他手录的莎翁的诗。卧室在楼上，有带帐幔的床，帐顶弯起如船底，是照那时的样子仿制的。据说济慈病重时，讨厌这帐幔的花样，便总到布朗起居室的长沙发上休息。底层还有一间他自己用的小厨房，石壁石槽，阴冷潮湿，看去一点引不起家庭的温馨的感觉。

济慈短促一生实在没有尝过多少人间的温馨，他孤身一人，无倚无靠。虽然有友谊的支持，但总还是寄居。经济拮据，又不断生病。贫病交加，那日子也许非亲自经历不能体会。他为了生计，在1819年底曾谋求外科医生职位，他以前学过。布朗劝他继续写诗，并借钱给他维持生活。

1819年4月，布劳恩一家租住了这房子属于狄尔克的一部分。济慈和布劳恩家长女凡妮感情日笃。这一年的春和夏，大概是诗人最幸福的日子吧。5月的一个清晨，他在这个花园里写出《夜莺曲》。那时这里还是个小村庄，这一带名为汉普斯德荒原，可以想见其自然景色。除《夜莺》一首外，《致赛琪》《忧愁》和他诗歌的顶峰《希腊古瓮曲》都是这时写出的。

飞呀飞呀　我要飞向你
不驾酒神的车
而是凭借看不见的诗翼

在《夜莺曲》中，济慈凭借诗的翅膀，同夜莺的歌声一起高高飞翔，展开丰富的想象。他要飞离人世的痛苦和熬煎。他在温柔的夜色中感到许多美丽的花朵，在夜莺狂喜的歌声中，死亡也变得丰富甜美。然而歌声远去了，留下的只有孤独。

据记载，1820年春，有人看见济慈坐在小村外，对着眼前的自然景色痛哭。哪一位诗人不爱家乡、祖国，不爱家乡的田野、树木、溪水、花朵，不爱亲人朋友，不用全心拥抱生活？在知道自己不得不离开时，哭，恐怕也减轻不了他的痛苦吧。

老实说，去英国时，想到的都是小说家，还有一个莎士比亚。压根儿没有想起济慈。他的故居也不像勃朗特姊妹和哈代故居那样有当时的气氛。但去过后，车子驶过越来越繁华的街道，他的两句诗忽然闪出，直愣愣看着我：

> 美即是真，真即是美——这就是
> 你们在地上所知和须知的一切。

如何解释这两句诗，已经有连篇累牍的文章。我当时联想到他不幸的一生，只有一声叹息。

3月23日我们到诗会做客。诗会是诗歌爱好者自己组织的团体。我们的老诗人方敬把我们的老诗人卞之琳翻译的《英国诗选》送给他们一本。他们十分高兴，建议选一首来朗读。这首诗恰又是济慈的《希腊古瓮曲》。诗会的前任会长，一位退休的中学校长朗诵英文原诗，由我念卞译中文诗。

听见的乐调固然美，无从听见的
却更美——

我听着老人轻微而充满感情的声音，心里知道他是怎样热爱诗，又怎样热爱济慈的诗。

啊，幸福的幸福的枝条！永不会
　　掉叶，也永远都不会告别春天
幸福的乐师，永远也不会觉得累
永远吹着曲调，又永远新鲜

我念中文诗时，觉得卞先生的译文真是第一流的。我的“朗诵”虽未入流，但我相信如果济慈听见，一定高兴。

回想他的故居展品中，有一个石膏面像，说是他死后从他脸上做出来的。看着想着都很不舒服。据说经过解剖，发现他的肺已经一塌糊涂，医生很奇怪他居然用这样的肺活了那么长。他是顽强的人。不顽强是无法作诗的。

1820年秋，济慈的病日益严重。医生说只有到意大利过冬才有救。英国天气阴冷，一百多年前没有很好的取暖设备，确不利于有病之身。我这次到英国一行，才懂得为什么英国小说里有夏天生火取暖的描写。9月13日，济慈离开伦敦。船经都赛时，他曾上岸，最后一次站在英国的土地上。回到甲板后，眼看着英格兰在眼前慢慢消失，他把自己的一首诗《明亮的星》写在随身携带的莎士比亚诗集里，在《一个情人的抱怨》旁边。这手迹陈列在他故居中，字迹秀丽极了。

意大利的天气没有能救他。1821年2月23日他终于告别人世，再也不能回到他爱的土地，想来那美丽的风光一直印刻在他心中吧；再也不能见到他爱的人，她戴着他赠予的石榴石戒指一直到死。

两天后他葬在罗马新教徒墓地。照他自己的安排，墓碑上没有名字，只有他自己选的一句话：

这里长眠的人

他的名字写在水里。

写故事人的故事

——访勃朗特姊妹的故居

在英格兰约克郡北部有一个小地方，叫作哈渥斯。一百多年前，谁也没有想到，它会举世闻名。有这么多人不远万里而来，只为了看看坐落在一个小坡顶的那座牧师宅，领略一下这一带旷野的气氛。

从利兹驱车往哈渥斯，沿途起初还是一般英国乡间景色，满眼透着嫩黄的绿。渐渐地，越走越觉得不一般。只见丘陵起伏，绿色渐深，终于变成一种黯淡的陈旧的绿色。那是一种低矮的植物，爬在地上好像难于伸直，几乎覆盖了整个旷野。举目远望，视线常被一座座丘陵隔断。越过丘陵，又是长满绿色榛莽的旷野。天空很低，让灰色的云坠着，似乎很重。早春的冷风不时洒下冻雨。这是典型的英国天气！

车子经过一处废墟，虽是断墙破壁，却还是干干净净，整理得很好。有人说这是《呼啸山庄》中画眉田庄的遗址，有人说是《简·爱》中桑恩费尔得府火灾后的模样，这当然都不必考证。不管它的本来面目究竟如何，这样的废墟，倒是英国的特色之一，走到哪里都能看见，信手拈来便是一个。这一个冷冷地矗立在旷野上，给本来就是去寻访故居的我们，更添了思古之幽情。

到了哈渥斯镇上，在小河边下车，循一条石板路上坡，坡相当陡。路边不时有早春的小花，有一种总是直直地站着，好像插在地上。路旁有古色古香的小店和路灯。快到坡顶时，冷风中的雨忽然地变成雪花，飘飘落下。一两个行人撑着伞穿过小街。从坡顶下望，觉得自己已经回到百年前的历史中去了。

转过坡顶的小店，很快便到了勃朗特姊妹故居——当时这一教区的牧师宅。

这座房子是石头造的，样子很平板，上下两层，共八间。一进门就看见勃朗特三姊妹铜像。艾米莉（1818—1848）在中间，右面是显得幼小的安（1820—1849），左面是仰面侧身的夏洛蒂（1816—1855）。她们的兄弟布兰威尔有绘画才能，曾画过三姊妹像。据一位传记作者说，像中三人，神情各异。夏洛蒂孤独，艾米莉坚强，安温柔。这画现存国家肖像馆，我没有看到过。铜像三人是一样沉静——大概在思索自己要写的故事。眼睛不看来访者。其实该看一看的，在她们与世隔绝的一生里，一辈子见的人怕还没有现在一个月多。

三姊妹的父亲帕特里克·勃朗特年轻时全靠自学，进入剑桥大学圣约翰学院，毕业后曾任副牧师、牧师，后到哈渥斯任教区长。他在这里住到他的亲人全都辞世，自己在八十四岁上离开人间。他结婚九年，妻子去世，留下六个孩子，四个长大成人。他们是夏洛蒂、布兰威尔、艾米莉和安。会画的布兰威尔是唯一的儿子，善于言辞，镇上有人请客，常请他陪着说话。只是经常酗酒，后来还抽上鸦片，三十一岁时去世。

在原来孩子们的房间里，陈列着他们小时的“创作”。连火柴盒大小的本子上也密密麻麻写满了字，墙上也留有“手迹”。据说那时纸很贵。他们从小就在编故事。两个大的编一个安格利亚人的故事，两个小的编一个冈达尔人的故事。艾米莉在《呼啸山庄》前写的东西几乎都与冈达尔这想象中的国家有关。可惜“手迹”字太小，简直认不出来写的什么。

帕特里克曾对当时的英国女作家第一部夏洛蒂·勃朗特传的作者盖茨凯尔夫人说：孩子们能读和写时，就显示出创造的才能。他们常自编自演一些小戏。戏中常是夏洛蒂心目中的英雄威灵顿公爵最后征服一切。有时为了这位公爵和波拿巴、汉尼拔、恺撒究竟谁的功绩大，也会争论得不可开交，他就得出来仲裁。帕特里克曾问过孩子们几个问题，她们的回答给他印象很深。他问最小的安，她最想要什么。答：“年龄和经验。”问艾米莉该怎样对待她的哥哥布兰威尔。答：“和他讲道理，要是不听，就用鞭子抽。”又问夏洛蒂最喜欢什么书。答：“圣经。”其次呢？“大自然的书。”

我想大自然的书也是艾米莉喜爱的，也许是最爱的，位于圣经之前。几十年来，我一直不喜欢《呼啸山庄》这本书，以为它感情太强烈，结构较松散。经过几十年人世沧桑，又亲眼见到哈渥斯的自然景色后，回来又读一遍，似乎看出一点它的深厚的悲剧力量。那灰色的云，那暗绿色的田野，她们从小到大就在其间漫游。作者把从周围环境中得到的色彩和故事巧妙地调在一起，极浓重又极匀净，很有些哈代威塞克斯故事的味道。这也许是英国小说的一个特色。这种特色在《简·爱》中也有，不过稍淡些。现在看来，《呼啸山庄》的结构在当时也不同一般。这不是从头到尾叙述，而是从叙述人看到各个人物的动态，逐渐交代出他们之间的关系。过去和现在穿插着，成为分开的一段段，又合成一个整体。

1835年，夏洛蒂在伍列女士办的女子学校任教员，艾米莉随去学习。她因为想家，不得不离开，由安来接替。艾二十岁时到哈利费克斯任家庭教师，半年后又回家。离家最长的时间是和夏一起到布鲁塞尔学习九个月。她习惯家里隐居式的无拘束的生活。她爱在旷野上徘徊，让想象在脑子里生长成熟。她和旷野是一体的，离开家乡使她受不了，甚至生病。但她不是游手好闲的人，她协助女仆料理一家人的饮食。据说她擅长烤面包，烤得又松又软。她常常一面做饭一面看书。《呼啸山庄》总有一部分是在厨房里写的吧。夏洛蒂说她比男子坚强，比孩子单纯；对别人满怀同情，对自己毫不怜惜。她在肺病晚期时还坚持操作自己担当的一份家务。

夏洛蒂最初发现艾米莉写诗，艾很不高兴。她是内向的，本来就是诗人气质。她1846年写成《呼啸山庄》，次年出版，距今已一百多年了，读者还是可以感到这本书中喷射出来的滚沸的热情。她像一座火山，也许不太大。

从她的出版人的信中，我们知道她于1848年春在写第二本书，但是没有手稿的片纸只字遗留下来。一位传记作者说，也许她自己毁了，也许夏洛蒂没有保藏好，也许现在还在她们家的哪一个橱柜里。

1848年9月布兰威尔去世时，艾米莉已经病了，她拒绝就医服药，于12月19日逝世。可是勃朗特家的灾难还没有到头，次年5月，安又去世。安写过诗，和两个姐姐合出一本诗集，写过两本小说《艾格尼丝·格雷》和《野岗庄园房客》，俱未流传。她于1849年5月24日往斯卡勃洛孚疗养，夏洛蒂陪着她。28日病逝，就近殡葬。

牧师宅中只有夏洛蒂和老父相依为命了。

陈列展品中有夏洛蒂的衣服和鞋，都很纤小，可以想见她小姑娘般的身材。她们三人写的书，曾被误认为是出于一个作者，出版人请她们证实自己的身份。夏和安不得已去了伦敦。见到出版人拿出邀请信来时，那位先生问她们从哪儿拿来的这信，完全没有想到这两个小女人就是作者。

三人中只有夏洛蒂生前得到作家之名。她活得比弟妹们长，也没有超过四十岁。她在布鲁塞尔黑格学校住过一年多，先学习，后任教。这时她对黑格先生发生了爱情。她爱得深，也爱得苦，这是毫无回报的爱。这也是夏一生中唯一一次的充满激情的爱，结果是四封给黑格的信，在他的家里保存下来。夏于1854年6月和尼科尔斯副牧师结婚。她看重尼科尔斯的爱，对他也感情日深。勃朗特牧师宅中有一个房间原是女仆住的，后改为尼科尔斯的房间。

夏洛蒂于1855年3月，和她五个姊妹一样，死于肺病。

楼上较大的一间房原是勃朗特先生用，现在陈列着三姊妹著作的各种文字译本，主要是《简·爱》和《呼啸山庄》。但是没有中文本。这缺陷很容易弥补。要知道我们中国人读这两本书非今日始，上一代已经在读在译了。我们立刻允诺送几部中译本来陈列。

从窗中望去，可见近处教堂尖顶，据说墓地也不远。勃朗特全家除安以外都葬在那里。因为时间关系，我们不能去凭吊了。离开牧师宅时看见有人在三姊妹像旁拿了一张纸，我也去拿了一张。原来是捐款用的。这里的一切费用都是三姊妹的忠诚读者捐赠的。人生得一知己足矣，有这样多的人爱她们，关心她们的博物馆，真让人高兴——当然不只是为她们。

我们又回到旷野上。风还在吹，雨还在飘。满地深绿色看不出一点摇动。仿佛天在动，而地却停着。车子驶过一座又一座丘陵，路一直伸向天边。这不是简·爱万分痛苦地离开桑恩费尔得的路吗？这不是凯瑟琳·恩萧和希斯克利夫生前和死后漫游的荒野吗？他们的游魂是否还在这里飘荡？勃朗特姊妹在这里永远与她们的人物为伴了。

听说这一带还有勃朗特瀑布、勃朗特桥，一块大石头是勃朗特座位，连这个县都以勃朗特命名了。人们说夏洛蒂是写云能手，而艾米莉笔下的风雪，也使人不忘。或许还该有勃朗特云和勃朗特风雪吧。

他的心在荒原

——关于托马斯·哈代

在英格兰西南部多塞特博物馆中，有一个小房间，参观者只能从窗口往里看。我们因为是中国作家代表团，破例获准入内。

这是托马斯·哈代（1840—1928）的书房，是照他在麦克斯门的家中书房复制的。据说一切摆设都尽量照原样。四壁图书，一张书桌，数张圈椅。圈椅上搭着他的大衣，靠着他的手杖。哈代的像挂在墙上，默默地俯视着自己的书房，和不断的来访者。

他在这样一间房间里，就在这张桌上，写出许多小说、诗和一部诗剧，桌上摆着一些文具还有一个小日历。日历上是3月7日。据说这是哈代第一次见到他夫人的日子，夫人去世以后，哈代把日历又掀到这一天，让这一天永远留着。馆长拿起三枝象牙管蘸水笔，说就是用它们写出《林中人》《德伯家的苔丝》和《无名的裘德》。

书架上有他的手稿，有作品，还有很多札记，记下各种材料，厚厚的一册册，装订得很好。据说这一博物馆收藏哈代手稿最为丰富。馆长打开一本，是《卡斯特桥市长》，整齐的小字，涂改不多。我忽然想现在有了打字机，以后的博物馆不必再有收藏原稿的业务，人们也没有看手稿的乐趣了。这手稿中夹有一封信，是哈代写给当时博物馆负责人的。大意说：谢谢你要我的手稿，特送上。只是不一定值得保存。何不收藏威廉·巴恩斯的手稿？那是值得的！这最后的惊叹号给我印象很深。时间过了快一百年，证明了哈代自己的作品是值得的！值得读，值得研究，值得在博物馆特辟一间——也许这还不够，值得我们远渡重洋，来看一看他笔下的威塞克斯、艾登荒原和卡斯特桥。

威廉·巴恩斯是多塞特郡人，是这一带的乡土诗人。街上有他的立像。哈代很看重他。1908年为他编辑出版了一本诗集。哈代自己在某种程度上也可以说是乡土作家。可是他和巴恩斯很不同。巴恩斯“从时代和世界中撤退出来，把自己包裹在不实际的泡沫中”，而哈代的意识“是永远向着时代和世界开放的”。1912年哈代自己在威塞克斯小说总序中说，“虽然小说中大部分人所处的环境限于泰晤士之北，英吉利海峡之南，从黑令岛到温莎森林是东边的极限，西边则是考尼海岸，我却是想把他们写成典型的，并且在本质上属于任何地方，在那里‘思想是生活的奴隶，生活是时间的弄人’。这些人物的心智中，明显的地方性应该是真正的世界性。”哈代把他的具有浓厚地方色彩的十四部长篇小说、四部短篇小说集总称为威塞克斯小说，但是这些小说反映的是社会，是人生，远远不只是反映那一地区的生活。小说总有个环境，环境总是局限的，而真正的好作品，总是超出那环境，感动全世界。

哈代的四大悲剧小说，《还乡》《德伯家的苔丝》《卡斯特桥市长》和《无名的裘德》，就是这样的小说。我在四十年代初读《还乡》时，深为艾登荒原所吸引。后来知道，对自然环境的运用是哈代小说的一大特色，《还乡》便是这一特色的代表作。哈代笔下的荒原是有生命的，它有表情，会嚷会叫，还操纵人物的活动。它是背景，也是角色，而且是贯穿在每个角色中的角色。英国文学鸟瞰一类的选本常选《还乡》开篇的一段描写：

> 天上悬的既是这样灰白的帐幕，地上铺的又是那种最苍郁的灌莽，所以天边上天地交接的线道，划分得清清楚楚。……荒原的表面，仅仅由于颜色这一端，就给暮夜增加了半点钟。它能在同样的情形下，使曙色迟延，使正午惨淡；狂风暴雨，几乎还没踪影，它就预先现出风暴的阴沉面目了；三更半夜，没有月亮，它更加深那种咫尺难辨的昏暗，到了使人发抖、害怕的程度。

今天看到道塞郡的旷野，已经很少那时一片苍茫、万古如斯的感觉了。英国朋友带我们驱车往荒原上，地下的植物显然不像书中描写的那样郁郁苍苍，和天空也就没有那样触目的对比。想不出哪一个小山头上是游苔莎站过的地方。远望一片绿色，开阔而平淡。哈代在1895年写的《还乡》小序中说，他写的是1840年至1850年间的荒原，他写序时荒原已经或耕种或植林，不大像了。我们在1984年去，当然变化更大。印象中的荒原气氛浓烈如酒，这酒是愈来愈多地掺了水了。也许因为原来那描写太成功，便总觉得不像。不过我并不遗憾。我们还获准到一个不向外国人开放的高地，一览荒原景色。天上地下只觉得灰蒙蒙的，像里面衬着黯淡，黯淡中又透着宏伟，还显得出这不是个轻松的地方。我毕竟看到有哈代的心在跳动着的艾登荒原了。

我们还到哈代出生地参观。经过一片高大的树林，到一座茅屋。这种英国茅屋很好看。总让人想起童话来。有一位英国女士的博士论文是北京四合院，也该有人研究这种英国茅屋。里面可是很不舒适，屋顶低矮，相当潮湿。这房屋和弥尔顿故居一样，有房客居住，同时负责管理。从出生地又去小村的教堂和墓地——斯丁斯福墓地。哈代的父母和妻子都葬在这里。

葬在这里的还有哈代自己的心。

墓地很小，不像有些墓地那样拥挤。在一棵大树下，三个石棺一样的坟墓并排，中间一个写着“哈代的心葬此”。这也是他第一个妻子的坟墓。

据说哈代生前曾有遗嘱，死后要葬在家乡，但人们认为他应享有葬在西敏寺的荣耀。于是，经过商议，决定把他的心留在荒原。可是他的心有着很不寻常的可怕的遭遇。如果哈代自己知道，可能要为自己的心写出一篇悲愤的、也许是嘲讽的名作来。

没有人能说这究竟是不是真的，但是英国朋友说这是真的——我倒希望不是真的。哈代的遗体运走后，心脏留下来由一个农夫看守。他把它放在窗台上，准备次日下葬。次日一看，心不见了，旁边坐着一只吃得饱饱的猫。

他们只好连猫葬了。所以在哈代棺中，有他的心，他的夫人，还有一只猫！我本来是喜欢猫的，听了这个故事以后，很久都不愿看见猫。但是哪怕是通过猫的皮囊，哈代的心是留在荒原上了，和荒原的泥土在一起。散发着荒原的芬芳，滋养着荒原的一切。

关于哈代作品的讨论已是汗牛充栋，尤其是其中悲观主义和宿命论的问题。他的人物受命运小儿播弄，无论怎样挣扎，也逃不出悲剧的结局。好像曼斯菲尔德晚期作品《苍蝇》中那只苍蝇，一两滴墨水浇下来，就无论怎样扑动翅膀再也飞不出墨水的深潭。哈代笔下的命运有偶然性因素，那似乎是无法抗拒、冥冥中注定的，但人物的主要挫折很明显是来自社会。作者在《德伯家的苔丝》中有一段议论，说“将来人类文明进化到至高无上的那一天，那人类的直觉自然要比现在更敏锐了，社会机构自然要比掀腾颠簸我们的这一种更密切地互相关联着的了”。他也希望有一个少些痛苦的社会。苔丝这美丽纯洁的姑娘迫于生活和环境，一步步做着本不愿意做而又不得不做的事，一次次错过自己的爱情，最后被迫杀人。这样的悲剧不只是控诉不合理的社会，在哈代笔下，还表现了复杂的性格，因为你高尚纯真，所以堕入泥潭。哈代把这一类小说名为“性格和环境小说”。在性格与环境冲突中（不只有善与恶的冲突，也包括善与善的冲突），人物一步步走向死亡。这正是黑格尔老人揭示的悲剧内容。

我们经过麦克斯门故居，因为不开放，只在院墙外看见里面一栋不小的房屋，那是哈代从1883年起自己照料修建的——他出身于建筑师家庭，自己也学过建筑。他于1885年迁入，直到逝世。据说现有人住，真不知何人胆敢占据哈代故居！

这次参观的最后一站是有名的悬日坛，这是一望无际的旷野上的大石群。据说是史前两千八百年左右祭祀太阳的庙。一块块约重五十吨的大石，有的竖立，有的斜放，有的平架在别的大石上，像是这里曾有一个宏伟的巨人，现在只剩了骨架。冷风从没遮拦的旷野上四面刮来，在耳边呼呼响，好像不管历史怎样前进，这骨架还在向过去呼唤。

我站在悬日坛边，许久才悟过来这就是苔丝被捕的地方。她在后门中睡着了，安玑要求来人等一下，他们等了。苔丝自己醒了，安静地说：“我停当了，走吧！”这些经历了数千年风雨的大石当然知道，在充满原始粗犷气息的旷野上，像苔丝这样下场的人，不止一个。

我的毕业论文是以哈代为题的，那是三十五年前的事了。那时我以为哈代的作品并非完全是悲观的，它有希望。举的例子是《苔丝》这书中最后安玑和苔丝的妹妹结合，这表示苔丝的生命的延续，她自己无法达到、无法获得的，她的妹妹可以达到、获得。最近听说很多本科生研究生都以哈代为题做论文，以至关于哈代的参考书全部借完。其中有我的一位青年朋友。他深爱哈代，论文题目是《苔丝》。他以为安玑和丽沙·露的结合是安玑对苔丝的背叛，表明人性不可靠。有些评论也持此观点。我则还是坚持原来看法。哈代自己在《晚期和早期抒情诗集》序中很明确地说过：“我独自怀抱着希望。虽然叔本华、哈特曼及其他哲学家，包括我所尊敬的爱因斯坦在内，都对希望抱着轻蔑态度。”他还在日记中说：“让每个人以自己的亲身生活经验为基础创造自己的哲学吧。”哈代自己创造的是有希望的哲学。他在作品中对资本主义社会的批判是无情的，但他给人留下的是生活中的希望。

关于悲观、乐观的问题，哈代还说他所写的是他的印象，没有什么信条和论点。他说：这些印象被指控为悲观的——这似乎是个恶谥——很为荒谬。“很明显，有一个更高级的哲学特点，比悲观主义，比社会向善论甚至比批评家们所持的乐观主义更高，那就是真实。”

能仔细地看清真实需要勇气和本事，看清了还要写出来，需要更大的勇气和本事。哈代因写小说被人攻击得体无完肤，《无名的裘德》还被焚毁示众。有人说他因此晚年改行写诗，也有人说改行是因家庭原因。我以为他一直想写诗，在写小说时，常有诗句在他心中盘旋，想落到他笔下，他便也分给诗一些时间。他也可能以为诗的形式更隐蔽，能说出他要说的话。事实上，他从年轻时就一直断断续续在写诗。

回伦敦后，从访古改为访今了。我却还时常想起多塞特小城，星期天商店全关门，非常安静。旅馆外不远处斜坡下的那一幅画面：一座英国茅舍，旁边小桥流水，还有一轮淡黄色的圆月，从树梢照下来；我曾想哈代的铜像应该搬到这里。他现在大街上坐着，虽然小城中人不太多，也够吵闹的了。后来得知这茅舍有个名称，是刽子手宅，便想幸好哈代生在近代，生前便能知道得葬西敏寺(其实诗人角拥挤不堪，不如斯丁斯福墓地多矣)，若在中古，难免会和刽子手打交道。

“如果为了真理而开罪于人，那么宁可开罪于人，也强似埋没真理。”这是哈代在《苔丝》第一版弁言中引的圣捷露姆的话。看来即使他有着和刽子手打交道的前途，也还是不会放下他那如椽的大笔的。

哈代出生地展有世界各国译本，但是没有来自中华人民共和国的中文译本，回来后托人带去一本《远离尘嚣》。这篇小文将成时，收到多塞特博物馆馆长彼尔斯先生来信，他要我转告我的同行，他们永远盼着有欢迎中国客人的机会。

应该坦白的是，在博物馆中，我把哈代的手杖碰落了两次。也许是不慎，也许是太慎。英国朋友说哈代当然不会在乎。不过我还是要向他和全世界热爱他的读者道歉。

行走的人

——关于《关于罗丹——日记择抄》

曾对朋友说，若到巴黎去，一定得带上熊秉明著《关于罗丹——日记择抄》这本书（台湾雄狮图书公司出版）。它能帮助理解罗丹，欣赏罗丹。

难道只是去巴黎时，看罗丹雕塑时，才需要这书吗？其实不是的。在人生的行程中，若想活得明白些，活得美些，都应读一读这本书。

许多书的归宿是废纸堆，略一浏览，便可弃去。部分书的归宿是书柜，其中知识，可以取用。有些书的归宿则在读者的灵魂中。这书便是那样，印在那里，化在那里，亮在那里。

书的封面上印着罗丹创作的铜像“行走的人”，没有头，也没有双臂，却迈开大步，在行走。书中说这是任何自然的阻力都抵挡不住的主体精神力量的显现。

“那一个奋然迈步的豪壮的姿态，好像给‘走路’一个定义，把‘走路’提升到象征人生的层次去，提升到‘天行健’的哲学层次去。”“人果真有一个目标吗？怕并没有。不息地前去即是目的。

全人类有一个目的吗？也许并没有。但全人类都亟亟地向前去，就是人类存在的意义。”

这是作者1947年的日记。我没有见过那塑像，但已被这文字感染了，启发了。

书中有许多精辟的充满哲理的艺术见解，也讲到哲学和艺术的关系，“画一个苹果，若不能画出苹果以上的意义，那大可不必画。哲学不包含丰富的现实，也一样没有价值。”我注意到这一段话是在读小说后写的。那小说是德国黑塞的《纳齐思和戈德蒙》。

忽然记起有一位旅居海外的哲学家曾对我说，很羡慕你们写小说的人。何以呢？不明白。

一个有哲学头脑而又有艺术实践的人是有福的；一个沐浴在西方艺术之中而又曾为中国文化所“化”过的人更是有福的。书中谈到东西方艺术鉴赏的差别，谈到“人体的诗篇”、浪漫主义的主要观念等。深刻的睿智的见解仿佛很不经意地从笔端流出，让读者也觉得自己聪明了许多。

1949年和1950年，作者两次记述了和朋友讨论回国问题，回不回去？他们处在人生的十字路口，各自做出抉择。1950年初，他们曾有一次彻夜的谈话，朋友们回国，作者因要继续学习，留在了巴黎。

若无隽永的文字传达这些妙赏和深情，就不成为现在的“日记择抄”了，那文字是绝妙的，咀嚼三日而有余味。不知道作者怎样获得这样的文字功夫，毫不着力的功夫。照说他该有数学的天赋。

熊秉明，现任巴黎第三大学教授，是数学家熊庆来先生之子；也曾是清华子弟，少年时在清华园西院，那荷塘的一侧居住过。云南是他的家乡。《择抄》中记了他对中国人——昆明人的面貌的怀念。“那面型我熟悉极了，那上面的起伏，是我从小徜徉游乐其间的山丘平野，我简直可以闭着眼睛在那里奔驰跳跃，而不至于跌仆。”

扯不断的乡思，把他从巴黎拉近了。世界在变小，因为，人在行走。

走向前去。向前去！

无尽意趣在“石头”

——为王蒙《红楼梦启示录》写

王蒙在一次电话中以他一贯的调侃——自嘲口吻说：请注意了，一颗红学新星正在冉冉升起。原来他自己正在研究《红楼梦》，已写成好几篇文章了。

随即在《读书》杂志上看到两篇：《蘑菇、甄宝玉与“我”的探求》《时间是多重的吗?》。展读之余，真有炎炎日午而瑶琴一曲来熏风之感。这的确是新星，不是因撰文者新涉足这一领域，而是因文章确有新意，是以前研究者没有写出，读者没有想到，或可说雪芹也没有意识到的。王蒙挖掘出来，给予细致的分析，并注入新的内容。其思想和笔调一样，汪洋恣肆，奔腾纸上。

笼统地说别人都未见识到，未免大胆。我是红学门外汉，极少阅读研究著作。和人谈论的机会也不多。不该妄言。还是只说自己为好。我从幼时读有护花主人评的《石头记》，常和兄弟比赛对回目，背诗词，却当有人来借《红楼梦》时，答以没有。因不知这一部书有两个名字。后来知道了，便发议论说，还是“石头记”这名字好。它点出了主人公的本来面目，包括降生在“花柳繁华地、温柔富贵乡”以前的履历，“此系身前身后事”，而且这部书本身就是记在石头上的。也许有人要考证高十二丈，见方二十四丈的大石头，能记下多少文字。那就请便吧。王蒙也认为“石头记”的书名好，可谓虽不英雄而所见略同。从石头主人公，引出了一株草，引出了木石前盟的故事，使得宝黛的爱情更深挚更刻骨铭心。因为它是从前生带来的，是今生装不下的。若套“反面乌托邦”的说法，它是“反面宿命”的。深情与生俱来，却没有带月下老人的红线。石头有玉的一面，家族与社会都承认这一面。玉是要金来配的，与草木无缘。木和石乃情之结，石和玉表现了自我的矛盾和挣扎，玉和金又是理之必然，纠缠错结，形成红楼大悲剧。曾见一些评论，斥木石金玉等奇说为败笔，谓破坏了现实主义，实在不能同意。

关于绛珠仙草的想象，真是美妙极了。王蒙也是这样看的。它生长三生石畔，餐饭都不离“情”，到人世的唯一目的便是还泪。脂砚斋有批云：“细思绛珠二字，岂非血泪乎？”从来多以花喻女子的，用草喻女子的，除了这一株，一时还想不出别的来。花可见其色，即容颜，是外在的；草则见其态，即神韵，是内在的。这些比喻、想象和无稽之谈大大丰富了小说之所以为小说的道理。

我曾把幻境部分挑出来读，觉得特别有趣。只第一百一十六回“得通灵幻境悟仙缘”中的描写稍感凌乱。宝玉从此知道了众姊妹的寿夭穷通，渐渐醒悟。使我联想到有特异功能的不幸者，每日里见人的五脏六腑，未免煞风景。宝玉的参悟是生活使然，关于形而上的描写，应是若有若无，朦胧不清，若真像得了求签的结果似的，就索然无味了。

一切无稽之谈都来自无稽崖下的一块石头。有这块石头在读者心中坐镇，知道它从来处来，往去处去，人世间万种风光，不过转瞬即逝，和没有这块石头坐镇，只有现实的描写，给读者的印象必然大不相同。前者从已知看未知，便有种种遗憾，种种怅惘，种种无可奈何；后者从未知看未知，可能会减少这种气氛。当然书的成功在全部，不在这一局部，而石头之作用不可忽视。我很重视它，为它争“名”，却从未想到它关系到一个至深的哲理问题：“我是谁?”

雪芹当时真想到这问题吗？那真是“太抽象太超前了”。但小说的具体内容给了人发掘的依据。高兴的是有人发掘了它。

《红楼》中的时间，是个老问题。不少人指出过了。各人年纪只有个大概。姐妹兄弟四个字不过乱叫罢了。事件的顺序也只有个大概，是“一个散开的平面”，不只是一条线或多条线。我一直以为雪芹不肯费心思排一排年代。排出年、月、日并不增加真实性，反不利于穿插其中的种种扑朔迷离的描写，反见其“板”，及读王氏“哨位说”，大觉畅快。可不是！那哨位是在大荒山无稽崖青埂峰下，大观园中的悲欢传递到那儿不知需要多少亿万年。几天，几月，几年，几十年又算得了什么！

书中还有许多问题，若从茫茫大荒彼岸的石头来看，可能都不值一提。贾府的排行很怪，姑娘们是两府一起排，哥儿们不仅各府归各府，还各房排各房的。宝二爷上面有贾珠，琏二爷呢？那大爷何在，没有交代。贾赦袭了爵，正房却由贾政住着。荣国府的婚姻联结了史薛王成为四大豪门。宁国府在婚姻上好像很不动脑筋。秦可卿是一个小官从育婴堂抱来的。尤氏娘家也很不像样。作为警幻仙子之妹的秦可卿，其来历可能不好安排，所以就给她一个无来历，也未可知。别的一些是疏漏是不必顾及还是另有深意？

也许王著另外几篇会涉及一些具体问题，它们不像“我是谁”和时间多重那样富有哲理性。却也定有好论。《红楼梦》是一部挖掘不尽的书，随着时代的变迁，读者的更换，会产生新的内容，新的活力。它本身是无价之宝，又起着聚宝盆的作用，把种种睿思，色色深情都聚在周围，发出耀目的光辉。

近十年来，作家们写得很不少，够辛苦了。停下来做些研究或双管齐下，而“作家学者化”，是大好事。因为有独特的创作体验，读他人之作，可能总会有独特的感受见解。若不写下来，就太可惜了。

书当快意

“书当快意”后面本来还有三个字“读易尽”，说的是人生中的憾事。读书正读得高兴，却已经完了，令人若有所失。其实细想起来，书已尽也算不得什么，可以重读再读、反复读。一本书，它该经得起反复读，才算得好书。这篇小文，除介绍我曾读得快意的书外，还想介绍两位老古董人物所嘉许的老古董书。这些书可能读起来并不顺利。

王国维在《静安文集续编·文学小言》中说：“三代以下之诗人，无过于屈子、渊明、子美、子瞻者。此四子者，苟无文学之天才，其人格亦自足千古。故无高尚伟大之人格，而有高尚伟大之文学者，殆未之有也。”他提出必须“感自己所感，言自己所言”，才能产生伟大的文学。又说“宋以后之能感自己之感，言自己之言者，其唯东坡乎！山谷可谓能言其言矣，未可谓能感所感也。”可见能言其言比能感所感要容易。言其言需要艺术的功力，感所感则需要人格的力量。在无法享有完整的人格时，是无法感自己所感的。

屈子的诗篇自以《离骚》为最，我却偏爱《九歌》。“若有人兮山之阿，被薜荔兮带女萝，既含睇兮又宜笑，子慕予兮善窈窕。”那神态多美！“袅袅兮秋风，洞庭波兮木叶下。”那景色多美。“带长剑兮挟秦弓，首身离兮心不惩”“身既死兮神以灵，魂魄毅兮为鬼雄！”那精神多么伟大，千载下仍然感人至深。总观我们文学的发展，实觉得对浪漫主义继承得太少了。

陶渊明和杜甫声名之高，影响之大，世所共知。我说不出什么新鲜话。手边有中华书局的《陶渊明集》（逯钦立校注），人民文学出版社的《杜甫诗选注》（萧涤非选注），都是普及本，对把诗读懂很有帮助。

我从少年时便喜东坡文字，多次宣称愿为苏门弟子，假如考得上的话。今见静安居士“宋以后之能感自己之感，言自己之言者，其唯东坡乎”之语，才知道这位老人也是东坡知己。而且现在似乎谈论苏学的人日见其多。东坡的一个特点是有仙气。他不同于“仙人摩我顶”“餐霞漱瑶泉”的李白。他经受的苦难更深，和老百姓也更贴近，他的仙气从地下升起，贯穿于至情至性之中，贯穿于绝代才华创造的艺术意境之中。我总觉得这些文学作品有点像莫扎特的音乐作品。四川巴蜀书社出版了《苏轼全集》。若能有一个诗、词、文俱备的选本最好。

此四子外我想加一位，李义山。义山诗是另外一格。如果说他算是唯美主义，我举双手拥护唯美主义！

现在提到高尚、伟大、美等字眼，好像有点不大时髦。不过我还是想说，在我们当今无比浮躁、无比实际的世界，最好读一读诗。莎士比亚通过他的一个人物说“最真的诗是最假的谎言”。诗是谎言，不错。可就凭这美丽的谎言，我们干枯的心灵，或可润泽一些。在没有能力把现实丑化为艺术美的时候，过于赤裸的描写，实在让人受不了。

叔本华在《论文学形式》一文中说，世间最好的四部小说是《堂吉诃德》《项狄传》《新爱洛伊丝》和《维廉·迈斯特》。他的标准是愈能深入内心愈好，反之愈差。

《堂吉诃德》是全世界的明星，不必说了。《项狄传》全名为《绅士特利斯川·项狄的生平和见解》，英国劳伦斯·斯特恩（1713—1768）所做。各文学史都说它的叙述时间颠倒、头绪纷出，以情感的变化为准，而不按照事态发展的逻辑。有时突然中断，留下空白让读者补充。斯特恩认为文学的任务是描写人的内心世界，与叔本华正相合。数年前我向外文所借得第一卷（全书共四卷），至今没有读完。

《新爱洛伊丝》的作者是卢梭，全书以书信体写成，有很多感情的倾诉。据说写景亦是一绝。勃兰兑斯在《十九世纪文学主潮》中有一节专讲此书，说它有三点重要意义：打击了当时的风流时尚。以男女主人公的不平等地位代替门当户对。以道德信念确认婚姻神圣。遗憾的是，我没有看过这书，还不知什么时候有机会看。

《维廉·迈斯特》是歌德最重要的作品。写一个少年的成长。这类小说在德国文学史上称为修养小说或发展小说，也称教育小说。歌德曾对爱克曼说，这书的主要意义很难说，如果一定要找一个，可用书末一个人物对主角说的话："我觉得你像基士的儿子扫罗，他出去寻找他父亲的驴，而得到一个王国。""后来常有人从这比喻引申出一句话，'维廉寻求戏剧艺术，而得到人生艺术'"（引自冯至译序）。

也许有人会问，这些书有的你没有看完，有的你根本没有看过，凭什么写在这里？我想我们荐书不过是一种提示，可以荐自己之所见，也可以转转手荐他人之所见。也许哪一天，会从叔本华的见解得到点什么。

希望每个人在出去找驴时，都得到一个王国。

我自己近几年读得最有兴趣的书，是冯友兰著哲学三史。三史者：《中国哲学史》（两卷本）、《中国哲学简史》、《中国哲学史新编》（七卷本）是也。

《中国哲学史》出版于三十年代，是我国第一部完整的用现代方法写作的哲学史。绪论中讲到，西方哲学史著述多用叙述，中国过去的哲学史多用选录。这部书则用叙述和选录相结合的方式。其叙述，经过潜心研究仔细梳理，把庞杂的历史讲得条理分明。譬如：“合同异”“离坚白”这六个字，原来哲学史上并没有，是作者钻研总结出来，让人一看就头脑清醒。其选录，于讲解时配合节选原著主要篇章，使读者能看到本来面目。有人以引文多为此书病，孰知这正是作者有意为之，俾使一书在手，整个中国哲学思想的来龙去脉全在目前。

《中国哲学简史》原用英文写作，于1948年在美国出版，1985年由华中理工大学教育研究所涂又光教授译为中文。我曾将中、英文对照通读，译文准确流利。这是一本有趣味、省时间的书。全书不过二十万字，却能不只勾画出中国哲学发展的轮廓，还使读者品味到中国哲学的真髓，可谓出神入化。我常想这本书像是太上老君炼出来的仙丹，经过熔炼，把浩繁的史册浓缩得可以一口吞！我们怎能不感谢作者呢。北大哲学系博士生导师陈来教授最近在电视台荐书时说："冯先生用这样一个不大的篇幅，把几千年中国哲学的历史内容，深入浅出，讲得非常透彻，非常精彩。这样的著作，我在世界上还没有见过第二本。"想来我的欣赏不能算是外行。

《中国哲学史新编》约一百五十万字，写作用时十二年。七卷各卷的内容是：先秦诸子、两汉经学、魏晋玄学、隋唐佛学、宋明道学、近代变法、现代革命。不只较两卷本详尽，且时有新意。实在是一部大文化史。作者在第四册自序中说，因为抓住了主题，对玄学和佛学的分析比以前加深了。第六册中提出大胆的看法：太平天国向西方学习的不是长处，而是中世纪神权政治。推而论之，对曾国藩的评价也一反时贤，认为他阻止了中国的倒退。作者曾说写此书愈到后来愈感自由。可谓"感自己之所感，言自己之所言"了。第七册中更有许多新论，惜乎此卷迄今尚未在内地出版。

记得似乎是列宁说过，读书要有计划，不然不如不读。这和我们"开卷有益"的想法大不同。我想两者可以相互补充，也不必做太功利的打算，只要"书当快意"，便是了。

《从竹间燕园的家书》读后

转眼间，沈同先生已去世大半年了。

一个黄昏，沈先生的外甥女沈昆送来一本装订极精美的书，让我看看。原来是沈先生写给外甥沈靖的一批信，由沈靖自制成书。扉页是大幅照片——燕南园53号，他们的家的外景，两扇窗和茂盛的植物。在这上面印出了书名《从竹间燕园的家书》。

沈先生夫妇除了自己的四个孩子外，还抚养两个甥子女长大成人，是燕园中尽人皆知的事，大家对此都怀着敬意。信中不只充满了舅父对甥儿的关心和疼爱，也表露了一个科学家对后辈的教导和期望，沈先生引爱因斯坦的话，“知识面愈扩大，那么知道，还没有知道的领域更扩大。”这和我们的先贤所说“学然后知不足”是一致的。只那示意图我觉得特别有趣。

在图上他自己还写了几个字，希望沈靖不断上进，“Upward! Upward!! Upward!!!”（向上！向上！！向上！！！）

在这万金家书中，他也写到燕南园邻居的情况。没想到其中还提到我。说我去看望他，送去乌龙茶。

我掩卷叹息。在燕南园邻居中沈先生不算老邻居，不像王力先生、江泽涵先生那样，从昆明时起一直做邻居，在相隔不过数百米空间里过了半个世纪。不过在燕南园邻居中，我最常见到的，可以说是沈先生。因为我每天清晨出外走路（号称做气功），必经过53号。总见他在松墙后草地上活动。我常想问一问做的什么操，却始终没有问。忽然有几个星期没有看见，还没来得及想是怎么回事。沈先生已去世了。

母亲病重时，我曾向沈太太查良锭先生请教营养方面问题，她是协和医院的营养师。我也曾好几次想去旁听沈先生关于生命科学的讲座，但像我想做的许多事一样，皆为“梦幻泡影”。

对沈先生有一点认识，是由“总鳍鱼”引起的。

总鳍鱼登陆发生在泥盆纪，距今已三亿五千万年了，它们登陆后发展为两栖动物，又发展为高级脊椎动物。如果没有总鳍鱼登陆，就没有今天的人类。而其中的一支鱼不肯登陆，不肯变革，不肯发展，亿万年后成为总鳍鱼的活化石。七十年代末我一直想用两支总鳍鱼的命运写一篇童话，提醒人们僵化保守故步自封的下场。

童话本是最容许想象自由驰骋的文学体裁，不过内容有关生物发展，就不该违背科学史实。1983年初秋，我动笔写这篇童话时，为了避免错误，便去请教沈先生。

沈先生觉得我的想法很有意思。我想他可以立刻回答的，他却说要再查一查。这是读书人的习惯。似乎是当天下午，沈先生打电话来，说已查到，让我就去。我到53号院中，见他已站在门廊下等我。那天飘着雨丝，草地绿得发亮。

他递给我一张纸，又拿起一本大书，纸上工整地用英文写着一段话，是从那书上抄下来的。沈先生不算长辈，但当时也已满头白发，我很惶恐，连说：“说说就行了，写着多费事。”

沈先生却不嫌费事，见我有些专门名词不认得，还加以讲解，足以作为我笔下总鳍鱼生活的根据了。童话写成后，发表在上海《少年文艺》上，后获全国首届儿童文学优秀创作奖。

沈先生1939年自美国康奈尔大学学成归国，1940年开始在西南联大任教，主持动物实验室。也曾在北门街唐家大戏台上住过，那是当时几位单身教员的宿舍。

我以为写《野葫芦引》第二部《东藏记》时，他一定会给我丰富的材料，也以为近在咫尺，随时可以讨教。不料《东藏记》尚未开始，却再无谈话机会了。

但那几个字仍在我耳边回响，“向上！向上！！向上！！！”

未解的结

散文之妙，一曰散，二曰文。散者如行云流水、信手拈来，行其所当行，止其所为止。所以写景状物抒怀发议皆可独立成篇，各有情趣。文与野相对。见有人为使意义明确，称之为美文。必有美文才有散文，故散文格外要求语言的功夫。美文不在辞藻，如美人不在衣饰，而在天真烂漫舒卷自然之中，匠心存矣。

说了几年要编一本散文集，迟至今日才整理出来。内容没有因时间拖延而丰富，种类倒是繁多。占篇幅最多的是游记，另有抒情纪事杂感等文字，有一组以游记形式介绍文学知识，姑名之曰文学散文。集里有议论，还算不得议论文，能把议论写成好文章，古则有之，今不多见。这是自己宽解的借口。

常写游记的原因在喜欢旅行，喜欢与山水相亲。山水于我是朋友，是知音，给我灵气和想象，却限于体力，浅尝辄止者多。苏辙曾云："太史公行天下，周览四海名山大川，与燕赵间豪俊交游，故其文疏荡有奇气。"名山大川一句是向自然，我足迹有限；与豪俊交游一句是向社会，也更感欠缺。统而言之是要有阅历，枯坐斗室，未免干瘪。二寸象牙上的雕刻不管怎样精细，总觉拘束。何况只是粗粗有个模样儿呢。

集子以篇名名，曰《丁香结》。我虽孤陋，尚知生活中多的是难解的结，也许有些是永远解不开的，不过总会有人接着去解。

《丁香结》所收文字原截于1985年底，于1987年春排印时又收入1986年所写的两篇。1981年至1986年之散文统归于此矣。

真情·洞见·美言

——《女性散文选萃》序

随着新时期的到来，散文的作者和读者逐渐多起来。除各文学杂志有散文栏目外，专门发表散文的刊物也一个接一个出现。我也形成一个习惯，收到杂志时，常常先浏览一下散文的篇目，有时不管原来在做什么，就坐下来用十来分钟读一两篇。觉得像是听朋友在谈话，一下子身心都很放松。有一次读到一篇作者写自己的儿子读白字的种种笑话，让我笑了好久。有时读到好的山水游记，也可做短暂神游。有的文章里写的事是作者只向最信得过的人披露的，可竟写出来让天下读者知道，可以说是戒心全无。这是写散文的最好状态。

写散文，像任何的创造一样，需要自由。只有自由地毫无戒心地写，才能出现好文字。这就说明了为什么新时期以来才出现散文热。到底比以前几十年自由多了，每个人都有自己的长在自己肩上的头脑。我们富有多了。有万紫千红，才能是一个美丽的大花园。若只允许有一种颜色，也许只适合军营和医院。

一篇好散文，我以为需要三个条件，即真情、洞见和美言。宋人邵康节在《观物篇》中说："所以为之观物者，非以目观之也。非观之以目，而观之以心也。非观之以心，而观之以理也。"这话的哲学意义我们不管它，只想借用来说明写散文的道理。写散文，总是在现实生活中见到人或事，有所感焉，然后发之为文。见到的一切，就不能只是观之以目，而要有情感的融合，譬如《背影》，作者不只眼睛看见老父的背影，他的心，也就是他的真情，倾注在那背影上，才能让百代以下的读者的心也为那背影感动。任何艺术的第一要素，总应该是真情。而散文因为篇幅小，较集中，没有什么遮盖粉饰，更容不了矫揉造作。

邵康节下一句说"非观之以心，而观之以理"，我说用理观物，并不是一定要讲道理，而是为文时要有自己的见识。这见识不一定要写出来。有这个见识和没有见识，写出文章来自是不同。有见识，才能使文章达到一种境界。许地山的短文中常有一些道理，有时明白，有时隐约，但背后都有一个慈悲的胸怀，使得这些文章都带有虔诚的色彩。

所谓美言，就是要美的文字，散文特别需要文字上的功夫。本来文学是语言的艺术，散文似乎更为苛求。前几年见有人批评追求美言，批评追求辞藻的华丽，其实美言不在辞藻，如美人不在衣饰，粗服乱头，不掩天姿。甚至不只在容颜的姣好，而要有气质，修养各方面因素。语言和内容是一体的，不能脱离内容单讲语言。但必须能很好地驾驭语言，才能表现内容。这话说起来是废话，若要做到，似也不很容易。

我很喜欢冰心的一篇短文《等待》，因为这集子偏重新作没有收入。这是很简单朴素的一篇文字，但其中包含了忧国忧民的真情，遣词造句，恰到好处，使人感到文字的美。也可以说，真情、洞见加起来，形成了人格的力量，更以美言出之，才能成为好散文。

《女性散文选萃》是叶稚珊编选的，由上海三联书店出版。编者下了很多功夫。只阅读作品这项工作就够重的，何况还要选出来，这集子看来有三个特点，一是全，再是新，还有独属于女性的一种气氛，全并不是庞杂凑数，新也不是昙花一现。以时间讲，我们可以看到从世纪同龄人冰心先生直到二十几岁的青年作者；以地域讲，从跃动着时代大潮的祖国的极南端到束装待发的内地；以文章种类讲，议论文、抒情散文、小品文、记人记事记感觉的各种文字都获得了篇幅。这种覆盖当然还是免不了遗珠之憾。那是任何集子都免不了的。这本集子又有所侧重，表现出来即为新。侧重在新时期的作品，侧重在中青年的新作品，还着眼在有新的艺术追求的篇章，也注意发现散文新人。如广州的黄爱东西的这篇《速度的感觉》，作者名字便很不一般。读过文章让你也想飞起来，也想大叫“年轻真好”，其精神面貌只属于现代女孩子，令人羡慕。

第三个特点是因为这集子的作者全为女性而具有的。文章风格大都细腻，但又明快，这是因为作者不只为女性，且生活在现代社会之中。他们写到为人妻、为人母的心路历程，写到职业，写到家务。随手翻到一篇，都可见到“女人是水做的”那无限温情，却又无时不可见坚忍到极点的中国女性那一侠骨。这有所独属的一种气氛，是中国女性的精魂所致。它弥漫在这本集子中。

在谈论散文时我曾屡次说到希望有议论文产生。议论文的先决条件是得有议论，头脑空空，是发不出议论来的，我很高兴读到苏雪林和杨绛两先生非常有趣的议论，她们谈到如何对待“老”，如何能“隐身”，给人许多文字以外的东西。我还希望以后有更多的人发各种议论，不受任何阻碍。不只谈论生老病死，“蛇阱”和“陆沉”，也谈论宽容、竞赛、自由、民主。

大病之后，整个人长时间呆如木鸡，但要我写点什么，也还是愿意的。写作时有一种“我也是正常人”的自豪感。虽然我的身体常常不正常。

拉杂写来，聊为《女性散文选萃》贺。